"如若我佛有灵，我愿用生生世世交换，
死后化作清风明月，常伴姑姑左右，
这样你走夜路的时候
便不会再怕了。"

——今朝春君

羲河传

翎春君 著

江苏凤凰文艺出版社
JIANGSU PHOENIX LITERATURE AND ART PUBLISHING

图书在版编目（CIP）数据

羲河传 / 翎春君著. -- 南京 : 江苏凤凰文艺出版社, 2023.4
ISBN 978-7-5594-5788-2

Ⅰ. ①羲… Ⅱ. ①翎… Ⅲ. ①言情小说 – 中国 – 当代 Ⅳ. ① I247.5

中国版本图书馆 CIP 数据核字 (2022) 第 187661 号

羲河传

翎春君 著

责任编辑　周颖若
特约编辑　孙　琳　稀饭团子
封面设计　伪　鳝
出版发行　江苏凤凰文艺出版社
　　　　　南京市中央路 165 号，邮编：210009
网　　址　http://www.jswenyi.com
印　　刷　河北鹏润印刷有限公司
开　　本　880mm × 1230mm　1/32
印　　张　10
字　　数　268 千字
版　　次　2023 年 4 月第 1 版
印　　次　2023 年 4 月第 1 次印刷
书　　号　ISBN 978-7-5594-5788-2
定　　价　49.80 元

「夏挽，谢谢你。」

你把命运赠予我的噩梦，都变成了美梦。

是你让我觉得，「活下去」不是一场宿命的诅咒，

而是一个很美好很美好的祝福。

因为选择了活下去，我才能与你重逢，

才能再一次听到长明宫的雨。

目录

羲河，不要哭。

第一章

纵使碎了，她还是我的月亮

01

皇上赐了我一碗避子汤，前朝、后宫加起来泱泱一百多人，瞧着我喝下去，才舒了一口气。

毕竟，皇后娘娘是当年的羲河公主，这事儿不是什么秘密。

我是他姑姑。

我还当过北国的营妓。

十六岁之前，我的生活就像是一场梦，不是我的梦，是千万南胥子民的一场梦。

那辰光，世道乱，高祖打下的天下，一点一点被历代祖宗败了个干净，最后到祖父手里，已经是个偏安一隅的小朝廷，那些旧时煊赫，都成了笑话。

可越是这样，越是醉生梦死。祖父有十八个妃子，贵族们吃人奶喂大的小猪，漂亮的白孔雀栖息在宫室的最高处，冷眼瞧着那些街道上的饿殍与乞丐。

他们在绝望之中等待，等待着北乾的铁蹄踏过来，把这场梦踏碎了。

我就出生在这时候。

我出生那一晚，太子，也就是我父亲，被北乾将军斩于马下，南胥痛失城池和储君，也失去了最后反抗的骨气，祖父派了使臣颤巍巍地去和谈，而母亲歇斯底里地哭泣后，从血泊之中升起，变成了天上的星辰。宫室里乱作一团，只有八岁的哥哥笨拙地把我抱在怀里。

“羲河，不要哭。”

祖父很纵容我，他生了八字眉，笑起来总是愁眉苦脸的，把我抱在膝盖上给我讲旧时帝王将相如何威风，他说：“朕老了，没人爱听我讲话，只有羲河啊。”哥哥就怯生生地在边上提醒：“爷爷，羲河早睡着了。”他一愣，瞧着我的睡相又笑了，道：“睡着了好，羲河能吃能睡，比爷爷有福气。”

在这样的环境里，纵是新生也如暮朽，我和哥哥自然长成了标准的纨绔。哥哥还不满十五岁，就有了五个如夫人，那些小美人仅身着荷叶在大殿上跳舞；而我喜欢破坏东西，上好的绸缎，我要剪个稀碎，巧夺天工的瓷器，我偏要挨个儿摔了听响儿。祖父是管不了我的，可是哥哥毕竟是储君，祖父想来想去，决定给哥哥娶个媳妇儿。

未来的太子夫人叫贺兰知秋，贺兰世家诗礼传家，历史比我们的王朝还要悠久，养出来的姑娘自然是闺秀中的闺秀。祖父是希望她能将越发不成体统的哥哥管一管，顺便，也教教我怎么有个女孩的样子。

她第一次进宫的时候，我正在发脾气，我用绸缎做了个风筝，想把它送到天上去，可是无论奴才们怎么跑，它就是飞不起来，现在想来，大概是我在上面绑了太多点心的缘故。

“本公主就是要瞧风筝飞，既然风筝飞不起来，你们就飞给我看！”

我要他们裹着绸缎，打扮得怪模怪样，从屋顶上跳下来以取乐我。奴才们不敢违抗命令，一边抽噎，一边排着队跳下去，我瞧他们在空中手舞足蹈，摔个屁股蹲儿，就笑了起来。

“你这是在做什么！”十七岁的贺兰知秋厉声对我说。她穿了一件秋香色的宫裙，容色寡淡，宫里从来没有穿得这样素净的姑娘。

“小姐，这是羲河公主。”有嬷嬷悄悄提醒她。

她眸光清亮，仍然严厉地看着我：“他们犯了错，责罚便是了，为何要搞这些把戏愚弄人？”

“因为他们是奴才，我是公主。为了我高兴，死了都是他们的荣幸！”我仰着头大声说，“你敢来教训我！我要告诉我哥哥……”

她寸步不让，道：“何为皇室？万民表率！先太子舍生忘死，先太子妃纯孝朴实。而你今日为了取乐草菅人命，可配得上万民供奉？可配得上先太子、先太子妃的贤名？”

一时间四周都安静了，我目瞪口呆地瞧着她，然后撇撇嘴，号啕大哭起来。

我那时不知道，原来祖父也曾被贺兰老丞相在朝堂上撑得蔫头耷脑，我只知道从没有人这样严厉地呵斥过我，我要找我的哥哥。我一路哭着跑到他宫室里，他刚吸食完五石散，袒胸露腹地躺在床上，雪白的小美人如同羔羊一样伏在他的床边。

“哥哥——”我哭着摇晃他的手。

“嗯，怎么了？”他费力地直起身，抚摸我的头，“莫哭，谁欺负你了？哥哥去杀了他。”

“贺兰，贺兰知秋，她是个坏蛋，哥哥，你不要娶她做夫人！”

哥哥懒洋洋地笑了，他周遭的小美人也笑了。他把我抱起来放在膝盖上，为我擦眼泪，当我靠在他胸口终于止住哭泣的时候，听见他说：“她算什么东西，也值得我妹妹哭一场。”

哥哥最终帮我报了仇，在他们的新婚之夜，他召见了他最宠爱的如夫人，他们在他新婚的床上寻欢作乐，而他的新娘，未来的皇后贺兰知秋，被赶了出去。

要有多荒唐，便有多荒唐。

我想瞧她颓唐的样子，哼！让你高高在上，让你皱起眉头呵斥我，让你——

我没想到的是，我看到的，是一个很平静的贺兰知秋。

她在偏殿卸下了环佩琳琅，素面朝天，借着一盏灯在作画。

秋天的风啊，吹得那么凉，也那么温柔，我从殿外探进头来，叫着：“我皇兄不要你，你丑八怪！哈哈哈。”

笑完了，我又快速缩回去藏起来。

她回过头，问：“是羲河吗？你过来。”

过来就过来，我才不怕呢！我大摇大摆地走进去，她让我瞧她画的画。

啊，那胭粉裙子，飞扬的步摇，那是我啊，只不过，是个秀气得多的我。

“你干吗画我？”

“做风筝。”她说，“你撕碎了的那个风筝，我捡起来看了，你是想给天上的先太子妃娘娘瞧瞧你现在的样子，对不对？虽然，画得有些差，字也写不明白。”

我恼羞成怒，差点要伸手把她的画撕碎，但又强忍了下来。毕竟那是我啊，而且是，我从未见过的，那么美丽的我。

她提起笔蘸墨，说：“你还想跟先太子妃娘娘说什么？来，我帮你写下来吧。”

我把下巴搁在桌上，想了想，闷闷地说：“告诉我阿娘，我乖得很。”

“这便是扯谎了。”

“你！”

我气得乱转，却舍不得走，她便施施然地提笔勾勒起来：“若是下次你乖了，我便替你写在风筝上。”

“那这次呢？”

“你瞧。”

她把我抱起来放在腿上，我便瞧见了那画上画了盘点心，我开心地拍起手笑了。

“是了是了，听祖父说，阿娘最爱吃五瓣糕！”

那夜，风好大，满宫的琉璃灯摇摇晃晃，嬷嬷们眼睛都睁不开了，却还要瞧着未来的皇后娘娘和羲河公主在宫中放风筝。

“喂，你说阿娘真的在天上做了仙子吗？”

“我不叫喂，我是你阿嫂。”她回眸瞧我，一丝不乱的发髻被风吹散了，倒是生动明艳许多，“不过，你也可以叫我知秋。”

“知秋，”我说，“阿娘想我吗？是不是只有我在想她？”

“哪有母亲不想孩子的，先太子妃娘娘一直在云头瞧着你呢，所以啊，羲河，要做个好孩子。”

泪眼模糊之中，真有一个女子，轻轻地抚摸我的头，把我拥进柔软而温暖的怀抱，我一时搞不清，那是云头上的母亲，还是知秋。

那天，月亮孤清，我的风筝，被送得很高很高。

02

贺兰知秋是史上闻名的贤后，她素有诗才，勤俭仁厚，治理后宫宽严并济，所有人都对她交口称赞，除了哥哥。

哥哥不喜欢她的原因十分简单，他钟爱美人，而她生得太过寡淡，偏又没有柔顺谦和的性情，总是严厉地管束他，而平日事事顺着我们的祖父总是站在她那一边，哥哥当然把她视作眼中钉。

几乎每一次，我去东宫找她，都会遇到他们在吵架。

哥哥摔着东西，那些玉石玛瑙碎了一地，宫人们噤若寒蝉，而知秋面沉如水，寸步不让。

“五石散乱人心智，并非良物。殿下必须戒掉它。”

“你算什么！你凭什么管我？”

“我是殿下的妻子，也是殿下的臣民。”

哥哥夹了枕头拂袖而去，而她赢了，似乎也并不高兴，呆坐在那里一会儿，才强撑起精神对我笑：“羲河，今天字练了没？”

孔夫子在世也不会有这么勤勉！

我过去把写好的字给她看，歪着头问她：“我乖吧？”

“尚好。”

“那，你要带我去哪儿玩呢？”

我很喜欢她。尽管她也是如此一板一眼地管束我，但是她是我的第一个朋友，她教我习字读书、纺织刺绣，去民间到处寻访有趣的手艺和匠人。认识她之前，我觉得我胸口住着一只小狮子，时常暴躁地龇牙咆哮，可是现在那只小狮子被她捋顺了毛，变成了一只心满意足的小猫。

“倘若我是男子就好了。”我忧虑地叹了口气，说，“我替哥哥娶你，一定会待你很好。”

她正在瞧着烧窑，正当我以为她不会理我的时候，听见她回答道：“你若是男子，必然也会厌憎我的。”

“为什么？”

“开窑了。”

我顿时什么都忘了，冲到最前面叽叽喳喳地问把头：“怎么样？我的小兔子好了吗？”

当时瓷器的烧制有个说法——“过手七十二，方可成器”。七十二道工序出了一点差错，便前功尽弃，知秋带我来了几个月，画了几十个小兔子，可没有一个成形。

把头翻检了一会儿，喜形于色地捧出一个甜白釉的瓷瓶，那上面勾勒着一只憨态可掬的小兔子，正偎在月桂树下睡觉。

“公主，烧成了！”

我喜欢得不知道怎么办好，想伸手捧，又怕打碎了它，只好欢喜地围着它蹦蹦跳跳。

这时知秋却接过来，说：“听说白瓷碎声泠然如玉碎，不如我们打碎了听听响？”

“不行！”我吓得脸都白了，蹦起来去抢，“那是我的！我好不容易烧出来的小兔子！”

她不听，避开我的手，转身就一把砸下去——

我吓得捂住眼睛，却许久没有听见碎裂声，偷偷从指缝间看去，却见到她蹲在我面前，把小兔子递给了我。

“破坏一个东西很简单，塑造它却很难。所以，羲河以后不能把破坏东西当成玩，那都是旁人的心血，对不对？”

我使劲点点头，抱紧了小兔子，再也不肯撒手了。

那天我走在回宫的路上，一手抱着我顶喜欢的小兔子，一手牵着我顶喜欢的知秋，猝不及防地一抬头，瞧见天边橘红色的晚霞和宝蓝色的天空交融，美得像梦。

那是我记忆里，关于南胥之梦，最美也是最后的辉光。

太监们在宫门口急切地等着我们，连礼都来不及施，便大声道：“公主，皇上晕厥过去了，您快过去吧！”

北乾不满朝贡，又提了个耸人听闻的数字，而祖父给不起，派使臣几经拉扯之后，他们烦了，送回来一个盒子，盒子里……是使臣血淋淋的头。

祖父当即就晕厥过去。

等他醒来的时候，已经是三更天了，哥哥和知秋都趴在一边睡了，只有我醒着。祖父看起来很有精神，抖着八字眉朝我笑，道：“羲河，冷不冷？”

“冷的。”

他把被子让开一点，道：“来，到爷爷这儿来暖和暖和。”

我抱着小兔子钻进他怀里，他干枯的手一下一下拍着我，像小时候一样。

我以为他的病好了，就说：“爷爷，等天亮了，我带你去烧瓷的地方，那里可好玩了，能把土变成小兔子……”

他笑了，喃喃道：“爷爷不去了，爷爷要去找奶奶和你爹了……你奶奶的模样我都快忘了，只记得她年轻时的样子，骑着枣红马在柿子树下那么一扭身，真好看。还有出征那天，你爹爹穿着铠甲，漂亮又威风，当时我真高兴啊，我恨不得昭告天下，那是我的太子！是我和明珠的儿子！可我板着脸，如果当时多看看他，该多好……”

被子很暖，睡意上头，我依偎着他慢慢睡着了，半梦半醒之间，我听见他苍老的声音，他说：“对不起，羲河，活下去吧，答应爷爷，努力活下去。”

我做了一夜很美的梦，梦里有祖父，有哥哥和知秋，还有看不清面目的阿爹和阿娘，我们一起骑马，一起放风筝，一起在满是小兔子的草地上打滚儿……

等醒来的时候，我发现自己在软乎乎的被子里，被裹得严严实实，祖父不见了……陪着我的，是知秋。

“爷爷呢？”

知秋一身缟素，伸手抱住了我。

祖父严格上来说并不是一个合格的君王，他太过仁弱，才使得南胥和北乾之前微妙平衡的关系被打破，南胥彻底沦为北乾的附庸。但不得不说，他已经为治国发挥了他仅有的、全部的才能。他治理的南胥虽偏安一隅，在背负北乾狮子大开口的朝贡长达三十年后，仍能保持着国库充盈，百姓安居乐业。

但，这对哥哥来说太难了。

前十六年，哥哥都在致力于做一个标准的纨绔，他缺乏治国的才能，甚至都没有将祖父的葬礼主持好的能力。他仓促继位之后，朝臣的诘问和繁杂的国事让他焦头烂额，即使有贺兰家的扶持，他还是经常因为在朝堂上提一些过于天真的蠢问题而遭到嘲笑。

而我，就像一夜之间突然长大了，没有人教过我，但我突然明白了，天上没有阿爹和阿娘，也不会有祖父，死就是死，即使我做再多的风筝，也没有人在云头看着我。祖父为我和哥哥精心打造的梦突然被撕裂了，我们落在焦裂的土地上，满世界都是地狱的火焰。

我开始整夜整夜地做噩梦，梦里有许多可怕的场景，最后总是祖父干瘦苍白的面容，他说：“羲河，活下去吧，答应爷爷，努力活下去……”

我猛地起身，哭着往外跑去，我要找我的哥哥。

而宫门口，没有宫人看守，半掩的门扉里，传来压抑的哭声。

是哥哥。

他是整个南胥最尊贵的男人，也是我无所不能的神，可是午夜里，他蜷缩在知秋怀里，哭得像个受尽委屈的孩子。

刚下完冬日的第一场雪，月光与雪色同样冰冷，我愣在那里，看着知秋像个小母亲一样用力抱着他，道：“陛下，我陪着你，我会永远陪着你。”

宫人们拿着斗篷追上来，我转身带着他们离开，那时候我还不知道，所有人都把哥哥当成了笑柄，更可怕的是，已经有强大的民间叛军起义，并且势如破竹，直奔京城而来。祖辈的江山，眼看就要毁在哥哥手里。

我只是突然明白了祖父在临终那一刻看我的眼神，明白了他为什么要说“对不起”，哥哥挽回不了南胥的颓势，我们注定为这个千疮百孔的王朝殉葬，那是哥哥为君者的命运，却也是我的命运。

03

出乎意料地，一向厌恶军事的哥哥决定御驾亲征，来挽回不振的士气。出征那日，哥哥穿着铠甲，骑着黑色的骏马在城墙下回头看，也有几分英武；知秋穿着尊贵烦琐的礼服，站在城墙上为王军送行。

那一刻天地万物都不再存在，只剩下这一对帝后遥遥相望。

恍惚间，我看到了我的阿爹和阿娘，祖父口中出征的那位英武的太子和他怀着孩子的太子妃，想必也有这样柔肠百结又怆然悲壮的对视。

哥哥走了之后，知秋一个人处理所有宫廷内外的琐事，这对一个弱女子来说太过损耗心神。皇城内外所有的灯都熄了，只有大殿上的灯还亮着，我晨起去看她时，常常见她疲倦地伏在案上睡着了，醒转后见了我便揉着眼睛问：“羲河，今日的字练了吗？”

我点点头，坐到她身边，问：“知秋，你说哥哥什么时候回来？”

“我也不知道。”她疲倦地叹了口气，又低头说，“不管什么时候，我等他就是了。”

我后知后觉地发现，知秋这样一个素净又冷淡的女子，其实深爱着旁人眼里荒淫又蠢钝的哥哥，或许因为那是女子爱夫君的本能，或许因为哥哥生得好看，在某个不为人知的瞬间让她心动。总之她爱他，爱着这个从未善待过她的男人，就像每个女子爱着她的心上人。

夏天的最后一场雨落完的时候，哥哥回来了，和他一起回来的，是凯旋的消息！

我在雨里奔跑着，宫人都跟不上我，我一头栽进哥哥怀里，仰头问他："你怎么才回来？再不回来我都要忘记你的模样了！"

哥哥抱起我，笑得很勉强，说："羲河长高了，再大一点，朕都抱不动你了。"

这时候我才发现，他旁边站着一个着黑衣的男人，生得很怪，一双褐色的眼睛，鼻梁高得吓人，正饶有兴致地瞧着我，说："这就是传说中的羲河公主？"

不知道为什么，我有些怕，把头埋进哥哥怀里，听见他的心跳，那么剧烈慌张。

哥哥回来了，还举行了盛大的宴会，知秋却没有什么高兴的模样，我坐在她身边，不停地逗她开心："知秋，你瞧那个人怎么坐了哥哥的位子？他瞧起来就像是老鹰长了人脸。"

知秋轻轻捂住我的嘴，道："羲河，不要胡说。"

那人却站了起来，在很多年后，我知道他叫丹蚩。他持着一杯酒，走到我们面前，因为饮酒而脸色赤红。

"如此欢宴，皇后为何闷闷不乐？"

知秋垂着眼睑，就像眼前的人不存在一样。不知道从什么时候开始，大殿上鸦雀无声。

丹蚩歪着头看着知秋，然后缓缓倒了一杯酒，道："某敬皇后一杯。"

他没有喝，而是把酒杯送到知秋唇边。知秋脸色苍白，整个人都在颤抖，她一直那么端庄从容，这是我第一次看到她当着众人的面狼狈成这个样子。

“皇后不喝，那便由公主代饮吧！”

丹蚩懒洋洋地一笑，转头看向我，我莫名其妙，伸手就去抓酒杯。

“我喝就我喝，你们别欺负知秋！”

“知秋！”

一直安静得如同死了一样的哥哥霍然站起，大声喊着。

知秋看了看他，又看了一眼眼前的丹蚩，然后伸手接过酒杯，仰头喝了下去，两行眼泪就这么流了下来。

丹蚩笑了，就像看到了什么有趣的事情，笑得直不起腰来，我突然觉得很害怕，我去抓知秋的手，却发现她的手像冰一样冷。

那天晚上，知秋从宫殿里消失了。整整三天，我哭着跑遍了每一间宫室，却怎么都找不到她。

“知秋在哪里？”我哭喊着问哥哥，他面容憔悴，双目赤红，脸上已经满是胡楂。

他伸出手，紧紧地抱着我，就像是一个穷途末路的人抱住自己最后的珍宝。

“羲河，不要哭。”

第三天，知秋回来了，我欢天喜地地去找她。

她躺在床上，发髻都散了，脸上是乌青的伤痕，闭着眼睛，像是睡着了。

“知秋——”我怕极了，伸手想去握她的手，她轻轻躲开，对我露出一个像是倦极了的笑容。

“别碰，脏。”

我怔怔地看着她，我什么也不知道，我不知道是北乾出兵为我们镇压叛乱，代价是，朝贡翻了整整一倍。

我也不知道那个叫丹蚩的男人是北乾最残暴的王。

他将北边的部落全部统一，建立了有史以来最强大的北乾政权，同时，他的军队所到之处，如修罗过境。

我只知道，我的知秋从此不见了。

我再也找不到她。

我那时候其实并不清楚知秋身上发生了什么事，尽管我一早就懂了男女情事，但是文人墨客，以及与哥哥嬉戏的美人们让我觉得，那是一件极快乐风雅的事情，并不应该是那样的……

她勉强站起来去沐浴的时候，鲜血顺着腿缓缓流下来，蜿蜒流了一地，全身瘀青，没有一块好的皮肉，牙齿也掉了两颗。她发了整整一个月的高热，连睡着都会歇斯底里地尖叫。

我彻夜不眠地守在她身边，给她喂药、擦身，哭着小声哀求她："知秋，求你不要死，我求求你。"

偶尔清醒的时候，她会无意识地看向门口，喃喃地说着胡话："陛下出征了……我要等他回来。"

而哥哥一次都没有来过。整整一个月，大殿里传来昼夜不停的笙歌，他们欢饮达旦，醉生梦死。

而我的知秋，在生与死之间挣扎着。

不知我的祈祷感动了哪一位神明，她熬过来了，可是我熟悉的那个知秋，那个聪慧的、温柔的姑娘，永远地死去了。

她看人的目光，永远带着一种拒人于千里之外的木然，仿佛对万事万物都不再感兴趣，每日就呆坐在屋里，一坐就坐到深夜。

而这时，太医说，她怀孕了。

后来我才知道，那是北乾的传统，想要子嗣的男女，就会在春天或凯旋的日子同房整三日足不出户，他们相信这样会加大女子受孕的概率。

丹蚩是故意的，如同胜利者要把战败者踩在脚下一样，他以凌辱南胥皇后的方式，从精神上阉割了南胥的王。

可知秋，知秋何其无辜。

"打掉。"

“可是……娘娘的身体虚弱，怕是禁不住那样的药性。”

“打掉。”

知秋的眼睛没有丝毫的神采，她再次重复：“打掉。”

我在一旁不敢说话。

知秋一碗接着一碗地喝着堕胎药，夜半的时候，我听见她压抑的哭声，才发现她疼极了，捂着腹部，蜷缩成一团，咬烂了自己的手指，鲜血淋漓。

我什么都做不了，只能抱着她，小声哽咽着说：“知秋，你疼了就咬我好不好？”

又一个月太医诊脉，那个孩子还在。

太医诚惶诚恐地告诉我，知秋身子虚，他已经用了最重的药了，那孩子和母亲“同气连枝”，再下重药，恐怕母子俱损。

“知秋，不然就把他生下来吧，你不喜欢孩子，我来养好不好？”我小心翼翼地说。

知秋什么话都没说，只是定定地看向虚空。突然她纵身狂奔起来，我竟不知道一个孕妇可以跑这么快！

那是一个深夜，奢靡绚丽的宴会在隔岸，而这边只有一弯孤清的月亮倒映在湖面上，而知秋一跃而下，跃入了深不见底的湖水中。

我毫不犹豫地跟着跳了下去。

我要捞我的月亮，纵使碎了，她还是我的月亮。

04

我们都被宫人救了上来，知秋歪在床头，面容憔悴，而我裹在被子里，不停地打着喷嚏。她瞧着我，便笑了。

这是她出事后第一次朝我笑。

然后她说：“羲河，你让我死吧，好不好？”

我急得要掉眼泪，抓着她冰凉的手说：“不要，求求你不要……是你说的，塑造比破坏一个东西更难，你这么好，知秋你这么好，你不要毁掉自己好不好？我求求你了知秋。”

知秋摇摇头，惨然一笑：“没有那么简单，羲河，宫里没有不透风的墙，我经历了什么，这个孩子是怎么来的……许多人都心知肚明。这孩子一旦出生，必然带异族的特征，到时候皇上便会以淫乱宫闱罪将我处死，而贺兰家，会因此受到牵连，百年清名毁于一旦，甚至被满门抄斩。你想看到我成为贺兰家的罪人吗，羲河？”

“不会的，我哥哥不会那么做的。”

她冷冷地笑着，说：“这世上还有什么是他做不出来的吗？”

我跌跌撞撞地跑出去，我想去问哥哥，可是却发现，他就站在门口，脸色苍白。

“哥——”

他没有看我，而是径直走向屋里，知秋见了他，便厌憎地把头转向另外一边。

他跪在了她床前，轻声说：“姐姐，朕不逃了。”

知秋比他大，在一切尚未发生的时候，他一直玩笑着、恼怒着叫她“姐姐”。

“你把孩子生下来，不要糟蹋自己的身体。他是朕的孽障，不是你的。”

那天，哥哥下诏立知秋腹中的孩子为太子，那是南胥开国以来，头一个尚未出生便被立储的皇子，哥哥用这种方式向天下人证明，他的皇后清清白白。

而知秋，从头到尾都没有半分表情。

这个不被父母期待的孩子出生在来年六月，在一个刚下完暴雨的暮晚，知秋累极了，晕过去之前，拉着我的手说：“羲河，去看看孩子——”

落日余晖将云翳遍染，宫人把他抱给我和哥哥看。堕胎药和母亲恶劣的心情还是影响了他的成长，他比一般孩子羸弱得多，可怜兮兮的，像一只小猫一样。

“哥哥你看他啊，他好乖！你要给他取什么名字？”我兴奋地说。

“带下去吧。”哥哥疲倦地揉揉眉心。

“等等。”

宫人站住了，我从她怀里接过孩子，仰起头，又天真无邪地笑起来：“我好喜欢小娃娃，所以一早为他备下了乳母和使唤的人，知秋身子虚，哥哥就把娃娃交给我吧，此后衣食住行，我都会亲自过问，哥哥放心。”

哥哥定定地看着我，我也笑着看着他。

那一年，我九岁，再也没有什么天真，世间对我而言，只剩下血淋淋的真相，我知道我退缩半步，我的哥哥就会杀死这个孩子。太子早夭，他就可以立第二个太子。

可是我必须保护他。

知秋已然如同行尸走肉，如同半个魂魄已然去了地府，这个孩子是她唯一的牵挂，我不能让她醒过来，就看到一具小小的尸体。

哥哥最终叹了口气，说：“羲河长大了。”

他拖着君王长长的裙裾步入暮色之中，最后留给我的话是：“既然你这么喜欢，名字便由你取吧。”

他又一次纵容了我。

这孩子生在夏日暮晚，我便给他取名夏挽。愿他像盛夏的草木一样繁盛，也愿他能挽留住我所珍重的那个人。

哥哥能容忍夏挽存在的最重要的原因恐怕是，夏挽的身体很弱。那年月，早夭的婴孩很多，哪怕是强壮的孩子也很难活到成年，又何况夏挽先天不足，还未学会吃饭，便先学会了吃药。

除却为了知秋，我是真的很喜欢他，纵然他其实与我没有什么血缘上的关系，我也整夜不合眼地照顾着他。他总是发烧，在我怀里哭得连嗓子都哑了，我用小勺子一点点地喂他喝药，他小小的手紧紧地拽着我的衣襟，像是在说：“姑姑，你别让我回天上去。”

“姑姑不让你死，等你长大了，姑姑还要带你去放风筝，带你去看大好河山，你要努力活下去，知道吗？”

我喃喃念叨着，念着念着，就撑不住睡着了，我已经五天没合眼了。就那么一下，再睁开眼睛，天就亮了。

孩子在一边，无声无息，我整个身子都凉了，跳起来去看他，却见他睁着圆溜溜的眼睛，正安静地咬着小拳头，看我过来，就皱起小脸笑起来。

“你把姑姑吓死了，你这个小浑球。”

我嘟囔着，把他高高地举起来。

他还以为我在和他玩，便挥舞着小手，咯咯地笑起来。

南人肤白，面部轮廓不深，瞳仁为黑；北人皮肤黑，高鼻梁、高颧骨，瞳仁为褐——这是肉眼便能辨认出的差别，而夏挽并没有北人那攻击性的长相，反而生得秀气婉约，像足了贺兰家的小公子，只是唯有一点，他的眼睛是比褐色浅一点的琥珀色。

这其实算不得什么异族特征，毕竟也有南人瞳色并非纯黑，只是……对于深知内情的人，他的眼睛就是一根刺。

知秋身体好一点之后，就把夏挽接到身边亲自抚养。她对他很严厉，她用最苛刻的标准管束他，三岁的时候，他便开始读书认字；五岁的时候，便开始习武了。他很聪明，但一旦犯错，知秋的戒尺就毫不犹豫地打下来，他从来不哭，只是乖巧地跪在地上，说：“母亲莫气，是夏挽无用。”

除此之外，她幽居于佛堂之中，对宫中事务一概不过问，而此时北乾蠢蠢欲动，民间因赋税过高而怨声载道，哥哥夜以继日地处理政务，还不到三十岁，双鬓已然有了白发。

他们谁都不见谁，只是偶尔我来找知秋的时候，会瞧见哥哥站在门外，听着佛堂里的梵音，那神色，让人瞧了难过。

国事危急，内忧外患，我不得不着手处理一些政务为哥哥分忧，偶尔才得闲去知秋那里坐坐。

那是一个秋天的午后，宫中的柿子熟了，我命人摘了满满的一筐给知秋送过去。她正看书，见我来就笑着说："快给公主泡茶。把夏挽叫来，陪姑姑说话。"

不知是不是我的错觉，每次见她，都觉得她更瘦了，那种骨子里对人世的倦怠愈加明显。我装作什么都没觉察出来，兴高采烈地从太尉新娶了第十房妾室，说到哪个文人作了一首绝世好词，我恨不得把天下所有有趣的事都说给她听。可是她从不搭言，只会在我实在说不下去的时候，淡淡一笑，道："天晚了，公主早些回吧。"

我的笑容僵在脸上，又赶紧装作什么都觉察不出来的样子，过去腻着她："天晚了我就留下来和你一起睡，正好尝尝你这儿的斋菜，你瞧我这肚腩，肥得像炸猪油的肉。"

"好不好嘛，知秋？"我摇晃着她的手臂。

她了然地叹了口气，道："羲河，你不必如此，在夏挽长大成人之前，我是不会……"

突然，门外传来了喧哗声。

"皇上，娘娘不见客……"

"滚开！"

我错愕地看着门口，哥哥满身酒气地走进来，知秋一见他，便厌恶地蹙起眉，看向了另外一边。

"哥，你怎么来了？"我不安地站起来。

他看着知秋，醉醺醺地笑着，那笑容疯狂又残忍。

"朕来跟皇后商量一件事。"

一道闪电划过天际，远处传来沉闷的雷声。

"来人，把羲河公主带下去，然后把门锁上，没有朕的命令，谁都不许进来。"

"你要干什么？哥！"我拼了命地挣扎，还是被拖了下去，我扑到门上，听见里面知秋气得发抖的声音。

“你这是要做什么！”

“朕无子嗣，朕来问皇后，准备让那个野种当多久的太子！”

“你同别人去生！你同别人去生！”

知秋的声音已经慌了，她想跑，却被哥哥一把抱住。

“贺兰知秋，你不是瞧不起朕吗？”他咬牙切齿地说，“朕早就想把你这身撕碎了，看你敢不敢再给朕看这张高傲的脸！想六根清净？你做梦，你是朕的皇后，就要和朕一起永世不得超生！”

“你想干什么？你放开我！”

随着雷声，瓢泼大雨倾盆而下，我拼了命地拍着门：“哥哥你不要，那会杀死她的！哥哥我求求你不要！”

宫人上来拉我，我歇斯底里地抓着台阶，地上蜿蜒出两道血痕，布料的撕裂声和知秋的哭泣声传来，又归于安静，我最终停止了挣扎，呆呆地坐在雨里。

门被打开了，哥哥踉跄着跑出来，肩胛处血流如注。他看着我，想说些什么，最终却什么都没有说，踉跄着离开了。

我想走进去，就听见知秋的声音，幽幽地响起：“羲河，你走吧，我没事——”

那一夜，知秋把一支长钗插入了哥哥的肩胛骨，对于她而言，那是近乎暴烈的反抗。

“我看不起你？那么谁看得起你？先皇吗？如果他看得起他不会给你取名夕照！如果他看得起你他就会管束你而不是让你尽情去当一个废物！”她的眼睛里燃烧着烈火，却笑得那么冰冷，“是的，我看不起你，可我最看不起的是我自己，夕照，我居然爱过你！”

我没有进去。

我没脸进去。

05

我失魂落魄地走在雨里，深一脚浅一脚，直到支撑不住，坐在地上。

一把伞停在我头上，我这才发现，不知道从什么时候开始，夏挽一直跟着我。他穿着一身琉璃白的长衫，安静地看着我，像一尊小小的菩萨。

“你怎么在这儿？”

“我陪着姑姑。”

他是个温柔又寡言的孩子，我疲倦地笑了笑，说：“姑姑好没用啊。”

珍视的人一次又一次在眼前被人伤害，我却什么都做不了。

“姑姑莫哭。”

夏挽替我擦眼泪，轻声说：“等我长大了……把让姑姑哭的人，通通都杀光。”

那天我回了寝宫之后，大病了一场，昏昏沉沉中做了很多不祥的梦。我梦见巨大的白鸟掠过黄昏时的原野，然后坠落在地上，燃起青黑色的火焰。梦中有个人一直在唤我：“姑姑醒醒！”

是夏挽，他跪坐在我床头，笨拙地把湿热的毛巾放在我头上降温。

“几更天了？你怎么一个人在这儿，宫人们呢？”

“三更天了，昨日北乾大军打到了都城，许多宫人都逃了。”他很平静地说。

我霍然站起来。

那一年，我十六岁，南胥这场醉生梦死，终于得以了结，像是黄粱一梦，也像是等待了许多许多年。

我带着夏挽跑到外面，黑暗中到处都是匆忙逃窜的宫人，唯有哥哥的主殿亮着一盏灯。

“你去找你母后，告诉她把门锁好，姑姑随后就到。”

我走进大殿之中，哥哥佝偻地坐在皇座上，不知道从什么时候开始，他像极了祖父。

本来打算这辈子再也不同他说话，却还是忍不住心里一酸，我走过去劝他：“哥，我们走吧，何素龙将军尚在林南镇守，我们去投奔他吧。”

“都城最迟明日便会沦陷，林南又能坚持多久呢？”他望着前方，那里只有秋天的夜雾，黑茫茫的一片，他说，“北乾人迟早会毁掉南胥，这是南胥的命，也是朕的命。”

他回头看我，温柔道：“就是遗憾，原本还想给朕的羲河找个好婆家呢，竟是没有来得及。”

我的眼泪含在眼眶里，我努力笑着，不让它落下来：“可别，我这样的人，可当不了谁的夫人。”

“怎么会啊，朕的羲河是天下最好的姑娘。”

“天下最好的姑娘是贺兰知秋。”

哥哥笑了，轻声说：“那，还是不要做好姑娘了。”

不要被家族培养成最好的闺秀；不要爱上自己薄情懦弱的丈夫；不要为了孩子而强撑着最后一口气，活在这个凄惶的世界。

“羲河，带知秋离开，告诉她，余下的一生为自己活着，还有，忘了我这个废物。”

我拉着知秋和夏挽，仓皇地逃出了从小长到大的皇宫。朝阳下，它仍然那么巍峨，仿佛什么都不会改变，可是在那里的时光，再也不会回来了。

我们还没来得及跑出城去，北乾的军队已经攻入了都城。于是我们见证了什么叫地狱。保护我们的亲兵一个接一个地死去，我们把脸涂黑了，惶惶不可终日地东躲西藏。

第三日，那些北乾的士兵催促着幸存者：“到这里来！不然杀了你们！快点！”

我和知秋被几个北乾的士兵推搡着到了皇宫前，于是我再一次见到了哥哥。

他以一个奇怪的姿势，像一只狗一样匍匐在地上，被一个北乾人拉着领子在地上拖行，还穿着龙袍，而膝盖和手肘已经因为爬行而有了斑斑血痕。

他的表情却很奇怪，一直带着微笑，似乎在无声地哼着什么歌，可是他发不出声音，因为他的舌头被割掉了，口中只剩下黑洞洞的一团。

“这条狗！就是你们南胥的王！”为首的北乾人用僵硬的南胥话吼着，“如果不遵从北王丹蚩的指令，这就是你们的下场！”

人们都不敢抬头，我拼了命地捂住嘴，听着他们一边疯狂地大笑，一边踹在哥哥后背上。

“晓钟天未明。晓霜人未行。只有城头残角，说得尽、我平生。”知秋突然轻声在我旁边喃喃地哼唱起来，见我回过头来，她就朝我一笑，道，“我第一次见到太子殿下，他就在夜宴之中弹唱这首曲子，真是好听。”

“知秋……”

她却没有再看我，而是对旁边的夏挽道：“这一生，没有什么是真正属于我的，唯有你是我的骨血，你要替我陪伴羲河，永远别让她一个人，答应母亲，好吗？”

我还没来得及反应，她就起身，在一群跪着的人之中昂然而立，大声说：“我乃南胥皇后！尔等敢来杀我吗？”

北乾的士兵大多不会南语，一时之间愣住了，为首的将领迟疑地看着她，说：“你说你是，南胥皇后贺兰知秋？”

哥哥在尘埃之中昂起头，拼了命地摇头，而她笑着奔过去，就如同少女在奔赴一场约会。

下一个瞬间，她手中的长钗贯穿了哥哥的胸口，然后拔出来，再次插入自己的胸口。

他们紧紧地抱在一起，仿佛回到了最初，年轻的皇帝紧紧地拥抱着他的皇后，所有人都当他是个废物，只有她不。

“臣妾永远在宫中等陛下回来。”

“好，等朕回来，给朕生个太子。”

她再也没等到她的英雄，他把那个用生命爱着他的姑娘弄丢了。

他们这一生，竟然就这样，走失了。

南胥最后的君王和皇后暴尸在宫前，他们的骸骨无人收拾，被北乾马蹄踏碎了，飞扬向了远方。

第十日，北军终于停止了屠杀，开始笨拙地在废墟上建立新的国家。我带着夏挽向何素龙将军所镇守的林南逃去，何军骁勇，那是南胥最后的土地。

一路上，全是肆虐的北军所留下的尸骨，我们一路走，一路收殓路边的骸骨。

“为什么要这么做啊，姑姑？”

“因为我们不知道能活到什么时候，能多做一件事，就多做一件。”

我一直时断时续地发着高烧，每走一步都觉得自己下一秒要倒下去，但是夏挽小小的手那么紧地握着我，仿佛是这个冰冷的人间，对我最后的牵扯。

“夏挽，如果姑姑死了，你不必非去林南，你只需要努力地活下去，娶妻生子，告诉你的孩子，曾有个地方叫南胥，那是个很漂亮的地方……”

夏挽安静地摇摇头，说：“姑姑活着，我才活着。”

06

不知走了几个昼夜，夏挽抬起手指向前方：“姑姑，是不是要到了？”

我抬起头，夕阳残血，将不远处黛色的山峦勾勒出金边，我的眼泪就这样流下来，林南多山，我们真的快要到了。

连月的疲倦和痛苦一下子击倒了我，我跪坐在了地上。我之前从未走过一里以上的路，可是现在翻山越岭，走破了几双鞋；我之前连炭火不对的肉都不肯入口，可是现在，去死人身上翻干粮已经成了家常便饭；

曾经一只虫子就足以吓出我的眼泪，现在在狼群尾随的夜里，我尚能从容地吃下干粮……原来没有人当我是公主的时候，我也不过是一粒尘土、一块淤泥，无论如何搓扁揉圆，也要苟且偷生。

那天晚上，我们在一个山洞里休息。已经是深冬了，我燃起了柴火祛寒，把夏挽抱在怀里，就当我们昏昏欲睡的时候，突然听到了断断续续的哭声。我起身去看的时候，发现一个女人半沉在沼泽里，歇斯底里地哀号着。

“大哥求求你！你是好人，你救救我！求求你！救救我！”她颤抖着朝我的方向伸出手。

我拿了一根树枝朝她伸过去，她浑身颤抖地爬上来，浑身腐臭，如同从地狱爬上来的恶鬼。

“大哥……大哥……你能给我一口吃的吗？我三天没吃东西了。”

我犹豫了一下，夏挽在一边轻声说：“姑姑，不要节外生枝。”

这一路上我们乔装成有麻风病的乞丐，我粘了胡须和肚腩，和夏挽父子相称。为了避免被人发现，我们尽量不与人同行。

“我是南胥人啊……”女人哀号着说，“我们的国没了……我们一家人几乎全被杀了，我要去林南找我儿子，求求你，我不能死……”

我一怔。

南胥人，哪里还有什么南胥人？

只剩下因为皇室无能，失去家园的人。

我们把她带回了山洞，把最后一块干粮烤好了，分给她一半。

她五十几岁了，吃东西的时候直翻白眼，一边吃一边哭：“大哥，你是我的大恩人啊，你叫什么名字？到了林南，我一定好好报答你！”

我摇摇头，怕嗓音暴露，没有说话，夏挽在一旁说：“不必，我们不去林南，明日便各走各的吧。”

女人千恩万谢后，蜷缩着睡了，在梦里她不住抽噎着，发出野兽一样的呜咽。

经历过屠城的人似乎都有梦魇的毛病，在很多很多年后，我仍然会在睡梦中哭醒。

等我们醒来的时候，已经是第二天清晨了，女人已经上路了。还有不到十里路，我把夏挽的小鞋子补了补，也精神抖擞地上路了。

然后，在官路上站着一群北乾士兵和那个女人。

“军爷！那是个白脚羊（年轻姑娘）！我趁她睡觉看了！她没有喉结，皮肤白着呢！剩下那个也没有病，是个细皮嫩肉的小崽子！您看能赏多少钱？”

我被几个兵按到了地上，他们粗鲁地用抹布擦了一遍我的脸，又扒了我的裤子，泪眼模糊之中，那个女人谄媚着数钱。

“还是个菩萨脸（好看的姑娘）……在这儿办可惜了，走！带回去！”他们兴高采烈地说。

“这小孩怎么瞧着像咱们北乾的种？”

“都带回去！”

我被推搡着送到了北军的军营里，最后和夏挽对视那一眼，我第一次看他哭了。一直以来那么安静的孩子，歇斯底里地哭着，朝我这边挣扎，却被士兵兜头赏了一个耳光。

我无声地翕动着嘴唇，对不起……夏挽，活下去……不择手段地活下去吧……

当着所有人的面，我被几个北乾女人扒了衣服，被兜头一盆一盆水冲洗着。我像牲畜一样被一群人评头论足，他们给了我一件薄薄的外套让我穿上，应该是刚从哪个死去的姑娘身上扒下来的，还带着血腥味。

然后我就进了营帐，老远就能听见里面年轻女孩凄厉的哀号。北乾人没有什么避人的意识，我见识了另外一种人间炼狱。

“又来了个菩萨脸！”一个虬髯大汉朗声笑着，一把把我拉进怀里，“可别像上回那个，弄两下死了。”

众人顿时大笑起来。

我仰起脸，微笑起来："军爷轻一点，我还没嫁过人！"

"你怎么会讲北话？"他惊奇地捏着我的脸打量，又说，"你不怕我？"

这两年帮哥哥处理朝政的时候，我学了北乾语。

"我爹早年间和北乾做生意，我也跟着学了北语，这次来林南就是来找我爹的。军爷，您快活完，能放了我吗？"

"行啊，等爷快活完带你去找找吧。"

他漫不经心地说，看我表情僵硬，还解释了一句："哦，何素龙前两天投降了，林南现在归我们了。"

何素龙降了。

我只觉得脑中轰鸣，什么都听不到了。麻木中，他臭烘烘的嘴在我身上拱起来，我在周围此起彼伏的惨叫中，慢慢合上眼睛，一滴泪水顺着眼角滑下来。

"羲河，活下去。"

可是爷爷，活下去，到底有什么意义呢？所谓人间，不过是另一种地狱。

突然，营帐的门被打开，我睁开眼睛，看到一个年纪不大的将领走进来，他面如寒霜，所有人都停住了动作，我身上那个虬髯汉子也爬起来，嗫嚅着叫："将军……"

那将军看了他一眼，转手就一刀劈下来。我从未见过这么快的刀，虬髯汉子连声都没吭，就倒在我身上，死不瞑目。

整个营帐噤若寒蝉，连女孩的惨叫都停了。

"林北是制瓷重地，我下过军令，要保存瓷厂，如今这是干什么？活腻了吗？"

他冰冷地扫视这屋里的每一个人，他们如同在头狼凝视下一样战栗着低下头。

"我说过，占领只是第一步，我们是要像南胥人一样在这片土地上过上好日子，你们听不懂我说的话，但我以为你们至少怕死！"

他收了染血的刀，转头就走，却没能走得了。

是我，我死死抱住他的脚，用北语喊着：“将军……我是都城周窑家的女儿！我会制瓷！我会制瓷！”

他看着我，手从刀把上撤了下来。

“制瓷有多少道工艺？”

“回军爷，一共七十二道程序。”

“当世名窑有多少？何为青，何为白？”

“天下名窑大概可分为五大窑、八大系。如我周家，可产天青、浅黄、月白、卵白等诸色，家主以雨过天青釉色为傲；而文窑以白瓷闻名，兼烧黑釉、酱釉和绿釉；庭窑号称出窑万色，可烧制出玫瑰紫、海棠红、天青、月白等，其中玫瑰紫被词人赞咏‘瑰若云霞横天，焚音寂灭’，最受世人追捧。”

在主帅的营帐里，那将军坐在主位上盯着我，我已经猜到了他的身份——这次南征的先锋将领，北王丹蚩的长子，宸冬。

“你读过很多书？”他问。

“还好。”

他起身凝视着我，我能闻到他身上的味道——铁的味道、血的味道。

“你没有什么破绽，但不知道为什么，你给我感觉……”他的眼睛是野兽般的褐色，“很不好，我们北人打猎，最相信直觉，你在发抖，可你不像兔子。”

我的确在发抖，细密的汗水顺着脖颈流下来，我身后的士兵轻轻拔出刀，那尖锐的声音让我几乎站不稳。

“他们说和你一起来的有个小孩，他是你什么人？”

“是我……”

不，民间流传着我和夏挽没死的消息，北乾军人不可能不知道。

我嗫嚅着说：“是我弟弟。”

他吩咐属下：“把她弟弟叫过来。”

我的心骤然抽紧，这一切都没来得及与夏挽通气。他哪怕是问一句“你父亲姓什么”，我们也都完了。

我的冷汗缓慢流了下来，我已经预料到了待会儿血肉横飞的场景，或许我该告诉他们夏挽的身世……

夏挽被带进来，懵懂地看着我们，我颤抖着道：“小夏，别怕，军爷问你话你就照实说！”

后面的士兵顿时用刀柄狠狠一戳我的脊背，道：“闭嘴！”

宸冬歪着头打量了他一下，道：“她是你什么人？”

不要说“姑姑”，千万不要！

“她是我姐姐……”夏挽仰起头，声音已然带了哭腔，“你……你为什么要抓她？”

宸冬不耐烦地呵斥道：“哭什么哭！”

夏挽不敢再哭了，含着眼泪怯怯地瞧着他。

“你们来林南做什么？”

“家里人几乎都死了，我们走了许多的地方，到处也找不到我阿爹……”

“你阿爹是做什么的？”

我的心一下子收紧了。

夏挽茫然地看着他：“阿爹就是阿爹。”

宸冬的手放在夏挽的脖子上，他继续问：“我再问你一遍，你阿爹是做什么的？”

我慌忙跪下，大声说：“军爷，我嘱咐过小夏不可以随意透露家中生意，小夏……你告诉军爷，我们是——”

“我家是做瓷器的，你放开我，我害怕，呜呜呜呜。”夏挽大声哭起来。

宸冬松开他。与此同时，营帐门一掀，一个小兵进来通报：“将军，大王的使者到了。”

“我马上到。”

临走前他看了我一眼，吩咐道：“这小孩送到葛老儿那里打个下手，女的先留在我这儿。”

“是！”

夏挽没来得及同我说一句话，便被副官拽走了。营帐里只剩下我一个人的时候，我才终于撑不住，坐倒在了地上。

07

我活了下来？

我几乎不敢相信，我在一个几乎不可能生还的绝境之中活了下来。但我丝毫没有劫后余生的喜悦，紧张的神经放松之后，是茫然和绝望。

何素龙投降了，意味着最后一块属于南胥的土地也不复存在，再怎么自欺欺人，南胥的气数，已然尽了。

支撑我走到现在的目标灰飞烟灭了，我还能做什么呢？苟且偷生，浑浑噩噩地活着吗？那么我又为何从破国之日撑到现在呢？仅仅是为了以一种更残酷的方式惨死吗？——要知道，一个让人胆寒的危机就在眼前，我，并不会制瓷。

年少的时候，知秋为了让我知道瓷器来之不易，曾经带我去瓷窑一遍一遍地看着瓷器制造的过程，我因而熟识了许多制瓷的知识，但是，这并不代表我真的有本事从无到有地重建南胥的瓷业，宸冬早晚会知道我在骗他。

那时候我该怎么办？

就在我胡思乱想的时候，营帐的门被掀开了，那个副官进来，扔给我一件略厚实些的衣服，道：“这个给你，好好伺候将军。”

我连忙喊住他道：“军爷您等等，我有些事想请教您。”

他是个四十几岁的中年人，有一双鹰隼般的眼睛，在这样的眼睛面前，任何伪装都是多余的。我小心地说：“军爷，我知道，我什么都不该问，但我和弟弟相依为命才走到了现在，您能不能可怜可怜我，告诉我一下，那葛老儿到底是做什么的？我弟弟……还能活下去吗？”

“哦，这你不必担心，葛老儿是咱们军营的参宿。”他见我迷惑，想了想就说，“就安置伤员的，懂吗？”

我那时并不知道“参宿”的意思，理解成了军医，还舒了口气，副官突然问我：“你十几了？”

“今年刚满十六。”

他叹了口气，声音有些低落，说：“我们家小闺女怕是也这么大了，也不知道在家有没有人欺负她。”

再抬起头，他又是一双锐利的眼睛，却多说了几句提点我：“将军喜怒无常，早年征战落下了病根，夜里总是睡不着觉，越睡不着越是暴躁，有一次半夜无缘无故地杀了十几个人，你瞧他翻来覆去的，就躲远点。”

我点点头，他又宽慰我道：“其实也没什么，将军喜欢南胥人，你好好服侍，说不定有大造化。”

“喜欢南胥人？”

“我猜的，要不然也不能让你近身伺候。大王像他这么大的时候，孩子都生几个了，他呢，族里的女人看都不看一眼。”他意味深长地看着我，“将军嘴上不说，我觉着，他就是喜欢南胥女人。”

我装作害羞地低下头，脑子却在飞快地转，有什么东西在心中蠢蠢欲动。

副官站起来，道：“我话已经说得太多，该走了，过几日和大王的军队会师，有的是事忙活。”

“……什么？”

我瞪大了眼睛，他莫名其妙地看着我，又重复了一遍：“过几日，我们就要觐见大王了。”

北王丹蚩。

一些我刻意遗忘的画面出现在脑海里：野兽般的瞳仁，狂笑不止的男人，知秋颤抖的手指，顺着腿流淌的鲜血。

我仍未知道夏挽为什么会奇迹般地答对问题，但是我在那一刻明白了为什么我们能在接二连三的绝境中，奇迹般地活下来。

丹蚩还好好地活着，我怎么能死呢?

副官离开后，我准备了一套无懈可击的说辞，惴惴不安地等着宸冬回来，这一等就等到了半夜，营帐的外面才传来嘈杂的声音。

宸冬走进来，后面两个副官押着一个被五花大绑的北乾士兵，他尚不服地挣扎着，破口大骂："老子跟着大王的时候，想杀谁就杀谁！"

话还没说完，副官一脚踹在他脸上，他倒在地上，痛苦地抽搐着。

门是大开的，这意味着所有的士兵，都能听到、看到这一切。

宸冬把玩着一把匕首，低头看着他，道："我与何素龙约定，林南降了，北乾兵必不伤林南百姓一根毫毛，你觉得我的军令是在同你玩笑？"

"大皇子我知错了！我没有那个意思，我就是一时迷了心窍！求求你……"

宸冬面无表情地抬起他的下巴，道："你跟了我三个月，还不知道该叫我什么？"

"不是……将军……"

他的手一动，那个人的下巴就脱臼了，只能干张着嘴，发出恐惧的哀号。手起刀落，随着一声让人毛骨悚然的尖叫，那个人的舌头落在地上，整个嘴都变成一片血污。

副官接过刀，第二刀割掉他的耳朵，然后是第三刀、第四刀……

那样高大壮实的男人，就在我眼前，变得血肉模糊。

"我不管你们之前是叔父的兵，还是大王的兵……"他慢条斯理地把玩着手中的刀，"在我的军营里，不听我命者，死。"

那人已经不能说话了，发着抖拼命点头。

一时间，营帐里一片死寂，随后宸冬道："把他挂在门口，免得一些老兵健忘，我要歇息了。"

"是！"

两个副官把那个已经血肉模糊的人拖了出去，门终于关上了，宸冬转过头，愣了一下才反应过来：“哦，是你。”

我应了一声，走过去帮他脱去铠甲，拧了热毛巾为他擦拭头脸，他皱着眉问我：“你叫什么名字？”

“我叫周小溪。”

“你不怕我？”

满屋子让人几欲呕吐的血腥味之中，他看着我，炭火映亮了他的眼睛，他越发像一只野兽，我强忍住身体的战栗，低头笑着说：“我很怕将军，但将军收留了我和弟弟，是好人。”

“嗯。”

他把那把刀随意地扔在床上，然后把我拉过去坐在他的腿上，手从我衣襟伸进去，他的手是凉的，带着老茧，虽然知道早晚有这么一遭，我还是忍不住战栗起来。

“南胥女人真是……”他在我耳边说，手上的力道又重了。

我实在控制不住，满眼都是泪水，不是因为屈辱，而是因为疼，他的力气太大了，我觉得我都要被捏碎了。

他突然停下了动作，道：“你不愿意？”

“我愿意伺候将军，就是，太疼了。”

他把手抽出来，躺在了另外一边。

“是你太小了。”他想了想，又补充了一句，“年龄小。”

……我一时之间不知道说什么。

“没意思，睡吧。”

那张行军床很小，我们不得不紧紧贴在一起，他身上血和铁的气味让我觉得害怕，但是天太冷了，他身上很暖。

我睡不着，也不敢动，他也没有睡着，我想起他的失眠症，越发觉得怕。

他却突然开口道：“南胥像你这样的，会有多少书看？”

书？南胥崇文，无论男女都要从小读书识字。我因为祖父不加管束，没怎么正经跟过先生上课，但是宫中有座极大的藏书楼，知秋总带着我去那里打发时间。

“家中有藏书，想读的话，可以读。”我斟酌着回答。

他从枕头边扯过一本书给我。

“这个你读过吗？”

我拿过来翻看了一下，发现是一本残书。

“没有读完，这本书叫《东林稗史》，一共五十六卷，你这应该是……是第三卷，讲的是前朝名将的逸事。”

“用北语读给我听。”他说。

我半坐起来，借着炭火的光，轻声念诵起来。这本书在宫内的藏书当中只能算是中档，他却听得很认真，偶尔会问我几个问题——“什么是圣人之道？”“什么是守节？”。

小时候，我一读书就打盹，为这个知秋没少弹我额头，现在仍是，读着读着，困意就上来，打了几个哈欠，靠在他身上睡着了。

醒来的时候，宸冬早就走了，炭火却仍然烧得很旺，我的被子上搭了一层兽皮，很暖也很舒服，要强逼着自己才能从被子里爬起来。

我掀开营帐的门，一眼就看见了高悬的尸体，一夜的时间足够他的血流尽了，他面上笼罩了一层冰霜，几个士兵正在把他放下来。

温暖只是幻觉，这，才是真相。

我向守卫的士兵打听“参宿”究竟在哪里，他们一直装聋作哑，不肯回答我的问题，我只好借口说我要去打水洗漱，一边慢慢走向河边，一边寻找夏挽的身影。

就在我准备把水桶沉入河水之中的时候，突然，风送来一阵断断续续的歌声：“身……既死兮神以灵，魂魄……毅兮为鬼雄。”

木桶扑通一声落入了河里，顺着水漂走了。

那是屈夫子的《国殇》。

没有北乾人会在军营里唱这种歌！

我猛然站起来，四下寻找着声音的来源，后背全是细密的汗水。可是那声音消失得无影无踪，就像是鬼魂消失于阳光之下。

08

随后我便一直在寻找歌声的来源以及参宿的下落，可是军营里防范很严，一直没有线索。

宸冬没有再碰我，我像所有粗使婢女一样在他身边伺候。我不擅长伺候人，他也并不挑剔，只是偶尔我不经意抬起头的时候，总能碰到他审视的目光。

他一直在怀疑我……可是，怀疑我为什么又让我留在他身边呢？

有一日我打了水回去，想在营帐门口歇一会儿，却不想宸冬已经回来了，我恰好听到了他和副官的对话。

“瓷窑要等我们去了枬城才能着手，在那之前，把她身份给我查明白。”

“是！”

那个说我像他女儿的副官又小心翼翼地问了一句：“将军可是觉得，她有什么不对劲的地方？”

“我营帐里，堆着很多南国人眼里的好东西，有价值小半个城池的珠宝玉石，有传了几千年的古董，别说动，她看都没有看一眼，有些东西是隐藏不了的。”他说，“一个普通商户养出来的女孩，是做不到的。”

副官又道：“那若是她一直在说谎的话，很可能就是南国培养出来的刺客，将军还是不要冒险，直接杀了她吧。”

宸冬沉默了良久，我听见我的心脏近乎疯狂地跳动着。

“不。”他说。

这时候，突然响起了号角声，那是敌军来袭的警报声。我手中的水盆啪地落在地上，宸冬从营帐里出来正撞见我，厉声道：“快走！”

他话音未落，一支带着火焰的箭就嗖地射过来，营帐迅速蹿起火苗，他神色一凛，朝射箭的方向看去，那边本应有卫兵镇守的山头，埋伏了一排弓箭手，带着火焰的弓弩密集地射过来。另一拨人潜入了军营，正在与北军搏杀。

“保护将军！”

护卫兵嘶吼着聚集在他面前，用刀挡着流矢，我呆呆地看着眼前的一切，努力辨别着这些偷袭者——南胥的官兵已然全线溃败，又哪里来的这些人来偷袭北乾的军营！

还没等我想清楚，就被宸冬一把拉在身后：“发什么呆！过来！”

这些偷袭的人并不像是受过什么训练，战斗力并不强，但是排兵布阵竟极有谋略，身无甲胄，仅靠着粗暴的拼刀刃，迅速打到了宸冬面前，这可是整个北乾最精锐的部队。

为首的是一个身高九尺、长得像一只巨熊的壮汉，拿着一把长刀厉喝：“北狗受死！”

宸冬拔刀相迎：“你是何人？”

壮汉一刀竟劈碎了护卫兵的盾牌，大声笑道：“老子南胥人！”

宸冬一个纵跃，翻到了护卫兵之前，与壮汉短兵相接，他那把雪亮的长刀和壮汉相撞，赫然裂开缺口，北乾人的悍勇确实名不虚传，而这个壮汉居然丝毫不落下风。然而，几个回合下来，败局已定。

他们敢偷袭，就讲究一个“快”字，火焰弓弩、自杀式的短兵搏刃，都是为了让壮汉迅速接近宸冬并且将其一击毙命，但是一旦等到北乾军队反应过来……

壮汉被几个士兵联合偷袭，洞穿了腹部，然后被压倒在了地上，一个士兵拿着一把刀就要劈下去，却被宸冬喝止了：“留他一条命！”

那士兵双目赤红，拿着刀的手在抖，刚才他的同袍被斩杀了无数，然而还是听命地把刀扔在一边。

“你是山匪？”宸冬问。

“我是你姥姥！”

壮汉因为流血过多而脸色发白，一口唾沫还是险些吐到宸冬脸上。

“你身手不错，南胥已亡，北王优待武士，何必寻死呢？”

壮汉脸被摁在地上，尚扯着脖子狂笑：“亡个屁！南胥人在！南胥就不会亡！”

宸冬摆摆手：“带下去，留他一条命，我要问出幕后主使。”

壮汉被北乾士兵扯着，腹部血流不止，尚还中气十足地谩骂了一路：“北乾狗！有本事跟老子一对一地干！”

早上还平静的营地，被鲜血覆盖，所有人都在忙忙碌碌，宸冬带着人急匆匆地上山去勘察偷袭的地点，没有人注意我。

我呆呆地站在那里，刚才那一句“老子南胥人”，雷鸣般地响彻在我的耳际。

士兵们拖着一个重伤员从我身后走过去，说：“这就送到参宿那里吧。”

参宿？

我终于从浑浑噩噩的状态中惊醒，跟着那些抬着重伤员的士兵走到了营地边缘的一个营帐里，那营帐看起来普普通通，只是没有封顶。

我站在门口，向里面看去，里面供着一个狼首佛雕像——北乾多个部落融合，形成的独特信仰，一面狼首悚然，一面佛陀慈悲。

神像下燃着火盆，重伤员横七竖八地摆在地上，都不住地抽搐着，其中一个呻吟得最为厉害。

一只枯瘦的手覆盖住了他的脸。

“身死此地，魂奔天际，狼行千里，只待归期。”

是一个枯瘦的黑袍老人，老人半蹲在地上，那伤员抽搐了几下，没了声音，又过了一会儿，他的身体肉眼可见地萎缩起来，然后迅速化为一摊水和几块骨头。

是传说中的北地巫术。

“捡骨。”老人一边命令，一边走到了另外一个伤员旁边。

“是。”

一个稚嫩的声音应道，一个小孩用长筷捡拾起剩下的骨头，扔进了火盆之中。

“夏挽！”我失声叫出来。

老头迅速看过来，黑袍阴影下是一双白蒙蒙的眼睛，厉声喝道：“你是什么人？参宿送人也敢看！”

夏挽慌忙拽住他，低声哀求道：“师父，这是我姐姐，不懂北乾的规矩，您别跟她一般见识。”

“不懂北乾的规矩就可以到处窥看吗？这是亵渎神灵！”

我气得发抖，冲进来就吼：“什么规矩！肆意屠戮人命是你们北乾的规矩！到别人家里烧杀抢掠是你们北乾人的规矩！噢，现在自己士兵受伤了，不医不治，让他们去死也是规矩！你们配谈什么神灵！有一个算一个，你们都该下十八层地狱！”

因为太急，我是用南语说的，老人听不懂，急忙问夏挽：“她说什么？你告诉我！她说什么？”

夏挽道：“师父，我姐姐在跟您道歉。”

“不是！你蒙我！我要禀告将军！”

我迅速切换成北语，吼道：“你去告！正好让将军杀了我们！宁死我也不会让我弟弟碰这种阴损的东西！”

我等着他勃然大怒，他却好像被戳到了什么软肋，再也没了气势，嘟嘟囔囔的不知道说的什么。夏挽软声哀求了几句，把我推出了那个营帐。

“姑姑，我没事，师父待我很好，你不用担心。”

“放屁！”

我颤声说：“怪不得我一直在找伤兵营找不到，他们根本就没有，轻伤的不用治，重伤的就去死，怪不得我们打不过他们，人怎么打得过畜生！”

夏挽拉着我的手，轻声地劝我，他的小手在北风中已经皲裂得不像话了，我的眼泪再也止不住：“可是他们怎么敢让你做这样的事？你还这么小，你是南胥的太子……他们怎么敢？”

夏挽的声音比我想象的冷静得多：“姑姑，北乾人的想法和咱们不一样，他们认为，人重伤之后就会被恶鬼附身，会给军营带来灾祸，所以要早日魂归天际，才好重新归来做北乾勇士。至于我，现在这样的境况下，我要比大人还要勇敢上百倍，我才能活下去，才能保护你啊。”

冬日的寒风暴虐地吹过我们，他那么瘦弱，却沉静从容，如同风中弯了腰却摧不折的芦苇。

他其实一直比我坚韧成熟得多。

这时候，断断续续的歌声又传过来。

……

天时怼兮威灵怒，严杀尽兮弃原野。

……

带长剑兮挟秦弓，首身离兮心不惩。

这次的声音更加粗犷豪迈，却带着一种哭腔。

“你听到了吗？有人在唱《国殇》！是真的有人在唱！”我一把拉住他，夏挽点点头，四下看了看，对我比了一个“嘘”的手势。

“是俘虏。”他说，“但不知道他们关在哪里。”

我呆了一下，北乾人务实到了一种让人发指的地步，能让他们花费人力、物力去关押的人，一定不是普通人。

突然远处有士兵朝我喊：“溪姑娘吗？你怎么跑这儿来了？”

“姑姑，你该回去了，不用担心我。”夏挽对我说。

“等等，你告诉我，那天你是怎么知道我说的是什么的？”

“猜的。”

“不可能……”

他笑了一下：“其实不难，人的眼神会告诉你所有的事情，你当时那么惊惶，我就知道你一定说了谎，若不是姑姑，也只能是长姐。我哭起来的时候，那个将军不耐烦却没有杀意，我想，姑姑应该是伪造了一个让他觉得有用的身份，盐铁、香料，还是航运道路？我猜应该是某种工艺，这会让我们活得久一点，应该是冶金、纺织、制瓷……你说不可在外随意透露家里的生意，那就是私下铸造违法的手工业，他们又刚打完瓷业重地林北，那么就应该是制瓷了。”

我呆呆地看着他，道：“你真的很聪明，你，你原来在宫里，也这么察言观色吗？”

他没有回答我的问题，而是笑着道：“其实没你想的那么凶险，那个将军看你的眼神告诉我，他从头到尾，就没想过要杀你。”

这时候士兵已经走到了我们附近，道：“溪姑娘，参宿送人是不能看的，你快随我回去吧。”

不知道为什么，我觉得他们对我的态度恭敬了许多。

我努力微笑了一下，心乱如麻，千言万语却什么都不能说，最后只说了一句：“对不起。”

夏挽天真无邪地微笑着，朝我摇摇皲裂的小手，轻轻道：“姐姐，别怕。”

是的，我不能怕，我还要在丹蚩来之前，得到宸冬的信任。

09

宸冬一直在忙于审问那些山匪，他们之所以能发动如此迅猛有效的攻击并差点成功，是因为他们对北军的布防和营地的地形了如指掌，也就是说北军当中，有奸细。

这对于任何一个主帅来说都是极大的威胁，宸冬必须在北王丹蚩驾临之前把那个叛徒找出来，可是什么办法都用了，威逼、利诱、重刑……整个营地上方都萦绕着挥之不去的惨叫，那个叫郑龙的壮汉被用了重刑，却仍然始终什么都不肯说，中气十足地谩骂：“北乾狗去死！”

宸冬回来，我刚把茶盏送到他手里，就听见啪的一声，茶盏被他捏碎了。

我惊愕地看着他，他坐在那里，脸色阴沉得可怕，仿佛浑然感觉不到烫。他似乎在克制着什么，浑身在微微颤抖，眼睛里闪烁着两团火焰。

“给我读书。”他咬牙切齿地命令道。

“是。”

这几日他睡不着，找来了许多书让我读给他听，我特地避开了那些兵戈铁马的故事，轻声念诵起来：“……过去心不可得，现在心不可得，未来心不可得……”

轰的一声，他一脚踹翻了炭盆，捂着头倒在地上。

“将军！”

我赶紧放下书去扶他，他浑身痉挛，抬起头看着我，那眼睛竟然是充血赤红的。

我骤然想起了副官对我说的话：“将军有一次半夜无缘无故地杀了十几个人……”

我原以为是他性情暴虐，但这几日相处觉得并不是，那应该就是，发病……

他猛然推开我，踉跄着去拿他的刀，唰的一声，长刀出鞘，跳跃的烛火下，他面若修罗。

啪!

他一刀劈碎了桌子，桌上的瓶瓶罐罐碎了个干净，又一刀下去，高悬的牛皮地图霍然出现了裂口，轰然掉落在地上，然后他回过头，看到了我。

他朝我走过来，高大的影子慢慢覆盖住我，我一边往后退，一边语无伦次地哀求：“将军，不要……”

他双目赤红，一刀砍下去!

我紧紧闭着眼睛，想象中的剧痛却没有袭来，我睁开眼睛，惊愕地看着他拿着刀，颤抖着看着我，然后一刀下去，砍伤了自己的左臂，随后一把把刀扔远了。

他的左臂血流如注，他却似乎因此恢复了一些清明，低吼道："滚！"

我连滚带爬地逃走，刚逃到门口，却听见了一声压抑至极的呻吟。他撕咬着自己的伤口，想要保持清醒，却仍然痛得用头一下一下地撞着床柱。

我颤抖地看着他，然后一咬牙，拿起了刀，扔到了营帐外面。

我回头朝他奔去，紧紧地抱着他，哭着说："将军，你别伤了自己，要是疼，你就咬我吧。"

他浑身都是汗，痉挛似的发着抖，头在我肩颈摩擦，鼻息如猛兽一般粗重，然后，他一口咬在了我的肩膀上。

太疼了，疼得我骨头都要碎了，温热的血几乎立刻就奔涌而出，我连喊疼都没有了力气，半晌才艰难地抬起手，一下一下抚他的后背："将军，不疼了，不疼了。"

我在很小的时候闹脾气，知秋就是这样哄着我的。

他的力道一点都没有松，只是喉咙里传来一声含糊的呜咽，我听了很久才能听清，他在唤："小溪。"

我紧紧地抱着他，一字一顿地说："将军，小溪陪你疼。"

不知过了多久，他终于松了口，抱着我躺在床上，大口喘着气，床上、地上都是血迹，有他的，也有我的。

他终于缓过神来，粗鲁地扯开我的衣服，看到了那个深可见骨的牙印，皱起眉，道："你差点死了知道吗？"

我抬起头，说："我愿意的。"

"为什么？"

"因为我……我恋慕将军。"

烛火熄灭了，只有一轮明月，无遮无拦地映照着我们。良久，他避开我的眼睛，嘟囔了一句："南胥女人……"

第二日，他破天荒地没有去牢房，让人收拾了营帐，坐在桌前看军报，一个南胥老大夫被带过来，哆哆嗦嗦地给我看病。

“这个姑娘奔波劳碌，身体底子弱……”老大夫哆哆嗦嗦地说，副官咳了一声，老大夫连忙改口，“伤不打紧的，上了药，喝几服药就好了，倒是身体，我开个方子，好好调养。”

宸冬“嗯”了一声，又道：“让他也去给俘虏营那几个人看看吧，东西还没问出来，别让人死了。”

“是。”

副官带着大夫走了出去，过了一会儿，又回来报告：“那个大夫说，除了郑龙之外，那群人的死期也就在这一两天，关键是一心求死，什么药都没用。”

宸冬深吸了口气，似乎强忍着怒气，道：“死之前让他们把幕后指使给我吐出来！”

我正在煮茶，闻言手一颤。

副官走后，他烦躁地把所有的东西一丢，仰躺在椅子上，道：“南胥朝廷都没了，你说这些人还在负隅顽抗些什么？”

他像是在对我说，又像是自言自语。

我把茶放在案头，轻声道：“因为他们看不到希望。

“在南胥尚存的时候，他们耕者有其田，算得上安居乐业，而北乾人来了，掠夺他们的财产，杀死他们的亲族，并且在可以望见的未来里，他们会被北乾人奴役、鞭挞，过着生不如死的日子。在这样剧烈的绝望之中，他们是不会投降的，只会越来越激烈地反抗，所以，若想他们投降，将军不如给他们一点希望试试看。”

他侧头凝视着我，半晌，道：“以后你生了孩子，也要教他读书。”

我有些呆，不知道说些什么。他把我揽在怀里，似乎在想什么，半晌，又说：“以后我把书都抢来，给我们的孩子。”

第二日，大夫又来给我诊脉，这次宸冬不在，大夫面上明显放松了不少，我趁机和他搭话：“您是林南人？能被请到这里……该是位名医吧？”

“不，不，惭愧惭愧。”他惶恐道，嘴角下垂着，委屈得就像随时要哭出来。他惭愧地表示，并不是因为我这句奉承，而是南胥死了五十万人，而他，在为杀人者看病。

我轻声宽慰道：“我是都城人，这乱世之中，命若琴弦，都是身不由己。”

他本在写方子，手一抖，便滴了一滴墨。

他许久没有说话，写完递给我的时候，他想勉强露出一个笑来，却抖着笑不出来：“您……一看就是父兄娇养出来的小女儿，我们家也有个小女儿，我这把老骨头即使被碾成了灰，也不忍让孩子没了活路，您这样……很好，活着就很好。”

说最后一句话时，大概是想起了家里的小女儿若是也落得这个境地，自己该怎么办，他竟带了些哭腔。

我叹了口气，道：“我送送您吧。”

“使不得使不得，我还要去牢里给那些人送药，那种地方……”

“我帮您拿，他们手笨，别弄洒了。”

大概也是知道这些人快死了，守卫并不森严，士兵瞧见我来也只是象征性地说了句：“溪姑娘你来这儿做什么？送药？以后这事儿让小的们跑就行了。”

那里只是个简单的地窖，十几个人被锁链缠着，满脸脏污，除了那个叫郑龙的壮汉尚有精神，其他人都躺在地上，萎靡不振。

大夫抖着递给他们药，然而不是被无视了，就是被反手打翻了。大夫哭丧着脸，手足无措。

而我在人群里寻觅着，一个角落里趴着一个瘦弱的男人，他衣衫褴褛，苍蝇落在他身上，如果不是胸口微微起伏，他和一具死尸也没有什么区别。

突然，他翻了个身，断断续续地唱起来：“……身既死兮神以灵，魂魄毅兮为鬼雄……”

有些人麻木地看着他，也有些人跟着哼了起来。

和我想的一样，如此境遇，宁死不降，尚咏《国殇》的人……不是普通人。

我跪下来，把药递给他，轻声说：“大人，请喝药。”

他看都没看我一眼，继续断断续续地哼着歌。

我强忍住眼泪，又小声道：“大人不是最看不上‘无事袖手谈心性，临危一死报君王’之人吗？如今怎么就……一心求死呢？”

他皱起眉，然后强撑着抬起头，颤巍巍地看了我一眼，烛火下，是干净整洁的我和形容枯槁的他。

他几乎一下子跳了起来，又因为铁链的桎梏，重重地摔在地上。他狼狈地擦着脸上的灰，妄图让自己看起来体面一点，然后重重地叩首，直到额上有血痕：“臣，林北安抚使贺兰知言，叩见公主。”

那是几代清流、诗书世家所镌刻在骨子里的教养，贺兰世家的长子，知秋的哥哥，贺兰知言。

第二章

花种还在，会有重开的一天

01

小的时候我曾见过他，他是祖父钦点的状元，宫宴上所有人都喝得薄醉，在哥哥的带领下纵情狂欢，唯有他独自坐着，脊背挺直。我扯扯他的衣襟，问：“你怎么不跟着玩呢？”即使对我这么一个小孩，他也严肃道：“君子当修身立德，不可殿前失仪。”

我似懂非懂地点点头，然后说：“那把你的杯子给我吧，我喜欢摔碎了听响儿。”

所谓纨绔，荒唐一梦。

士兵听不明白南胥话，嘀咕道：“这人是彻底疯了。”大夫也在我一旁说：“别怕，可能是临死前的谵妄症。”

我不怕，我怎么会怕，贺兰大人，是我该向你叩首才对啊，替我所有的先祖感谢你，为一个一败涂地的王朝，守着最后的气节。

但我什么都不能说，我只伸出手，把药递给他：“大人你糊涂了，喝药吧。”

他终于反应过来，嘴唇在颤抖，状似疯癫急道：“姑娘是都城人，原来都城里有一户人家……有一朵养得很好的兰花，之后被送给了一位贵人，不知今日，还开着吗？”

我的泪水终于含在眼眶里：“大人糊涂了，此时寒冬，兰花早就谢了。”

他呆了呆，又道：“那，那兰花不开了吗？再也不开了吗？”

“花种还在，春暖花开之际，也会有重开的一天。”

他黯淡无神的眼睛顿时发出光彩，他翕动着嘴唇，像是有千言万语想说，却说不出口，只得急切地大口大口地喝着手中的药，生怕自己晚了一点，就活不下去了。

周遭的囚徒大概有他的旧部，能听懂的也急切地向大夫挥手：“大夫，汤药还有吗？”“大夫！救救我！”

大夫一时手忙脚乱，在一片混乱之中，我对他行了一礼，轻声说：“大人，保重。”

他也朝我行了一礼，然后癫狂地哈哈大笑起来，旁边那个叫郑龙的壮汉目瞪口呆地看着我们，道：“小白脸子，你好好的怎么疯了？昨天还不是说要殉国吗？咋，不殉了？”

贺兰知言真的笑起来，他指着郑龙，含泪狂笑，道：“不死了！老子这一条贱命，偏要看花开满城才肯死！”

北乾士兵听不懂南胥话，大声呵斥起来，一片喧闹声中，我随着大夫走出了囚牢，大夫瞧着我嗫嚅着什么，却没有说出口。

“我五岁学剑，虽然不能与这北乾兵抗衡，但我可以杀你，论理，我也应该杀你。”

我仰头看着浓墨重彩的夕阳，大夫在我身边抖了起来，我轻声说：“但我不会杀你，如今百姓流离失所，是南胥朝廷没有庇护好它的子民，我不能再错，让你女儿没了父亲。今日之事，不要猜测，好好为他们治病，在北人面前一切如常，可好？”

“不猜，不猜。”大夫激动地说，“你，您放心，我，我是南胥人！我自当保护南胥的勇士，您放心！”

送走了大夫，我站在门口回望，橘红色的晚霞渐渐沉入宝蓝色的夜色之中，营地的尽头，那是参宿的营帐，夏挽站在那里望着我，夕阳给他小小的身影镀上了一层华光。

他只有七岁。

可他是所有人的希望。

希望，是比这世间所有的一切都要强大的力量。

在那之后，我每一日都去夏挽那里。有一日，我回来的时候，发现宸冬正坐在营帐里看书，头也没抬问我："这么晚？"

"天冷了，给我弟弟和葛老儿送些兽炭过去。"

我把手中的布包放好，过去为他斟茶。

他漫不经心地翻了一页，道："你最近好像很喜欢去参宿那里。"

我的手顿了一下，道："将军，我弟弟才七岁。"

他抬起头，看着我道："紧张什么？"

"我没有紧张。"

"你有。"

他站起来，直视着我："是什么？毒棘草吗？"

炭火让空气微微扭曲着，我也看着他，握紧了拳头，道："我听不懂将军在说什么。"

"我听卫兵说，你之前去了囚牢。"

"对，大夫熬好了药，我帮他端过去。"

"军营人死光了，需要我的女人去端药？"

他一把攥住我的手，烛火下，那上面布满了细密的血痕。

"参宿用毒来送走亡灵，去过囚牢之后你每天都去参宿那里，还和你弟弟去后山采摘草药，怎么，贺兰大人下了指令让你下毒吗？"

我难以置信地看着他，营帐里只能听见炭火燃烧的声音。

"你说你去送兽炭，那拿回来了什么？"他扯起我腰间的布包，它沉甸甸的，他厉声道，"主帅营帐里什么没有，需要你从参宿那里拿？"

"我若……"我颤抖地开口，"我若有半分谋害将军的心思，必被五马分尸而死，死后暴尸荒野，魂堕阿鼻地狱，永世难宁。"

布包被他打开，里面是一包野菊花，还没来得及晒干。

"我送那位大夫，是想和他多说几句，问问夜晚难眠可有办法……他说野菊花做枕头可助人安眠，我便想去后山采一些，天太冷了，没有找到多少……"我哽咽着看着他，"但将军仍然不会信，对不对？"

我扯开衣带，一件一件地把衣服脱下来：“营帐里一览无余，将军想必也搜过，那，我身上也就这么些东西，您看看，哪里可藏着毒！”

他的眼神落在我赤裸的肩膀上，那里尚有他失去理智的时候所咬的齿痕。他移开目光，声音仍然严厉：“你把衣服穿上。”

天气寒凉，我的嘴唇很快冻成了乌檀色，颤抖道：“将军既然疑我，不如把我杀了，何必放在身边呢？何必对我那么好呢？我已经把将军……当成了夫婿，将军一定觉得可笑吧……”

他背对着我，一言不发。

这时候，营帐门口传来通报的声音：“将军……”

“滚！”他厉喝，猛地转头把大氅披在我身上，我在他怀里泣不成声。

门口的小兵被吓到，应了一声，慌不择路地走了。

他抱着我，似乎想说什么，却半天才说出一句话：“我不会哄女人。”

“我是疑你，你和别的女人不一样，他们抢掠过大家闺秀，但你不一样。”他手臂收紧了，道，“我没有对女人着迷过。”

我抽泣着抬头看他，他却没有再说下去，只是道：“我要去巡营了，你先睡吧。”

“你别走！”我抱住他的腰，身上披的大氅因为这个动作掉落了下来。

小时候懵懂地看到的哥哥的那些小美人邀宠的情景，变成了模糊而绮丽的画面。我想说一些撩人的话，看着他冰冷的眼睛，却一句也说不出口，只能颤抖着重复：“我恋慕将军……我一直，一直恋慕将军。”

他看了我一会儿，还是把我的手掰开，站起身来。

我一时心下绝望，不知道还能怎么做，却看见他当着我的面，解开铠甲。

我呆呆地看着他，他的身躯矫健而修长，铠甲落在地上，而他低下头，粗鲁地吻上我的嘴唇。

我条件反射般地想挣扎，而今日在后山，夏挽对我说的话却在脑海中响起：“今晚千万不要让宸冬去巡营。”

02

宸冬其实猜得没错，从囚牢出来之后，我和夏挽频繁地去后山采摘草药，的确用心不良——我们避开人群，商量着带贺兰知言一行人逃走。

“宸冬对南胥的主张是招降，才会一直留有余地，等丹蚩来了，贺兰大人他们必死无疑，我们必须早做打算。

“今晚寅时，来参宿营帐，我们逃。”

“守卫戒备那么森严，就凭我们怎么逃？”

这时候守卫的士兵朝这边走过来，夏挽一边天真地笑着，与他挥手，一边迅速对我说：“我自有安排。总之，姑姑，今晚千万不要让宸冬去巡营。”

我闭上了眼睛，任由他把我抱到了床上。

大氅掉落在一边，太过激烈的吻让我眼神涣散，宸冬居高临下地看着我，仍然很严肃，但是呼吸有些急，生硬地问：“如果南国没有被占领，你这样的女人，会跟着我吗？”

嗯？

亡国之前，哥哥在为我挑选夫婿，像他说的一样，天下最好的儿郎，从世家子弟到新科状元。甚至他说，只要我喜欢，可以招许多驸马上门……

可唯独不可能是北乾人。

“那样的话，我和将军不可能相识。”我努力微笑着说。

“不，我一定会来南国，因为最聪明的工艺、最好用的东西、最漂亮的女人，都在南国。”他的胡楂蹭得我生疼，眼神中却有一种类似温柔的东西，“无论我以什么身份来南国，我都会把你抢回去。”

剧烈的疼痛瞬间贯穿了我。

他是一个极度自律的人，我跟着他这么久，他每日晨起、练武、操练、巡营，从未迟过分毫，这是第一次……他没有按时去巡营。

疼得就像整个人被撕扯成了两半，灵魂都在战栗，我拼命咬着嘴唇，不让自己哭出声音，他扳住我的下巴吻下去，我听见他低低地说：“你是我的了，小溪。”

……我是你的了。那一瞬间，不可思议的温暖充斥着我的四肢百骸，差一点，只差一点，我就抬起手紧紧抱住他了。

可是一些画面纷至沓来。我长大的那座恢宏的宫殿，哥哥坐在龙椅上颓然的身影，苍凉落日之中的血色都城……那顶看不见却从未消失过的冠冕压得我头痛欲裂。

我是南国公主羲河。

我不属于任何人。

我翻身压在他身上，说：“将军，你也是我的了。”

在他惊讶的表情中，我忍着战栗，努力装作很有经验的样子，歪着头问：“我是你的第几个？”

他看着我，一向冷肃的脸居然笑了：“你问的是南国女人？”

“嗯。”

“第一个。”

“那算上北乾女人呢？”

他笑得特别好看，抬起手捏捏我的脸，翻身再次把我压在身下。

“算上北乾的……也是第一个。”

最后，我连动手指的力气都没有，宸冬终于放开了我，迷糊中，他背对着我把衣服穿上了。

“将军要去哪儿……”

“巡营。”

“他们不是巡过了吗？”

“我感觉不太好，要亲自巡一遍。”他扯了一块兽皮盖在我身上，“睡吧。”

掀开营帐透进来的冷风让我昏沉的大脑一下子清醒过来，他没有在往日的时间去巡营，可是偏偏在寅时快到了的时候出去，会怎么样我心里也没底，只得穿好衣服，惶惶然走了出去。

夜色沉沉，士兵也有倦意，神色瞧着有几分微妙：“溪姑娘，天寒地冻的，就别出去了。”

营帐并不隔音，刚才的动静他们怕是都听到了，我涨红了脸，低下头嗫嚅道：“将军穿得少，我给他送件衣服。”

我跌跌撞撞地往河边走去，因为太过紧张，竟然不觉得困也不觉得冷，影影绰绰地，河边似乎有个人影，我刚要走过去，就听见身后一声大喊：“不好！起火了。”

营帐的南面，一道火光冲天而起，风助火势迅速蔓延，吞噬了几个营帐。北乾士兵大多尚在梦里，一时哀号声一片，而另一些人闹哄哄地开始救火，宸冬笔直地站在营地中央，死死地盯住熊熊燃烧的大火，旁边的人吼着劝他，他却突然转身朝囚牢的方向走去，还没等走到，守卫兵就慌乱地跑出来嘶吼道：“俘虏跑了！全跑了！”

与此同时，被火光映亮的暗河之中，一艘满载着人的船借着风势，如疾箭一样疾驰而逃，宸冬咬着牙，翻身上马道：“兵分两队！骑兵跟着我追！其余人留下救火！”

白日里还军纪严明的军队顿时乱作了一团，有人从火海中扛出伤兵，有人用水扑火，有人趁机逃窜，我慌忙朝葛老儿营帐跑去，夏挽站在门口，提着一盏灯，朝我挥手：“姑姑，这里。”

葛老儿的帐子在营地的最边缘处，紧挨着后山，平日里总是停着将死之人，因而除了葛老儿和夏挽，没有什么人会来这里。此时，葛老儿似乎被下了什么药，躺在榻上昏睡不醒，而本来放着尸体的地方，却坐着囚牢里的俘虏们！

“他们，他们不是坐船逃了吗？”

“调虎离山罢了。”夏挽一边从营帐门缝里观察着外面，一边轻声说，“那艘船上是尸体，宸冬早晚会发现。我们趁他回来之前，从后山走，山下会有人接应。”

我来不及细想为什么会有人接应，只问：“那现在在等什么？”

“等烟。”夏挽目不转睛地注视着火情，道，“烟雾彻底笼罩了这边我们就走！如果宸冬最后没有出来巡营的话不必这么麻烦，我有把握让火势更大，剩下的兵力完全不足为惧，但是现在……”

在北乾士兵惨烈的哀号声中，我呆呆地看着他，仿佛从来没有认识他。

浓烟笼罩了附近的营帐，夏挽做了一个“走”的手势，俘虏们互相搀扶着，准备离开营帐。他们和夏挽相处的时间大概加起来也不会超过一个时辰，可是一个七岁的孩子，已然成了这一群人的主心骨。

而就在这千钧一发的时候，突然有一伙士兵来到附近，他们大概没有发现什么，只是检查这附近的火情。

这时候出去，很容易被他们发现，可是，如果等一会儿烟散了，就再也走不了了。

杂乱的脚步声越来越近，夏挽第一次咬紧了嘴唇。

“我去引开他们，你们先走。”我说。

“姑姑！”夏挽猛然拉住我，我却没有看他，而是扑通一声朝俘虏们跪了下来。

“公主……”众人也慌忙跪下。

“诸位都是南胥忠臣良将，羲河无用，只能在此谢过诸位大人，你们才是南胥真正不屈的脊梁。”我的头重重地磕在地上。

然后我的目光转向贺兰知言，他面色憔悴，颤抖着跪在地上。

“今后，南胥的太子，知秋的骨血，全赖大人抚育！”我再次磕头。

“臣必不辱公主所托！只要臣等一息尚存，必保太子周全！”他在我对面重重地磕头，额头上鲜血淋漓。

“姑姑！你不要……”夏挽拉着我的手，我站起身伸手去掰，可他一直拽着不肯松手，我用另一只手干脆地给了他一巴掌。

我含泪看着他，道：“夏挽，成大事者最忌儿女情长，跟着你舅舅走，然后活下去，记住这片土地上都发生过什么！”

随后，我转身掀开营帐，喊：“军爷，救救我！”

“溪姑娘？”

我被那些士兵带往了安全地带，最后只来得及回头仓皇看了一眼，浓烟滚滚，仿若命运般莫测。

03

天亮的时候，火情终于得以平息，我坐在林地之中，木然地瞧着眼前的人来来往往。

宸冬会发现的，船上是参宿营帐里的死人，而南胥的俘虏集体叛逃，最有可能在背后谋划这一切的，就是身为南胥人的我。

宸冬终于带着人回来了，我远远地看着他，他脸色非常难看，带着几个人在废墟之中穿梭，一边搜寻一边呵斥着属下们，猝不及防地，他隔着满目疮痍，看到了坐在那里的我，四目相对的时候，我才突然意识到，他好像在找我。

很多年后，我仍然记得那个画面，他怒气冲冲地朝我走过来，即将喷薄而出的朝阳在他身后，金色的阳光给他高大的身影镶上了一层金边，他的眉目是北乾人特有的深邃，说不出的硬朗和英俊，只是眉头永远都皱着，他就这么一步一步走到我面前，就像天神身披霞光。

他扬起手，我以为他要打我，却没有想到他只是抓着我的肩膀，上上下下地打量了我一遍：“没受伤？”

他皱着眉把衣服罩在我身上，然后打横把我抱了起来，幸存的士兵三三两两地站在营地之中，神色复杂地看着我们，和我们擦肩而过的时候，一个老兵极力克制着，还是开口道：“将军……回来的路上我跟您说了，她是南胥人，她有嫌疑……”

“我也说过了，她是我的女人，疑她就是疑我！”他抱着我，如同一只和鬣狗对峙的雄狮，扫视着众人，“同样的话，让我说第三遍的时候就得见血了！”

宸冬这支队伍损失了三成的兵力和大部分物资，于是他们决定行军北入栩城和北王会合。

这一路上，我能感觉到北乾士兵对我的敌意。这支军队是北乾的精锐部队，由两部分组成，一部分是一路追随宸冬打天下的嫡系部队，而另一部分则隶属于北王丹蚩，为了攻打林南、林北暂时收编在宸冬麾下。他们忠诚于北王，并且极度推崇丹蚩“屠尽天下南人”的政策，在他们眼中，造成这次损失的直接原因就是宸冬没有及时杀死俘虏。还有在调查北营奸细的时候，就有人提出直接杀死一切有嫌疑的对象，也被宸冬否决了。如今有了损失，他们认为这是宸冬的“仁弱”造成的，军营之中的气氛一时非常微妙。

宸冬把我带在身边，几乎寸步不离，那天晚上只剩下我们两个人的时候，我曾想开口说些什么，他却冷冷地说：“什么都别说，任何人问你，都不要说，包括我。”

栩城到了。

它隶属林南，是个重要的交通枢纽，在战乱之前，曾经无比繁华和富裕，而如今只剩下被烧过的断壁残垣。宸冬带领众人进入唯一一座完好的大宅之中，院子里有北乾兵把守着，曾经雕栏玉砌的景致，却晾晒着血腥十足的兽皮，有几头獒犬在那里，两只前爪抱着不知是什么的白骨在啃，眼睛黑森森的。

看见北王丹蚩的时候，我有一瞬间甚至没有反应过来。在我记忆里，他尚是阴鸷邪恶的男子，可是也不过是七八年的光景，他已经变成了一个头发稀疏、皮肉松垮而肥肿的老人，一个南胥女人坐在他腿上，娇滴滴地用嘴喂他喝酒。

“参见大王。”宸冬带着众人行礼。

丹蚩醉醺醺地看了看他，随即把怀里女人踢到地上去，起身走过去：“是我的小马驹回来了，来，让我看看……嗯，瘦了。”

宸冬皱了皱眉，道：“大王，白日里不要喝那么多酒，对身体不好。”

“南胥的酒也算酒吗？甜水一样，我儿子就是不会享受。”

宸冬没有再说话，丹蚩重新坐回去，漫不经心地说：“听说我儿最近放走了几个俘虏？”

“是臣无能，中了南胥人的奸计。”

丹蚩没有说话，屋里的气氛骤然紧张起来。

忽然，丹蚩笑了：“无能？谁敢说我的儿子无能？为他父亲打下半壁江山的将军无能？谁说我就杀了他。”丹蚩桀桀怪笑着，笑声回荡在空屋里，我几乎控制不住地回到了多年前那场宫宴之中，那时候他也是这么笑的。

“但是，你不该忤逆我。”他突然收住笑声，阴森森地盯住宸冬，双目暴突，“我有没有说过，南胥人，有多少给我杀多少！这样他们才会怕！”

“我也跟您说过，首先南胥不是我们草原的部落，人是杀不完的；其次，南胥之所以富足，是因为他们懂耕种、懂工艺、懂文化……杀人占有不了这些；还有，屠戮会带来更加顽固的抵抗，我攻林北，损失了整整十万兵马，我招降林南，没费一兵一卒，若能让我北乾勇士少些伤亡，少杀些南胥人又能怎么样呢！”宸冬急道。我认识他以来，就没有见他说过这么多话。

北王歪着头，突然道：“你叫什么名字？”

啊？

我抬起头，才发现他居然看着我。

“奴婢，奴婢名周小溪。”

“抬起头来。”

他注视着我，神色不明，我心跳几乎都要停止了。

当年在宫宴上的匆匆一面，我才八岁，是个圆润而娇生惯养的公主，而现在我十六岁，破衣褴褛，就算他真的记忆力超群，又怎么会把此时的我和一国公主联系在一起——哥哥为我们准备了假死的尸体，对于天下人来说，羲河公主和太子夏挽，早就死了。

但是，如果万一……

他盯着我，露出一个贪婪的笑容，道：“我活了四十多年，还没见过这么漂亮的女人。”

宸冬不动声色地挡在我面前，没有说话，而丹蚩一直盯着我，仿佛有些痴迷。

“大王！”宸冬提高了声音，道，“将士们舟车劳顿，我带他们回去休息了。”

“慢！”丹蚩突然道，“晚上有个宴会，请了个贵宾，你得来。”他的目光又转到我身上，笑起来：“小溪也来。”

北军征用了民宅，我拿着名册，帮宸冬安排士兵住下，却不停地发着抖。丹蚩那淫邪的目光如同一条毒蛇一样盘桓在我脑海里，我以为我经历了这么多，不会怕什么了，可是我还是怕，那种恐惧，就如同镌刻在脑海中一样。

宸冬一直没有看我，只是严谨地在名册上勾画，而在桌下，却把手伸过来，握住我冰凉的手。

他的手很大也很暖，我靠着这点热量，终于不抖了。

用了一下午时间，所有的士兵终于都清点完了，我站起来去把门关上，轻声说：“快到赴宴的时间了，我伺候将军……”

宸冬突然抓住我的手腕，将我压在门板上，他的呼吸交缠着我的呼吸，我怔怔地看着他。

“大王瞧上了你，你要去伺候他吗？”他低声说。

我的眼泪几乎一瞬间就涌上来，那种深入骨髓的恐惧，让我几乎说不出话来。我结结巴巴道：“我是你的女人，你，你说过的，你不能说话不算数……啊！”

我还没说完，他就抱住我，那种侵略性的感觉让我一时间忘记呼吸。

“你是我的女人。”他看着我的眼睛，一字一顿地说，“你永远不用怕，记住了吗？”

身后的门板嘎吱作响，我死死咬住嘴唇，不让自己哭出声音。

“说！”

他近乎暴虐地捏了我一下，我终于忍不住，哭着叫出声来：“我是你的女人，我是你的……”

这场荒唐奇异地抚平了我的慌张，我甚至有心思替宸冬挑了一件南人的衣服，他身高腿长，穿起南人的衣服也有几分奇异的潇洒，甚至在浅色纹路的衬托下，还有几分少年的俊逸。

“你瞧我做什么？”他问。

“瞧将军生得好看……”我笑眯眯道，“将军穿白色好，显得年轻。”

“我本来也不老。”他嘟囔道，“我今年十九岁。”

我惊讶地停下手，道：“十九岁？”

北乾人轮廓深邃，加之风吹日晒，所以显得格外成熟，我有猜测过他大概没有过三十岁。但，十九岁？

“我十三岁就领兵了。”他说，“我们北乾男人当家早，十六岁就有人当爹了。”

“那你怎么……”我忍不住笑出声，又生生忍住。

“你笑话我？我不让你出门了！”他有些恼，一口咬在我肩膀上。

其实那里本来不是什么敏感的地方，但是他总喜欢咬那里，久而久之，一碰到就觉得心头发痒，我连忙躲避：“将军别闹了！”

“我阿婆说，玩女人折寿，大王就是玩多了女人才身体不好的。”他闷声闷气地说。

我笑得前仰后合，故意道：“那将军今后可要离我远些了。”

“不行。”他泄愤似的咬了一口我的肩膀，道，“和你，我愿意折寿。”

04

宴会仿照南胥的形式，庭前君王坐北向南，群臣依品级高低而落座，大多数是北人，也有南人。

宸冬按照军功坐在左手边的第二位，我跪坐在他身后伺候；而左手第一位，是一个南胥的老和尚，瘦骨嶙峋，佝偻着身躯蜷在座位上，纵然庭前歌舞喧嚣，他也未抬头看，哪怕一眼。

以宸冬的军功和身份，什么样的人会排在他前面呢？我一边为宸冬布菜，一边猜测。突然，外面传来一声怪异的嚎叫声，我抬起头，发现一只巨大的白鹿被束着四蹄抬上来，正不住地挣扎着。

林南多鹿，尊白鹿为山神。纵使我不信鬼神，瞧着那鹿也觉得悚然。太大了，简直像马，毛发雪白，巨角参差如树冠，灵性的眼睛里分明含着一汪泪，正呜呜地哀鸣。

“没想到这里还有这样的好东西。”丹蚩在首位饶有兴致地笑道。

猎人毕恭毕敬地作答：“是上天为大王一统天下所献上的宝物。”

“开吧。”丹蚩随意地说。

“是。”

还没等我反应过来，一把快刀就划过白鹿颈部。白鹿抽搐着，黑红色的血液触目惊心地喷涌而出，被猎人用碗接好了，恭恭敬敬地呈上去。

北人都习以为常，接过碗一饮而尽，而席间的南人越发瑟缩着，把头低得不能再低。我看着那个老和尚，这样血腥的画面，他的脸上仍然没有一丝表情。

丹蚩喝完了鹿血，伸出猩红的舌头舔舔嘴唇，懒洋洋道：“今日你我君臣欢饮，诸位不必拘谨，纵情就是了。”

宴会仿照着南胥准备了庭前的歌舞，只是并不好，跳舞的大概是临时充数的民女。一个北乾将军醉醺醺地站起来，一把拉住领舞的女孩，将她摁在案上。

其他的女孩不敢停，仍然在跳着舞，只是表情比那只濒死的鹿还要绝望，时不时就有北乾将士随意地拽下来一个女孩，肆无忌惮，他们用北乾话兴高采烈地喊着：“鹿血！白脚羊！舒坦！”

我没有低头，我注视着一切，那些如白鹿般绝望的女孩子，她们带血的眼泪，一滴一滴地流在我心里。

突然，丹蚩把目光投到我们这边，不怀好意地笑着：“我儿身边有这么漂亮的女人，怎么喝了鹿血酒还一动不动？”

在这样的气氛之中，宸冬伸手把我拉在怀里，他身体滚烫，声音却很平静：“她怀了孩子，那样不好。”

我震惊地看着他，我当然没有怀孕，我不知道他为什么这么说。

丹蚩神色微妙地一笑，道：“我儿果然勇武，没过冠春就要有长子了。”他贪婪的目光上下打量着我，说：“你不知道何为冠春吧？是我们北乾的节日，在凯旋的日子，或是春天，有三日不劳作，男子把喜欢的女人抢到营帐里，直到她大了肚子。你这样的女人，在冠春的时节可危险得很啊！”

三日，凯旋，这些词让我的手指骤然收紧。不要说，不要说，我在心里几乎哀求着。

“呵，想来我这辈子，经历过最有趣的冠春节，是在南胥呢！”他似乎想到什么有趣的事情一样笑起来，“为了让我们北乾出兵平叛，南王夕照让我和他的皇后冠春，南胥王自以为的胜利，啧啧，其实不过是我的凯旋罢了。”

那一刻，我再也没有办法微笑出演一个毫无心事的女子。我脑内只剩下了一个念头，我想把那张肥肿丑陋的脸千刀万剐，连宸冬都感受到我的颤抖，在我耳边问：“怎么了？”

丹蚩还在津津有味地说着：“那羲河公主倒真是个观音脸，可惜太小了，本来还想这次掠回来……”还没等他说完，我突然听见了一声瓷器的碎裂声。

那老和尚仍然木木地坐在那里，一个舞女跪在他面前，脚下是一摊打翻了的鹿血。

“怎么了？”丹蚩问。

“南胥奴不识抬举！”一个北乾将领在一旁恼怒道，“我让美人给他喂鹿血，他死活不肯喝。”

丹蚩从座位上走下来，一步一步走到了和尚身前，热闹的宴会慢慢地鸦雀无声。

“为什么不喝呢？”他的声音近乎轻柔，“三天了，你什么都不吃。怎么，觉得我们北乾的饮食粗糙，配不上你？”

“我是出家人。”

老和尚木然道，仿佛他面前的不是这天下最凶残的帝王，而是一棵树、一片叶子，没有生命，不值得他抬眼一看。

这态度显然激怒了丹蚩，但他没有发火，反而桀桀怪笑起来，越笑声音越大，整个屋子都回荡着他让人毛骨悚然的笑声。

“大王——”宸冬不安地说。

“看，这就是你的贵宾。”丹蚩没有看他，而是继续看着老和尚，仿佛在注视着一头猎物，“别怕，我不会伤了他，只是——我特别喜欢看出家人喝血吃肉的样子。”

他伸手示意，那个舞女又奉上了一碗血给老和尚，老和尚看都没有看一眼。他这副麻木的样子，像极了哥哥死前，当生命尊严都不复存在的时候，整个人的灵魂也封闭起来，仿佛是木石一般，什么都感知不到。

丹蚩干脆利落地一抬手，那个舞女就倒在地上，死不瞑目。因为动作太快，血都是停了一会儿，才从脖颈喷出来的。

舞女的血喷溅到了老和尚脸上，他终于有了一些表情，转动着浑浊的眼珠，看着眼前微笑着的北王。

“喝吗？”

又一碗血呈上来，新的舞女哭着不停地把手里的碗塞给老和尚，战栗着念叨：“大人……求您了，大人……”

老和尚呆滞而茫然地看着丹蚩，没有接。

又一道血光闪过，连尖叫都来不及，那个女孩就倒在了地上。

她看起来是个农家女，不会超过十七岁，若是没有这场战争，她大概还在田间帮助父母劳作，顽皮地去捉萤火虫，把它送给隔壁放牛的心上人……

可是她倒在那里，像是被宰杀的牲畜。

老和尚满脸是血，嘴唇颤抖着，他回魂了，两条鲜活的生命，终于让他从自欺欺人的封闭之中归来，无可逃避地承受眼前的痛苦。

“再来！”北王邪恶地笑着。

在新的女孩准备接过血碗的那一刻，我猛地站起来大声说：“大王，南胥舞姬敬酒前是要歌舞的，大师饮血前想必也要有如此的礼数，小溪愿为大师献上一舞。”

“你干什么！”宸冬想来拉我，却被我躲开了，我努力直视着丹蚩那双褐色的眼睛，一字一顿地说：“请大王赐我一把剑。”

“好，好得很。”丹蚩桀桀怪笑起来，吩咐手下人，“给她！”

那剑拿在手上，轻而薄，寒光四溢。我舞了个剑花，在众目睽睽之下，用南语哼唱起来：“故将军饮罢夜归来，长亭解雕鞍。恨灞陵醉尉，匆匆未识，桃李无言……”

我自小学剑，不是为了自保，而是为了风雅，南胥祖先崇尚“剑为王者器”，因而每一个皇族，都要会用剑。我与哥哥学了许多徒有其表的剑法，看似漂亮，却不堪一击，如同我们的王国。

但是这么地近，这么地近。

“谁向桑麻杜曲，要短衣匹马，移住南山？”

剑光擦着丹蚩的脖颈划过去，我仰头，看到了苍穹之上，祖父抱着小小的我，目光悲悯。

羲河，活下去。

“汉开边、功名万里，甚当时、健者也曾闲。纱窗外、斜风细雨，一阵轻寒。”

剑堪堪停在了离老和尚的脖颈不到一寸的地方，我轻声示意那个舞女：“请为大师呈上。”

老和尚与我对视着，干瘦的脸颊上慢慢地淌下了一滴泪水。

他认出了我。

正如那一刻，我也认出了他。

青丝疯狂地生长，铠甲回到了他的身上。南胥的战神，林南的统领，最终降了北乾的，何素龙将军。

隔着很远，他与我有过无数次会面，只是那时他还是意气风发的将军，而我，还是高高在上的公主。

如今我们在尘埃里，佝偻着身躯相聚。

老和尚没有再看我，接过舞女手里的血，一仰头喝了下去，然后劈手夺过案上带血的肉，大口大口地吃起来，吃到满口鲜血，吃到翻了白眼，仍然撑着吞咽。

丹蚩拊掌大笑，北乾人也跟着一起笑起来，他们笑他终于疯了，我也跟着笑，因为我知道，这个南胥的叛徒，近了暮年的将军，正在用他的方式对我说话。

公主，廉颇未老！

之后宴会正常进行，是真正的欢饮达旦，北乾人和南胥人共同欢饮，因为太过快乐而显得有些疯癫，一个南胥降将坐在地上，一边哈哈大笑，一边落下眼泪。

05

直到宴席散去，宸冬没有再看我哪怕一眼，他坐得笔直，就如同一把入鞘的剑。我喝了很多酒，北乾的酒很烈，让我觉得自己变得很轻很轻，如同小时候放的风筝，高高地飘在宫阙之上，那么美，那么轻。

回去的路上，我和宸冬并肩走着，夜深露重，天上没有月亮，却有漫天碎钻一样的星星。

“他究竟是谁？”

宸冬突然问道，在前一刻，他还在扶着我避开一个水洼。

“什么？”我明知故问。

“我一直在想，那场大火背后设局的人究竟是谁。”他看着我，声音仍是平静的，“他能让贺兰知言一众人马首是瞻，迅速操控潜伏在北乾军营的消息网，不费一兵一卒地放掉俘虏，烧我军营，杀我亲兵，把我变成一个笑柄。而我怀疑了所有人，却漏掉了他，因为，他才七岁。”

所有甜美温情的谎言即将被撕裂，我反而很平静，只是淡淡地说：“将军，你说的话小溪听不懂。”

“是皇族。”

我没有说话。

“只有皇族能让南胥遗臣听命，是那个尚在腹中就获封山河太子的南胥储君——夏挽，对吗？”

他抬起我的下巴，一字一顿问：“他在哪儿？”

我的目光越过他的脸，看向了漫天的星星，它们的辉光那么冷，冷得让人遍体生寒。

“杀了我吧，将军。”我轻声说。

我这一生，对他说过许多话，可唯有这句是真心的。

他之所以能推断出这一切，恐怕就是宴席之上何素龙瞧我的眼神，让一切昭然若揭。可是都到了这时候，他仍然不肯问我一句“你是谁？”。

若他问了，我一定会答，我答了，便一定会死。

就让我死在这里吧，我还是小溪，是他十九岁第一个喜欢过的姑娘，不是居心叵测、一路骗他到现在的羲河。

“你当然会死，你生我孩子，做我的皇后，八十岁寿终同我躺在一个棺椁里，那时我放你去死。”他说，“但是现在你做梦。”

一些火光从他身后出现，两个人拎着我的胳膊，道：“夫人，得罪了。”

他们把我拖到了刑室，我生受了三天的重刑——或许不是重刑，只是对我来说，太痛了，一开始痛得呕吐，后来吐不出来，嘴唇被咬得血肉模糊，连呼吸都让我一阵一阵地发抖。

宸冬每天来看我一次，只问一句话："夏挽在哪儿？"

我颤抖着看着他，在这一刻我才知道，他是个再冷酷不过的政客。

第三天，我只剩下最后一口气，那个说我长得像他女儿的副官过来劝我："将军为了你犯了整整三天的偏头痛，他是你的夫婿，普天之下还有比他更亲的人吗？别犯傻了，说吧！说完就能好好过日子了。"

我像一块破布一样，匍匐在地上，艰难地翕动嘴唇："不……"

"把她吊到城楼上去。"宸冬冰冷的声音响起，"我倒要看看，她所忠诚的南胥，会不会有人来救她！"

晨曦初露的时候，我被绑在了城门口。他们用南胥话和北乾话同时告诉民众，今夜子时，这个女人将被斩首。

用刑的时候我没有怕过，我知道我只是为了皇室尊严在死撑，哪怕我说了，他们也不可能找到夏挽，可是现在我真的怕了，我怕，他真的会来。

他是南胥最后的希望。

他也是我在这世间最后的亲人。

毒辣的阳光照在我身上，我开始用最后的力气哭喊哀求……我知道宸冬在看，可是他始终没有出现，最终我没有了力气，只能默默地在心里祈祷。

贺兰知言，求求你，你一定不能让他来这里。

因为脱水，我产生了幻觉，幻觉中，是南胥巍峨的宫殿，祖父把我放在膝头，我却瞧见了窗口的风筝，我挣脱他跑了出去，跑啊跑啊，便看见一个宫装女子，夕阳的天光下，她朝我回眸一笑，她笑得那么美，眼里却有凄然的泪光。

"羲河，对不起，让你在这样的人间，一个人活下去。"

那像是知秋。

又像是我从未见过面的母亲。

我再次睁开眼睛的时候，红光满目，我以为是血，实际上却是夕阳。

霞光染红了天际，明日，一定是个好天气。

夏挽便是这时到来的。

他穿着一身白衣，自霞光中走出，额心有一点红痣，如一尊小小的菩萨。

我曾想过他会来，带着残存的南胥士兵，埋伏在某处发起攻击——可不管他如何多智近妖、用兵如神，在戒备森严的北军面前也毫无胜算。

可是他竟然一个人，就这么朝我走过来。

我怔怔地瞧着他，直到他朝我安静地一笑，轻声道："南胥可用之人所剩无几，我得为姑姑留下，所以，我便一个人来了。"

来……送死！

"他们怎么会放你过来……让你一个人……"

我嘶哑地说，干涩的眼睛已经流不出泪水。

士兵们已经聚拢过来，似乎忌惮着埋伏，没有立即靠近我们。

夏挽得以轻轻地在我耳边说了最后一句话："我告诉了他们我的身世。"

他竟知道！他竟一直都知道！

在那个他所长大的宫殿中，每个人都视北乾如牲畜，他却一直都知道自己身怀如此肮脏的血统，他知道自己是父亲的耻辱和母亲的绝望，可是他那样安静地长大了，长成了一个比谁都温柔的孩子。

我茫然地看着他，心脏抽痛着，几乎窒息。

这时候宸冬从城楼走下来，目光森冷地看着他。

"你居然真的来了。"

"我来找我姑姑。"

他们一个身着黑色甲胄，散发着铁与血的味道；一个身着布衣白衫，干净得像一道晚风。

"你就不怕我杀了你吗？"

夏挽微微一笑，道："你当然会杀了我，因为如果你不杀我，你一定会死在我手里。"

这时候，深山中的古寺传来了悠远的钟声，夏挽看着远方，轻声道：“如若神明有灵，我愿用生生世世的命运交换，让我死后化作清风明月，常伴姑姑左右，这样走夜路的时候，姑姑便不会再怕了。”

最后一声钟声响起时，就在离我三步之远的地方，宸冬的刀贯穿了夏挽小小的身躯。

天太冷了，血溅在我脸上的时候，是冰凉的。

我看着夏挽被人拖走；我看着宸冬走过来，亲自解开我身上的铁镣；我看到夕阳下的弯月变成了卧房的屋顶；我看到夜的黑色，墨一样慢慢地散在了整个房间里。

风送来血的味道、铁的味道、火的味道……我恍惚地想，那是属于北乾的味道，南胥的一切，书香、熏香、脂粉……已经烟消云散了，而就在刚刚，他们终于成功地把我所有的亲人，一个不剩地，都夺走了。

侍女们为我沐浴、上药、换了干净的衣服，等我回过神的时候，我已经穿了一身北乾的白袍，像一个干净的礼物一样，站在了宸冬的房门口。他在案前点了一盏灯，仍然在忙碌，许久之后，他抬起头看到了我。

“过来。”他说。

我失魂落魄地走过去，他拉着我的手，把我拉到他怀里。

“山河太子死了，这件事就结束了。”

他无半点愧疚，非常平静地告诉我他之后的计划：“北乾会定都在栩城，有许多事要忙，等春天来了，我们就举行婚礼。”

我看着他，就像看着一个怪物，我喃喃道：“你真的不怕我恨你吗？”

“为什么？”宸冬皱起浓眉，似乎真的有几分疑惑，“胜利者有权屠杀失败者，而我没有杀你。”

烛火下，他那双褐色的眼睛竟然显得很干净，坦坦荡荡，没有任何情绪，在草原上狩猎的野兽，恐怕也有这样一双天真到残忍的眼睛。

06

我很想笑，可是我动不了。

是啊，他又有什么错呢？你不能让狼不去捕猎，让篝火永远不熄灭。对战败的皇族赶尽杀绝，本来就是天经地义的事情！

可是，可是……

他觉察出了我情绪不对，努力让表情柔和了一些，又找了个话题说：“是伤很疼吗？其实他们有分寸，连疤都不会留的。”

说着说着，他又皱起眉：“谁让你不听话，我这两天过得……”

他没有再继续说下去，而是静静地抱紧了我，不久之后，他的呼吸变得有些粗重，昏暗的烛火下，一切都像是一场梦境，他有些粗鲁地亲吻我，然后终于难以忍受般地，抱我去了床上，我一直睁着眼睛，呆呆地看着他。

“再也没有什么能把我们分开了。”他低喃着，“本来还有许多事要做，可是一想到你，我什么都做不下去了。”

我后知后觉地发现，他竟然很开心，那种压抑着的，小孩子一样的开心。

“你说，说给我听好不好？你说，你是我的。”

他再次亲吻我的时候，我终于再也无法忍受了，大口大口地吐出来，我已经很久没有吃过饭了，吐出来的是黑色的血块。

宸冬着急地抱着我：“你怎么了？”

我笑了，擦了一把嘴角的血，我终于不想再忍了，说：“你别碰我，你让我觉得恶心。”

他惊怔地看着我，仿佛从未认识过我。是啊，他本来就从未认识过我，那个瓷商家温婉柔顺的小女儿周小溪，从来就没有存在过。

“你为什么不问我是谁呢？”我笑着，如一只血淋淋的恶鬼。

“闭嘴！”他脸色骤然变了。

我看着他，只觉得心头畅快。

“我名羲河，古书有云，尧命羲和掌天地四时之官，我祖父孝章成仁皇帝以古神之号为我命名，以示长公主之位尊同太子。我父亲宁烈太子，当年定三州，清五岭！殉于战场之上，杀北狗百万。我哥哥敦仁静宇皇帝誓死不降，以身殉国。听明白了吗？这是我的家族！我的血脉来处！”

已经有侍卫赶到门口，我已经没有什么可畏惧的了，我站在那里，好像一团燃烧的火：“你不是问过我，如果南胥未亡，我会不会嫁给你？我现在告诉你，不会。”我看着宸冬，一字一顿地说，“畜生之辈，怎配天族？”

他一把拔出手中刀，抵在我的胸口。

“杀了我吧！”我终于笑出声来，“不然今日你加诸我身上的痛苦，我一定让你十倍归还！”

那把刀抵在我胸口很久，久到我觉得心脏都冷得发痛。

“我不明白……”过了许久，他说。

在北乾众士兵虎视眈眈的注视下，他最后看了我一眼，然后将手中刀扔在地上。

“带下去吧。”

枬城有一条河，在冬天会结成厚厚的冰层，被北乾的士兵打通，插入铁钎，做了简陋的监狱。

我被北乾的士兵拖入河水中，被层层铁链锁在了冰水之中，既碰不到底，也碰不到岸，浮浮沉沉，就像我这一生。

我身边是一些青白冰冷的死尸，大多是南胥人，也有北乾人，而北乾士兵站在那里，朝我大声地叱骂，宸冬在他们的簇拥下看着我，寒夜映在他的眼睛里，如同冰冷的星星。

随后，他扬长而去。

没有人能在这样的冷水之中活下去，寒冷迅速让我四肢麻痹，哪怕我已经很努力地在水中挣扎，我还是清晰地感觉到，我的身体正在一点一点地死去。

夏挽，别怕，姑姑来陪你了。

我以为我不会怕，可是当死亡的瞬间被无限拉长，我还是觉得恐惧。当我一次一次地从麻痹中被冻醒，当我以为我死了，重新睁开眼睛，我突然后悔了。

我早就该死，但不该这样默默地死在这条冰冷的河流里，我至少应该杀几个北乾人，来祭祀我死去的王朝。

那些嚷着“南胥人在，南胥就不会亡！”的山匪，他们怎么样了？病弱得只剩一把骨头的贺兰知言，他还活着吗？还有几天前，大口大口吞食血肉的，出了家的何素龙将军，他该怎么办呢？南胥的百姓又该怎么办？他们会在北乾暴虐的统治下活下去吗？他们心里还会有一点光亮吗？

如果能再给我一次机会就好了，我想，然后慢慢地沉了下去，世界归于黑暗。

一片温热的嘴唇挨近我，渡了一口气给我，随后我听见水中传来闷雷一样的声音，有人在砸铁镣。

我睁开眼睛，深黑的水中，一尾又一尾白鱼游向我，如梦如幻。

随后，我脚下一松，那卡住我的锁链，松开了。

是梦吗？还是祖先派遣的精怪？

我被柔软的手臂挟着，缓缓带出了水中。

刺目的阳光照在我的眼皮上，我闻到了食物的香气，费力地睁开眼时，我看见一只狸猫正窝在枕边酣睡，见我醒了，它就伸着小舌头慢悠悠地打了个哈欠。

“你可算醒了啊。”

一个穿着粗布衣服的女人，坐到了床边，手里拿着一碗粥，紧张地瞧我：“饿不饿？吃点东西？”

我茫然地看着她，她面颊黝黑，瓜子脸，笑起来唇边有个梨窝，看起来有点熟悉，又很陌生。

这里好像是一户农家小院，不远处隐隐传来犬吠鸡鸣，我发现我的衣服被换过了，身上是一件干净的碎花小袄。

她也在看我，半晌，才艳羡道：“你长得真是好看，还一身白肉，怪不得北乾男人欢喜你，换我，我也欢喜你。”

她把热粥吹凉了，一勺一勺地喂给我。花生的味道、糯米的味道，整个人慢慢地暖了起来，我才终于有力气开口。

“是你救了我？”

“我们救了你！”

“你们是谁？”

“我叫灯芯儿，原来是种田的，后来被北乾兵抓去伺候他们。”她撇撇嘴，道，“那群畜生，跟八辈子没见过女人一样！”

我有些茫然地看着她，她帮我擦了擦嘴，目光温柔了许多：“我要谢谢你，那天要不是你跑到前头，我就被那个北乾狗皇帝给杀了。”

见我还没有反应过来，她便又添了一句：“就是逼着那贼秃驴喝血那天！我就是第三个！可吓死我咯！”

哦，我想起那天在浓妆下战栗的舞女，才迟钝地明白过来。她絮絮叨叨地说着什么：“昨天晚上可吓死我了，一开始我可不敢，但后来又春说了，你是公主，我们得救你，会水的便都下去了……”

被子太暖和了，那只猫的呼噜声也越发催眠，我便迷迷糊糊地又睡着了。

07

我这一觉，睡得十分漫长，一直持续了许多天，迷迷糊糊中，我瞧见了许多女孩子，她们轮流做饭、熬药，一勺一勺喂给我吃，似乎都是被北乾掠来的女子。我想问她们怎么会有力量把我藏在这儿而没被发现，又想问，她们怎么会知道我是公主，可是昏昏沉沉，我什么都问不出来。

真正醒来的时候，是一个黄昏，恍惚间我听见人说，这么快就过年了。

过年，就离春天不远了，我想。

半梦半醒之间，我隐约听见有女孩的嬉笑声，还有清亮亮的歌声：

一月雪满床，二月霜封窗，
三月小河清凉凉，四月燕儿落房梁，
五月阿哥走在山岗上，六月阿哥蹚过了河，
七月清风吹，八月鸟儿飞，
九月红衣裳美，十月的谷酒醉，
十一月我的阿哥归，别等腊月风雪催。

歌声越来越大，我费力地睁开眼睛时，看到暮色里，屋里烧着炭火，床上床下都坐满了人，是一些女孩子，她们一边唱歌一边传着一坛酒，喝得都很豪迈。

“我的老天爷，你终于醒了啊！”叫灯芯儿的姑娘去摸我的额头，道，“再睡下去我们就被你吓死了！”

其他的女孩也凑过来，七嘴八舌地说：“你真的醒了？头还疼吗？”“想吃点啥？”“听说公主出门乘十八马的车！是不是真的啊？”

我茫然地看着她们，她们有高有矮，有些带着残妆，眼睛都一样的清亮天真。

“让开！”

一个又高又壮的女孩挤过来，她摸摸我的额头，把一个碗递到我嘴边，言简意赅地说：“公主喝！”

我知道她是又春，和我一同从宸冬的军营来到这里。我有些疑惑，问道：“谁同你说我是公主？”

“少爷。”

她瞧着呆呆的，有几分傻气，可是发髻是这里的姑娘当中梳得最细致的。

“少爷是，贺兰大人？”我试探性地问。

她点点头，抿起嘴不好意思地笑了，又执拗地把碗送到我唇边。

是酒，还是北乾的烈酒，我喝了一口，整个人被辣得不会说话，女孩们哄笑起来，我也笑，一些事情却在脑海里逐渐清晰起来。

郑龙不过是山匪，然而奇袭北营的时候，用兵却如此神秘莫测，那必是身陷囹圄的贺兰知言在指点。而宸冬用尽了一切办法却始终无法查明传递消息的人，因为南胥的男人不是被杀了就是被俘了，他实在无法想到，这个时候谁还会冒死为南胥尽忠。

他忽略了这些营妓。

“你怎么进的北营？你现在还能找到他吗？”

她垂下头，似乎笨拙地想组织语言，半晌才道：“北乾狗来了，少爷让我们走，他们都走了，可我陪着少爷，少爷被关起来，我被糟蹋，沾着帮少爷传信，后来少爷走了。”

一时间，屋里静下来，只能听见远处的鞭炮响。

我叹了口气，这是个略有些痴傻的孩子。

我说：“没事，等春天来了，我带你找他。”

她似乎一瞬间开心了起来，用力点点头：“等春天，找少爷！”

女孩子哄笑起来，灯芯儿一把揽住她的肩膀，笑嘻嘻地安慰道：“莫得事，莫得事，过年了，春天马上就到了。”

北军强抢了民宅，把她们掠去伺候，却并没有寻一个地界安置她们。于是不用伺候的时候，她们就来到这里，这里原来是灯芯儿的家，她爹娘都被北军杀了，宅子空空荡荡的，后来姑娘们来了，今天从这儿捡了朵花，明天从那儿抱了只猫，居然布置得颇为像样。也是啊，女孩子住的地方，总是漂漂亮亮的。

门外传来惊喜的呼叫：“灯芯儿姐，你们家后院还有这好东西呢！”

几个女孩子从门外滚过来一个大南瓜，真的很大，圆乎乎的，灯芯儿很高兴，架了口铁锅放在屋里，把南瓜洗净了放进去煮。

“今天咱也过个年了！”

女孩子们一边给她打下手，一边七嘴八舌地讨论着：“北乾人吃东西，嘴上有个洞，净漏地上，我就捡。”

“最近他们不怎么折腾人了，我还能去挖点野菜。”

“他们快走吧，等他们走了，咱们好好过一回年，我给你们烙油饼吃。”

她们拿出大块的烤肉、土豆、野菜……往锅里放，混杂了那么多菜肴的汤，却不可思议地香气四溢。我们折了树枝当筷子，你一口我一口地吃起来，寒夜降临，我却吃得满头是汗。

“公主也吃这样的东西？”灯芯儿瞧着我狼吞虎咽，就笑。

“不瞒你说，我第一次吃东西吃得这么香！”我不好意思地笑道，又说，“你别叫我公主啦，我叫羲河，十六岁。”

“我二十一岁。”

“我十九岁，我叫茉莉。”

“我叫三丫头，十七岁。”

又春瞧着我们，慢吞吞地说：“我，又春，十五岁。”

快吃完的时候，灯芯儿突然一指外面，说：“你们瞧！”

漆黑的深夜里，却闪烁着无数火光，左一丛，右一点，就像星星一样。

我们带着饱食后的倦怠，趴在结了霜的窗口看去，有个姑娘怯生生道：“你们说，会不会是北乾狗……”

灯芯儿愣了一下，随即喜气洋洋地一拍大腿：“什么北乾狗！是我们南胥人在过年呢！”

战败的废墟，再也找不到鞭炮，即使找到了，也是不敢燃起来的。于是他们燃起了枯枝或者类似的东西，过年啦，得把年兽吓走才行啊。

“我们也去吧！”

大家跑到外面，用各种东西燃起了火把，一开始挥舞得小心翼翼，后来越来越大胆，笑着，闹着，跳起舞来。

我也在其中，我几乎害怕眼前温暖的一切都是幻觉，再次睁开眼时，我仍浮沉在冰水之中。

那时我不知道，之所以无人确认我的死亡，是因为我被处死的第二天，宸冬便带领军队西征。

西有南胥皇室，聚集残军称王。

那段日子，其实我不知道是美好还是灾难。

用刑和冰窟彻底摧毁了我的身体，一直到很多年后，我仍然在冬天夜晚辗转无法入睡，当时我时不时就会发一场高烧，烧到全身痉挛、手脚冰冷。

当时的栩城早已陷入了混乱，寻常人当然找不到大夫或是药品。又春总从宴席上偷酒，回来为我擦身，我从昏睡之中偶然醒转，便看到她趴在我床边，黑而纯净的眼睛一眨不眨地看着我，如同一只乖顺的小兽。

她们总是要接待很多很多北乾士兵，回来的时候身上总带着腥臭，我精神头好时便去山上采一些药草回来，烧成热水给她们洗身。我记得那些冬末的日子，女孩子红肿的眼睛和洁白的身体，她们恶狠狠地咒骂北乾人，把偷拿的粮食和肉塞给我，经常会有姑娘白天好好地说话，晚上却再也没能回来，我们便抱在一起为她哭一场，或是唱着歌度过很多很多无眠的夜晚。

08

就这样，春天来了。

春天的溪水打破了薄冰，到处都是冰雪融化的声音，北乾人终于厌倦了没完没了的庆功宴，他们着手在他们亲手制造的废墟上建立一个新的国家，国号为大秦，丹蚩自封为更史帝。大秦有着有史以来最广阔的疆域和最混乱的制度，在这个朝代，人被分为四等——贵族、平民、下民、南奴。下民是指早年间被国人打败的国家所遗留的百姓，也包括一些投降的南胥人，而其他南胥人被分在第四等，叫作南奴。

而我终于从那场大病之中熬过来，我自己都没想到，当我站在山坳上采草药的时候，仍然能听见水灌入耳朵里，以及冰块相互碰撞的声音。我曾在那一刻发誓，如果我能活下去，就绝不会仅仅活着。

我准备去找贺兰知言他们，虽然我不知道他们如今身在何方，但是，西边的小朝廷已经建立，虽说他们拥立的是我一位血缘淡薄到可以忽略不计的堂兄，虽说在宸冬的攻势下它是否能存活一年都是个问题，但是，它必然会吸引一些南胥的旧部向它靠拢，我想复国，第一步也是去那里。

姑娘们的境况好了许多，无论是营妓还是舞女都被收编成了新朝廷的宫女。她们仍然伺候着北乾贵族，但轮流当值，且有了月钱，一个月才回来一次，可以预见在之后，她们会变成北乾某个士兵、某个大臣的姬妾。

我知道，到了该分别的时候了。

她们曾把我从冰窟里救了出来，我们也曾在寒风之中彼此取暖，然而我们终将彼此告别。

唯一要同行的，是又春，她因为有些痴傻，再加上个子太高，被北乾人赶了出来。她很开心，兴高采烈地问我："我们找少爷去！什么时候走？"

她对贺兰家有一种近乎愚鲁的忠诚，贺兰知言落难前曾经疏散了大部分奴仆，可是她不肯走，后来辗转经历了那么多事情，提起她的少爷，她眼睛仍然是亮晶晶的。

我们临行那天，她求我给她梳了两条很长的辫子，衣服虽然很旧，却洗得干干净净，哪怕我再三提醒，我们可能要赶很远的路才能见到贺兰知言，她也好像听不懂一样，兴高采烈地重复着："见少爷，干干净净的。"

北乾一早登记了户籍，我们浑水摸鱼，登记成了灯芯儿家的姊妹，说要去走亲戚，一切都很顺利，直到在城门口，一个精瘦的北乾兵把我们拦住。

“你做什么去？”他笑嘻嘻地问又春。

又春听不懂北乾话，却很反感他，恼怒地闪到一边。

“装什么！当时老子还是你的第一个男人！找你最多呢！”

他伸手去扯她的衣领，嬉皮笑脸地说：“什么？走亲戚？别走了，老子娶你！”

他的手很脏，在又春的衣服上留下了个指印，又春委屈地、不住地躲闪着。她太高，他太瘦，一个不留神，又春把他撞倒在地上，其他北乾兵顿时乐不可支地大声嘲笑起来。

北乾兵恼羞成怒，一巴掌就把又春扇倒在地上，大声斥骂起来：“下贱的南奴！给脸不要脸！老子这就杀了你！”

然后，他骂骂咧咧地对又春一顿拳打脚踢，她的鼻子里、嘴里很快流出血来，他一把倒扛起她，往后走去。

她虽睁着眼睛，可是已经被打得失焦，空洞地瞧着我。血，从她的鼻孔流下来，一滴，一滴，弄脏了那件特地洗好的衣服。

“要干干净净地见少爷。”

全程，我只来得及说一句：“军爷，我们是良民……”

他们走后，另外一个士兵不耐烦地问我：“你还走吗？不走别在这里堵道！”

不远的前方，就是春天的原野，有一片灿烂的油菜花田，我经历了这么多，终于可以离开这个噩梦般的城池。

而身后，是阿鼻地狱。

可这地狱里，有又春，有许多南胥子民。

“我不走了。”

我慢慢往后退了一步，然后转头疯狂地跑起来。

那天，我终究没能离开，我的人生，就此转向一种诡异莫测的方向。

这是我的不幸。

也是所有北乾人的不幸。

出乎我的预料，那个玩笑一样的南胥小朝廷竟没有被宸冬打下来，一直存续了数年。

这既是人力，也有冥冥之中的天意。这个勉强统一南北、千疮百孔的大秦，战乱频仍，不断有新的起义军反抗北人的统治，而南胥小朝廷所在的西泮城易守难攻，两军胶着得越久，对宸冬越不利。在第二年他终于要破城而入之时，后方六郡被另外一支起义军占领，将与被其他起义军所占领的城池形成合纵之势，两方合作，会直接危及北乾都城枬城。丹蚩十道圣旨急召，于是宸冬掉转马头，放弃了唾手可得的胜利。

我听到这个消息的时候，秋芙蓉开得正艳，又春在树下一板一眼地修剪着枝丫。枬城原本是没有秋芙蓉的，千里运送、百万黄金堆砌，终究成全了一园艳色，一个恍惚间，就回到了旧日南胥的都城。

“他看了那么多书，可终究不懂南胥人。”我叹息道。

任何城池都可以徐徐图之，可唯一打着皇室血脉的南胥小朝廷必须迅速攻下，因为只要它存在一天，南胥人就不可能真正屈从于北乾，甘愿做一个下等人。

宸冬因事获罪于丹蚩，连降三级，被派遣去苦寒之地征战，整整六年才得以真正地回了枬城。

他觐见的那天，是一个阳光很好的午后，他骑着高头大马，浑身披着一层暖融融的金光。阔别多年，他高了，也壮了，眉眼间再无清冷的少年气，下巴上生了青青的胡楂，已全然是北乾男人的模样。他在殿前下马，然后掀开身后的轿帘。

一个白净温柔的女子扶着他的手走下来，她怀里抱着一个虎头虎脑的小男孩，那孩子尚不会走路，在母亲怀里好奇地打量这一切。他们一家三口跪在了殿前。

“臣携妻子，叩见陛下。”

丹蚩懒洋洋地靠在座椅上，半晌才“嗯”了一声，道：“既然回来了，就安分点在府内待着吧，随后朕给你找个差事，没什么事儿就不用来宫里了。”

宸冬俯首谢恩，一个做儿子的被父亲厌憎到了这种地步，大概总有些难受吧，更何况，他曾是丹蚩最骄傲、最倚重的臣子。

但我当然不会这样就放过他。

“陛下，大皇子和皇妃当作没瞧见我呢！”我的声音在鸦雀无声的大殿里听起来清冽极了，“可是我不配做他们嫡母？”

丹蚩看了我一眼，然后把桌上的竹简劈头朝宸冬扔过去，脸上的横肉痉挛般地抖起来，他指着宸冬怒不可遏道：“你们通通都瞎了？为什么不拜见皇后？”

内侍们早习惯了丹蚩的喜怒无常，而宸冬的小儿子则被吓得哇地哭起来，被他的妻子慌乱地哄着，她大概是不会说南胥话，只能迭声用北语说：“拜见皇后娘娘，拜见皇后娘娘。”

宸冬终于抬起头，看了我一眼，他的眼神还是那么冷漠、无悲无喜，就如同很多年以前，我仰着头望着他的时候。

随后，他又低下头，额头触地，行礼道：“臣，拜见皇后娘娘。”

西斜的日光映在我脸上，我坐在王座之上一言不发地俯视着他，最终，绽开一个笑容，我说：“起来吧。”

第三章

姑姑，你爱上了北乾人

01

七年前，我成了丹蚩的羲妃。

五年前，我成了北乾的皇后。

三年前，北乾重臣拼死进谏，他们要诛杀妖后，因为她让一个本来英明的王变得昏庸无道。于是，他们“如愿以偿”地一个一个被丹蚩处死。直到朝堂上和谐宁静，一致赞颂皇后贤德聪敏、举世无双。

直到这场灾殃的到来。中部洪水过境，颗粒无收，国库空虚——当然空虚，北人暂时还无法建立起被他们摧毁的南胥强悍的经济体系。有限钱粮，北乾大臣当然要求优先救助北乾人，而所谓南奴，合该为这场天灾殉葬。

而丹蚩下令，无论种族，大秦国库将统一发放粮食赈灾。

北臣哗然。

他们一致认为这又是我蛊惑君心的结果——此事非同小可，北乾将士正在前线征战，而他们的妻儿在洪灾之后活活饿死，南胥人却活了下来，这对军心是沉重的打击。

可是，没有人能动摇丹蚩的决定，正如同五年前无人能阻止他立我为后一样。

于是他们不得不想尽一切办法，召回了早早被放逐到战场上的大皇子。

“公主，你说他会怎么做？”又春呆呆地问我。

“大概是想尽一切办法，杀了我吧。”

我们正倚在宫楼上，那是一场为了庆贺大皇子回朝而开办的宫廷夜宴。北乾人总是喜好宴会，因为之前出了太多的荒唐事，如今也效仿南胥，男女分席——你看，北乾人看不起南胥，却最终事事模仿着南胥。

远远地，我看到宸冬在众人的簇拥之中，一杯接着一杯地喝酒，然后猝不及防地，抬头看了我一眼。

阔别多年，他的眼睛仍然像雄鹰，但我不会再避开了，我摇着扇子，微微一笑。

属于我们的战争，终于吹响了第一声号角。

“皇后娘娘。”

我回过头，看见宸冬的妻子——大皇子妃鱼宁站在我身后，怯生生地看着我。

她也是位公主，来自被宸冬攻下的某个北方部落，生得极美，可总是畏畏缩缩的模样。

我回头对她笑，道：“吃得怎么样，还习惯吗？”

她点点头，有些紧张地用北乾语说：“谢皇后娘娘，这样丰美的宴席，我从未吃过。”

“中部洪灾，我们后宫难免缩减开支，等日子好了，我还有许多花样可以安排呢，到时候，你再进宫。”

我原本是在客套，可是她低下头，绞紧了手指，像是陷入了什么艰难的抉择，过了许久，才突然抬起头看着我，道：“皇后娘娘，我，我，我可以把东林带来吗？”

东林，是她和宸冬的儿子。

我讶然地看着她，道：“孩子还那么小……”

“不碍事的，皇后娘娘，孩子这些年随着我们在军营里，也学不到什么东西，我听说您膝下无子，东林在您身边长大，不是再好不过吗？”

一句话让她说得颠三倒四，我还是听明白了。

她在向我投诚。

这个女子，以敏感的嗅觉得知了宸冬这次回京与我之间必有一战，而且我的胜面更大。她不想自己的儿子成为这场斗争的牺牲品，所以，她要把自己的儿子送给我。丹蚩的儿子早已死的死、散的散，如若我得胜，手里有个皇族血脉的孩子，尽可以名正言顺地垂帘听政；如若宸冬得胜，她便会编一个天衣无缝的孩子被我夺走的谎言，虎毒不食子，她的孩子还是可以安享富贵平安。

她其实不够聪明，或者说，她压根儿也没打算在我面前隐藏自己，所有的渴望都写在那双哀切的眼睛里。

那是一双属于母亲的眼睛。

我看向远方，刚建好的亭台楼阁旁，郁郁葱葱地长满了秋芙蓉，散发着植物特有的甘香。

“我没有孩子，是因为我不能生育。”我慢慢地开口说，“可你知道，是为什么吗？”

那一年，我从城门口跑回来，被姑娘们冒死安排入了丹蚩的后宫。

他当时独自一人喝得酩酊大醉，我替他斟酒，他一把抓住我的手，笑了：“小溪？”

“还是朕该叫你……羲河公主？”他醉醺醺地打量着我，摇着头笑了，道，“你胆子真的很大。”

“羲河想要的从来只是活下去而已。”我努力让自己回视他的目光，从容一笑，“宸冬觉得亡国公主终究不祥，他怕了，陛下也怕吗？”

他凝视了我许久，直到我浑身的汗毛都立起来。

“整个南胥都匍匐在朕脚下，朕怕你？”他一把把我拽进怀里，酒杯摔了个粉碎，“最好的美人当配最好的猎人，他怕，是因为他消受不起。”

不到一年，宸冬归来，看到了服侍在他父亲身边，大着肚子的我。那天我敷了厚厚的脂粉，想将脸上的伤痕遮住，可是脸上的红印太肿了，根本遮不住。

那天，宸冬因为急召而贻误战机的事情，和丹蚩大吵了一架。他一直没有看我，直到三天后，他要回营的那一夜。

那是一个秋天的深夜，我独自坐在院子里煮茶，门吱呀一声打开，我回过头，看见宸冬站在那里，穿着一身铠甲。

“你来了。”

我以为宸冬会质问我为什么死而复生，为什么出现在这里。但他说的第一句话是：“他打你？”

我愣了一下，随即淡淡一笑：“陛下后宫的女人，有哪个不挨打？”

“我带你走。”他说。

我摇头，慢慢后退，道：“我不走，我说过要为我的族人复仇……”

他冰冷地说：“你能做什么？你以为你能当皇后吗？”

“为什么不能？我怀了陛下的骨肉……”

一抹冷月之下，他看着我，缓慢地露出一个古怪的笑容：“陛下的骨肉？”

“你什么意思？”

他第一次在我面前展露出这样恶毒的神情，仿若毒蛇吐芯：“成年之日，他给我下了鸩毒，从此我每夜头痛欲裂，痛到疯掉为止。于是第二年我也给他下了毒，从那天开始到他死为止，只会有我一个儿子。”

宸冬抓住我的手，手劲之大几乎要把我的腕骨捏碎了：“所以贱人，你告诉我你肚子里的孩子是谁的！”

我疼得满眼是泪，用力挣扎着：“你放开我！你大胆！我是你的庶母！”

他手一松，我转头撞到了桌子，碰掉了满桌的茶具，然后跌倒在地上。

他有一瞬间的无措，道：“我不是故意的……”

“别过来！”我拿起一片瓷器抵在脖颈上，厉声喝道，“你再过来我就死在你面前！”

突然间，门被推开了，一时间灯火通明，丹蚩站在那里，旁边是报信的又春。

“陛下，大皇子要杀我……”我朝丹蚩伸出手，然而又一次跌落在碎片之中。

黑色的血，从我身下蜿蜒开来。

“畜生！”丹蚩浑身颤抖着，转身一刀就劈过去。

宸冬没有时间躲闪。

雪亮的刀光闪过，刀最终停在了离他额头一寸处，铁器的寒光映亮了这对父子的脸。

丹蚩看着他，最终还是松开手，哐当一声，刀落在了地上。

“滚。”

第二日，宸冬走了，伴随着太监尖锐的宣旨声：“大将军宸冬，冒犯宫闱，论罪当死，念其军功，连降三级。”

我的孩子，是丹蚩最小的孩子，也是最后的希望，但就这么轻而易举地死去了。

“大概就是那时伤了身体，我再也没有怀上过孩子。”

“我不知道，皇后娘娘，我不知道和大皇子有关……”大皇子妃鱼宁惊慌失措地解释。我摇摇头，示意她不要再说下去，因为宸冬正往这边走过来。

“大皇子夫妇果然伉俪情深，这么小会儿不见，就找来了。”我温柔地一笑。

宸冬没有理我，只是把鱼宁拉到身后，道：“回去了。”

“站住。”

我走到他面前，仰起头：“大皇子不问候嫡母吗？”

他深吸了一口气，开口时仍是平静的：“你想怎么样？”

“这次主管赈灾的，是大皇子的旧臣渡卢大人，听说和我派去的张大人多有分歧，还想请大皇子劝他多识时务。”

宸冬几乎在冷笑：“你是在说，要北乾重臣听一个南胥人的话？”

“陛下的政令，是救助大秦百姓，无论南北种族，渡卢大人听不懂，大皇子也听不……”

“做不到。”他干脆利落地打断我，“国家只会救助北人。”

人群渐渐地没了声息，远远地看着我们，我不怒反笑，问：“为什么？”

他平静地看着我，说：“北人天生征伐天下，就像南奴天生被人奴役，北人的命比南奴的贵，还需要理由吗？”

随后，他拉着他的夫人扬长而去。

02

我看着他的背影，许久，又春在一边说：“他让公主难受，想办法杀了吧。”

“不行啊。”我说，“我答应过他，要把他加诸我身上的痛苦十倍还给他，还不够。”

大概是因为觉得自己的主子回来了，北乾臣子们一时气势高扬，尤其是赈灾官员们，南人大臣皆受到奚落与排挤。

不过，这场面很快就结束了。

主管赈灾的渡卢大人死了。

死在自己的宅院里，心被掏空了，血流了一地，是红的。

南人和北人的血，竟都是红的。

丹蚩随后任命副官张北里主持赈灾，北臣哗然，几乎在堂上就吵了起来。

“渡卢是一等武将，府中戒备森严，等闲人等根本无法近身，此事必有阴谋！求陛下彻查！”

丹蚩只是疲倦地闭了闭眼，道：“会查的，等灾情过去吧。”

“可是陛下，再怎么样也不应由南人继任赈灾使！”

我微微一笑，道：“北人短寿，还不许南人为官吗？比如大人您，若是明天死了，还要霸占官职吗？”

北乾朝臣一惊，立刻大声斥骂起来：“你这妖……”

“闭嘴。”宸冬突然出言道。

丹蚩早已不耐烦了，挥挥手，道：“好了，散朝。”

我随之站起来，冷眼看到了宸冬死死地盯着我，如同一只走入穷途末路的野兽。

张大人是个书生，还中过状元，但直到被我任用前都在做乞丐。此人精于计算，最适合赈灾这等事项，但是在满室北乾武将的威胁下，难免有些施展不开。

不过不要紧。

第二日，在朝堂上驳斥丹蚩的那个北乾大臣，死了。死在家中，七孔流血。

第三日，宸冬以重兵把守所有相关北乾大臣的宅院。

第四日，一个与张大人意见相左的北乾大臣，又死了。

……

赈灾诸事，终于顺利地推进下去了。

那一日，我心情愉悦，采了许多秋芙蓉回去，可是刚进到殿里来，就觉察出了不对。

我掀开床帐，笑道：“陛下又在闹什么脾气……”

一只手死死地扼住我的脖子，把我压在床铺上。

是宸冬。

“告诉我！他们是怎么死的？”他咬着牙，一字一顿地对我说。

“什么怎么死的？战胜者屠杀战败者，天经地义。”我用力呼吸着，却笑得很开心。

“你！”

他手上的力气骤然加大。

生理性的泪水让我眼前模糊起来，可看到他双目赤红的样子，我心里却无比痛快。只是死了战友就这么痛了？当年他可是在我面前杀死我最后的亲人，还问我为什么会难过的人啊。

原来你也会痛。

突然，他松开了手，我跌在另外一边大口喘息，胸口剧烈地起伏着，还不忘嘲讽他："……不，不是要杀了我吗？怎么，下不去手吗？"

他没有说话。

我勾起嘴角笑起来，抬起手抚摸他的脸颊，道："将军不会还爱着我吧？毕竟我是你第一个女人。"

我在他耳边，如同情人般呢喃："以为我不知道，对吗？你给你儿子起名叫东林，是因为我给你读的第一本书，叫《东林稗史》。它被你贴身带着，谁也不许碰……"

他一把把我压倒，我的长发散了一床。

他紧贴着我，强壮的身体却在颤抖，眼睛里仿佛有两团火焰："闭嘴，你这种恶毒的女人，不配提小溪。"

这时候，床帐外传来丹蚩的声音："皇后，你睡了吗？"

宸冬的身体骤然绷紧。我目不转睛地看着他，轻声应："没有。"

然后，我伸手掀开床帐，微微一笑："陛下今日怎么有工夫来我这儿？"

"自然是思念皇后……"

我抱着手臂倚在床边，打量着他。曾经的狼王已经老了，脸上的肉垂着，被酒色侵蚀的眼睛发黄，背不易察觉地佝偻着。

我笑起来："那我就在这里让陛下瞧，瞧完了，就走吧。"

他搓着手，想说又不敢说，半晌才道："皇后，今日的芙蓉散，能不能多给朕一份……"

"芙蓉散伤身体，可不能多吃，吃坏了，您那些大臣又要怪我呢！"

他尴尬地用力笑着，露出焦黄的牙齿："杀了他！谁敢怪皇后，朕就杀了他！"

我站起身来，绕着他转了一圈，然后微笑道："您是不是以为，我不知道把大皇子叫回来是谁的意思？"

他畏缩地躲闪着我的目光。

"陛下，您要对付我，就别怪我不遵守承诺。"

丹蚩的眼睛迅速充血，他握紧了拳头，浑身颤抖着。

然后，他扑通一声跪在了我面前。

“朕不敢了，朕再也不敢了，求你了，你把芙蓉散给朕！朕什么都听你的！”

我侧头看了一眼床帐之中，微微笑起来：“包括处死大皇子？”

“处死他！他早就该死！把他千刀万剐！他算什么东西，敢觊觎我的王位！”

我终于笑起来，寝殿里回荡着我的笑声，有一种让人毛骨悚然的清冽。

我走过去，抬起丹蚩的脸，他脸上已经涕泪交横，肮脏不堪。我说：“那陛下又是什么东西呢？”

“朕不是人，是北狗，是皇后的狗。”

“那叫给我听啊！”

他一边涕泪交横，一边大声地叫起来：“汪！汪！汪！”

“一边磕头一边叫。”

他便磕头如捣蒜，一下一下，几乎要把额头撞出血来。

“陛下真乖呢。”

我从盒子里拿出一小包药粉，递给了他，他飞速地倒入嘴里，随后眼神便涣散起来。

“吃完了，就滚吧。”

“是——”他如同梦呓般地说。

丹蚩离开之后，我转头看向床帐里，笑道：“怎么样，这场戏还精彩吗？”

宸冬几乎被夺走了魂魄，坐在那里，许久，才低声问道：“你给他吃了什么？”

我走到采摘的秋芙蓉旁，微微一笑：“五石散，加了一味秋芙蓉，陛下喜欢叫它芙蓉散。”

在很多年前，我第一次侍寝的时候，发现丹蚩其实不能人道。

他周围那么多美人，只不过是满足他的凌虐欲。他之所以喜怒无常，也跟这件事有关。他所有儿子当中只有宸冬有能力继位，所以他憎恶宸冬，如同每一个老狼王憎恶狼群之中的新生力量，可他无法生育，只能在绝望中等待着死亡，然后让宸冬将他取而代之。

但五石散可以让他在榻上重回年轻。

这是宫中的秘方，南胥贵族用来寻欢作乐，哥哥年轻时极喜欢服用，我则模糊地记住了它的配方，调试了很多次，终于做了出来，还有个很有趣的进步。

那就是，加入一钱秋芙蓉，药的作用翻倍，当然，成瘾性也翻倍。

"一开始，他服用只是为了能有个后代，可是除了我，后宫谁也没能怀孕，后来我孩子掉了，他加倍，加倍地吃，于是就变成了现在这个样子，一团会动的……"我恶意地吐出一个字，"肉。"

宸冬几乎在我话音刚落的同时暴起，一刀过来，我侧身躲开了，他劈中的屏风碎了个干净。

"杀了我之后，丹蚩也会因芙蓉瘾而死，我保证北乾朝堂会大乱，你们费尽心思打下来的江山，就会啪的一声，碎个干净。"

宸冬终于崩溃了，他一刀接着一刀地横劈下去，我寝宫里所有的东西都碎了个干净。

"你到底要干什么！你要干什么！"他如同疯了一样咆哮。

我站在一片废墟之中，一字一顿地说："我要南人安居乐业。我要天下海晏河清。我要所有想活下去的人，都能活下去。怎么，我要的很多吗？"

一时间，整个寝宫安静下来，只能听见他剧烈的呼吸声。

外面传来侍卫的声音："娘娘，可否需要我等护驾？"

我弯下腰，看着宸冬的眼睛，微笑起来："你在母后的寝宫里意图不轨，我稍微提高一点声音，你就会死无葬身之地，可我没有。北乾势力复杂，需要你的存在来制衡，这就是我和你的区别，也是南人和北人的区别。"

人能看见高山群岚。

而狗，只能看见眼前骨头。

他没有再看我，而是踉跄着起身，走到门口时，仿佛失去力气一样，扶住了门框。

“总有一天，我会杀了你。”这句话，他说得很平静。

我也回得很平静。

“你父皇的骨头被我的人一寸一寸打碎了的时候，也这么说过，可是现在他做了一只狗呢！”

他头也不回地走了。

03

那是一个混乱、野蛮的年代，史称“北侵十年”。

北乾贵族们蠢蠢欲动，谋求着更高的位置；南胥小朝廷偏安一隅，却始终久攻不下；各地起义军此起彼伏，甚至在接近枬城的山地，便聚集着一群山匪，以林北匪王为尊，他们隐匿在密集的丘陵之中，吸引了诸多穷凶极恶的亡命徒，已经成了大秦的肘腋之患。

而乱世之中，人必加倍迷信神鬼，有个叫作元初教的教派在民间兴起，他们分天尊、帝尊和人尊，下属七十二门，信徒遍布天下，曾有大秦官员与教众起了冲突，当夜那官员便死在了家里。

局势很乱，但乱中又存在着微妙的平衡，种种势力蠢蠢欲动，但谁也不敢第一个行动。宸冬更不会，他虽知道丹蚩已是我的傀儡，但他多年被打压，已经失去了称霸北乾的绝对力量，因此他小心地在朝堂斡旋，积蓄着力量。

而在这猛虎环伺下的微妙和平之中，我尽全力地庇护着南胥的子民。

但我知道，这是暂时的，尽管北乾十八部族都有我的部署，但我的死结在于，我没有一个和丹蚩的孩子，一旦丹蚩死去，北乾混乱之际，我必死无疑，随后在我的干预下颁布的“善抚南人”的政策，会尽数分崩离析。

南胥灭国的第十年，我迎来了我的二十六岁生辰。

其实在南胥的时候，我向来是不过生日的，因为那一日南胥太子战死沙场，太子妃难产而死，南胥彻底向北乾称臣。没人有心情在这样的日子里庆贺，后来知秋会在这一天煮面给我吃，一碗面要加上一百句“羲河要做个好孩子”，那时候的我厌烦透了。

可是现在做了一国皇后，怎能不过生辰呢？更何况如此微妙的政局，所有的礼品往来都是朝堂的暗潮涌动。

那天是个很舒服的日子，清晨的阳光干净得像流水，风吹过秋芙蓉的枝丫，花影摇曳，我一边喝茶，一边听着又春盘点礼册名单。

“卫律，礼部官三品，十盒普洱茶饼。

“禹青，一品国公，十箱翡翠原石、十箱玛瑙……品类众多，清点后价值三万两。晚上宴席，他亲自到场。”

“也算他识时务。”

禹青是丹蚩的堂弟，与宸冬水火不容，这些年与我走得很近，是我倚重的军中力量。

“南胥小朝廷派使臣送了贺礼过来，公主要见吗？”

“不见，赏他点东西，就让他走吧。”

说来可笑，近年来渐渐有流言说，北乾皇后像极了当年的羲河公主。我那位守着小朝廷过日子的皇兄大概也有所耳闻，几次三番地派人来试探。他已经五十来岁了，然而随礼而来的书简第一行就是：“南奴郡王敬问大秦母后娘娘无恙……”

北人有称王为父，称王后为母的习俗，这并没有什么，可这样的称呼让我觉得厌烦透了。

又春还要说什么，突然有内侍进来通报。

“皇后娘娘，卫律夫人求见。”

又春喜道：“是灯芯儿来了。”

我点点头，道：“嗯，你快把那个带过来给她看看！吓她一跳！”

又春应了一声便走了。

灯芯儿后来嫁了一个叫卫律的北乾人，是宸冬身边的参谋军事，许多关于宸冬的消息都是由她曲折地传过来的。

“参见皇后娘娘。”

她跪在地上朝我行礼，十年了，她已经生了两个孩子，此时又怀上了第三个，瞧着丰腴了不少，只是眉眼间依稀还有那个爽利少女的影子。

“你身子重，咱们姐妹间这些虚礼就免了吧。”我轻轻举起茶壶，琥珀色的茶水缓缓注入杯中，“茶园经营得不错，我喝着就觉得，南胥那些日子，就在眼前了。”

灯芯儿腼腆地笑了一下：“托皇后娘娘的福，若您喜欢，我再送来。”

“那就劳烦你了，一人饮茶总是有些孤单，来，我们同饮。”

我把亲自斟好的茶放在托盘上，让内侍递过去。

灯芯儿的脸色却骤然变了，她看着茶盏，嗫嚅着，却许久没有接。

内侍阴冷地催促：“夫人，皇后娘娘生辰收了多少奇珍异宝，可独独拆了您奉上来的茶，这是天大的体面啊！您可不要不识抬举。”

她不得不接过去，因为颤抖得太厉害，茶盏发出细碎的碰撞声。

我的笑容慢慢收起来，面无表情地瞧着她：“灯芯儿，今日你出门时，我便派人去了你府上。”

灯芯儿猛然抬起头，惊恐地瞪大了眼睛看着我。

“盼儿今年五岁了吧，我瞧着很是喜欢，我同陛下没有子嗣，早就想着抱个孩子养在身边……”

灯芯儿手一抖，茶盏骤然落地，碎了个干净。

“公主，公主我不敢了……求求你了公主！千错万错都是我的错，不要碰她，不要碰我的女儿……”

她哭得满脸是泪，不停地磕头。

我没有看她，而是又慢慢地倒了一盏茶，让内侍呈给她。

“喝茶。”我看着她的眼睛，轻轻地、一字一顿地说，“否则待会儿又春带来的，就是盼儿的尸体。”

灯芯儿看着那茶盏，就像看着毒蛇猛兽，然后缓缓伸出手，接过去一饮而尽。

喝完之后，她像是失去了所有的力量，跪坐在地上呜呜哭起来。

我自嘲地一笑：“他们知道我多疑，任何入口的东西，我都会检查好多遍，唯独除了你的茶。”

灯芯儿趴着过来，攀着我的脚，哭得歇斯底里：“公主，是他逼我的，我没有办法……那不是毒药，只是不让你生育……”

我一把挣开她，冷笑：“那如若，我像你一样腹中已有了孩子，会怎么样？”

她抽泣着，躲避我的眼睛。

“一尸两命，胎死腹中，对吗？”我挑起眉，轻笑着说。

她号啕大哭起来，拼了命地磕头：“公主，我错了，我该死，求您放过盼儿，放过我的孩子！”

她哭的时候，如水的阳光透过树枝打在我脸上，一半阴，一半阳。

“公主！我带来了！”

不远处，传来又春欢快的声音，灯芯儿惊恐地向后看去，只见又春抱着一只小猫，兴高采烈地跑过来。

“你成天说小狸下了崽子就给公主一只，小狸死了也没见你送来！”又春一手叉着腰得意扬扬地说，“听说小狸的崽子小花儿昨儿又下了崽子，今天早晨公主就命人偷来最好看的一只！怎么着，吓了一跳吧！”

灯芯儿茫然地看着又春，又看看我：“盼儿……”

“我去拿猫的时候，盼姐儿还哭呢！我就说，这是你皇后姨娘要的，姨娘平时那么疼你，给只小猫你还小气？她才放行了。”

又春这时候才后知后觉地看到灯芯儿的眼泪，吃了一惊，道：“你怎么哭了？真的吓着了？”

我笑道：“是这茶不好，灯芯儿觉得苦。”

“是不好，是进贡的礼物，我喝也苦。”又春给灯芯儿擦眼泪，懵懂地说，“这也犯不着哭嘛！你也太小气了。”

小猫趁机跳了下来，几步跑没影了，气得又春直跺脚。

我瞧着她们，淡淡地笑了，道：“你陪着灯芯儿在园子里好好逛逛，我找这小家伙玩去了。”

灯芯儿惶惑地看着我，欲言又止：“公主……”

我站定了，却没有回头：“叫皇后吧。”

我慢慢走出园子，明明一天才刚刚开始，我怎么就乏了？一步一步，都像踩在云朵上。

可是那只猫呢？

我从冰窟的死境里醒转，睡在我枕边的那只猫，它去哪儿了呀？

噢，它已经死了，我在找它的后代，可是怎么也找不见了呢？

侍卫有些害怕地看着我脸色：“皇后娘娘，您丢了什么？奴才帮您找。”

“没事儿，我丢了那么多东西，多一件少一件的，又能怎么样？”

这时候，不远处传来一声猫叫，我走过去，看见红墙之下，跪着一个少年，那只小猫就盘在他身前，慵懒地用后脚搔着痒。

少年垂首跪在那里，颈间、手腕、脚腕都戴着戒镯。这叫三戒镯，是苦修者的标志，戴上后必须戒色、戒嗔、戒荤食，不享人间一切喜乐，积攒功德给亲人祈福，非死不能摘。

“你是谁？”我问。

他抬起头，我一下子便怔在那里。

04

我这一生，也算是见过许多美人，可像他这样的，还是第一次见。皮肤莹润得像是积雪，琥珀色的眼眸清亮，五官每一处都仿佛是上天亲自雕琢的，苦修者守三戒五律，他眉眼间却有种说不出的妖异。

他不过十七八岁，可是格外稳重，轻声道："小人名奈何，奉家师之命，向皇后娘娘奉上寿礼。"

旁边的侍卫为难地说："他是这次的南胥使臣，求见皇后娘娘，跪在这里不肯走。"

"怎么没人对我说，南胥使臣竟是个少年……"我歪着头，瞧着他道，"长成这个模样，不是神明，就是妖孽。"

侍卫们不管回话，而他一直看着我，眼睛如同深不见底的湖泊。

我让侍卫去他怀里把小猫抱过来，懒洋洋地说："不是想见我吗？见也见到了，就回去吧。"

"启禀皇后娘娘，家师嘱咐，这次贺礼极为贵重，务必请皇后娘娘当面拆开。"

他仍然跪在那里，一副很倔强的模样。

我叹了口气。

这些年北人总是喜欢呈上他们以为的奇珍异宝，想瞧我被那些珍宝震慑的贪婪样子，可事实上，在北乾做皇后的这些年，我所收到的所有宝贝当中顶尖的，也不过是当年做公主时，赏给奴才的下品。

我就是这样轻慢地打开那个盒子的。

只一眼。

就那么一眼。

前朝往事，呼啸而来。

那是一只白瓷瓶，上面，是一只小兔子。

"听说白瓷碎声泠然如玉碎，不如我们打碎了听听响？"

"破坏一个东西很简单，塑造它却很难。所以，羲河以后不能把破坏东西当成玩，那都是旁人的心血，对不对？"

……我曾抱着它无忧无虑地走在回家的路上，一手牵着的，是我最喜欢的知秋。

那是我的小兔子，我好不容易烧出来的小兔子啊。

我啪地合上盒子，厉声问：“你师父是谁！叫什么名字！”

所有人都被我的脸色吓坏了，地上跪倒了一片，只有那个少年安静地仰头看着我：“师父是个出家人，法号素空，有个俗名叫作何素龙。”

我把手中的盒子慢慢合上，如同收拢一件往事。

那年命运分岔路口，我想离开枬城的那一日，是想过要去找何素龙将军的，可是机缘巧合下走到了现在，已然许久没有他的消息，我竟不知道，他投靠了西边的小朝廷。

“你师父他，身体还好吗？”我颤声问。这才发现，这少年一直目不转睛地盯着我看，目光澄澈，和我对视也丝毫没有躲闪。他道：“师父他早年身体有旧伤，近日越发严重了，所以才让我务必把礼物亲手交到娘娘手里。”

南胥覆灭后，北乾人一把火烧掉了南胥的宫殿，据说那大火一直烧了七天七夜才停下。我早就默认，我所拥有的一切，都已经随着那大火不复存在。

可是何素龙竟找到了这只小兔子，说来也奇怪，他一个外臣，怎么会知道我当年的心爱之物？还有，他费尽心思送来一件南胥旧物，想要的又是什么呢？

“东西很好，只是我早就不是喜欢小兔子的年纪了。”我笑笑，把盒子重新递给奈何。

西边的小朝廷认堂哥为主，我虽是女子，却是比他更正统的皇室血脉，可此刻，我又做了敌国的皇后，那根本就不是我能归去的地方。

还有，如今北乾上下暗潮汹涌、人心浮动，若是我南胥公主的身份真正大白于天下，恐怕再也不会有我的容身之处。

所以，无论如何，我都不可能与他们合作。

奈何沉默地接过盒子，他是个漂亮得不可思议的孩子，在这样的烈日下，皮肤却晶莹得像玉石雕琢而成，找不到任何的瑕疵。

在众内侍的环伺下，我叹了口气，笑着对他道：“十年前，我与你师父在陛下的宴席上有过一面之缘，大抵因为这个，他找了我家族所产的白瓷送给我，周氏白窑已绝，如今尚存的都是孤品，是他有心了。

“但是，再怎么样周氏白窑也回不来了，睹物思人也徒增伤感，拿回去吧，替我谢谢他。”

他道：“可是皇后娘娘，我有话同您说……”

这时，又春刚好赶来，道：“娘娘，灯芯儿走了，晚上寿宴诸事还要您来过目。”

我便朝奈何笑了一下，准备离开。然而一转头我就看见了宸冬。他正在宫门口，皱眉看着我。

我心头一惊，强笑着打招呼：“大皇子不是一向不愿进宫，今日怎么有空来宫里了？”

宸冬走过来，打量了一下奈何，道：“皇后娘娘这是在宫里私见使臣？还是个南奴？”

我已经镇定下来，歪头道：“是又怎么样？现在连宫中的规矩，大皇子都想要替陛下定了吗？”

熟悉的剑拔弩张，这些年，我和他只要见面，一直如此。

宸冬冷冷道：“皇后娘娘这是什么意思？事关使臣，我连问一句都不行吗？”

我走过去，在他耳边轻声吐出两个字：“北狗。”

他的脸色骤然变了。

我笑道：“如果我张口闭口的是这两个字，大皇子难道会给我什么好脸色看吗？”

“皇后娘娘大可以继续激怒我，但我必须问清楚。”

他别开看我的目光，继续看向奈何道：“使臣都在清心园等着晚上的寿宴，你怎么会来这里？你要同皇后说什么？”

奈何非常认真地答道：“小人奉师父之命，想劝娘娘在桝城推行佛法，修无量功德。”

南胥礼佛是传统，而北乾笃信狼首佛，这些年虽有南北融合的迹象，但枬城作为北乾人的国都，没有一处寺庙。

宸冬似乎觉得荒谬，摇着头嗤笑了一声，又抬起头，面无表情地看着他道："那你的神明有没有告诉过你，你不会活着离开枬城？"

我厉声道："宸冬！"

"小人今日见过娘娘，便虽死无憾。至于日后，不过是因果。"

奈何仍然非常平静地看着他，我甚至有一种荒谬的错觉，仿佛眼前不是一个杀人无数的武将和一个少年，是神明垂目，冷眼看着众生。

宸冬眯起眼睛看着他，无端地，没有人敢说话，众人连呼吸都屏住了。

我突然提高了声音道："大皇子是何时入宫的？"

一个内侍答道："回娘娘，是两个时辰前。"

"宫中规定，储君入宫除非典礼特赦，不得超过两个时辰，否则视为谋逆。"我和他对峙着，道，"大皇子是自己走，还是让宫中禁卫军请你走？"

"北乾的属地，我父皇的宫殿，你赶我走？"

"我执掌后宫，也不是不可以下旨特赦，让大皇子多待一阵的。"我道，"但是谁让你这么多年，也没有学会怎么和你的母后说话呢？"

我们俩对峙了很久，他终还是走了。临走前，他上下打量了一下奈何，目光森冷。

我长舒了一口气，后背完全湿透了。

他想杀人。

这三年来，我们一直处于一种微妙的制衡当中，除了三年前那次在寝宫，我从未感觉过他这样强烈的杀意。

我看着奈何，无论从哪个角度看，他都是一个人畜无害、干净乖巧的孩子，是什么引起了宸冬的杀机？

"以后遇见大皇子、遇见任何北乾人，都只能回答'是'，或者'不是'，明白吗？"我低声呵斥道。

"明白了。"奈何应了一声，仍然目不转睛地看着我。

我皱起眉，道："还有，别这么看着我，这是僭越。"

宫中的禁卫是我的人，可是一旦出宫，他必死无疑。我以丹蚩想推行佛法为名，安排他在宫中住下了。庆典在即，我处理了半天琐事才想起问："宸冬今日到底为什么进宫？"

又春在核对朝臣名册，头也不抬道："给公主送寿礼啊，每年他都会亲自送来。"

哦，是这样啊。

05

宫灯从黑夜之中，一盏一盏地浮起，我的二十六岁生辰宫廷夜宴，就这么到了。

丹蚩坐在主位上，旁边是他新近最宠爱的两个美人。那两个美人一左一右喂他吃东西，可是他实在太老也太胖了，酒水经常混杂着涎水，从嘴边滴落。

使臣们次第而入，他们坐在自己的座位上，大多不敢抬头，毕竟丹蚩就曾因为觉得某个臣子瞧他的目光不善，拿着刀便斩杀了一排的人。

只除了奈何，他脊背挺直坐在那里，仿若一盏孤月，我能觉察到女子们都在若有若无地瞧着他的方向。

"公主想拿他怎么办？真要留在宫里吗？"又春也在看他，低语道。

"能怎么办？他还是个孩子，一看便什么都不懂。看好他，到底是何素龙将军的徒弟，不能让他稀里糊涂把命丢了。"

我看向他那边，他便立刻抬起头对上我的目光，安静地一笑。

不知道为什么，这笑容让我心口发酸。我对又春说："我总觉得，这孩子像一个我认识的人，但我想不起来是谁。"

又春茫然地看了他一会儿，突然惊呼："他，他长得像大皇子！"

"啊？"

又春肯定道："像，真的像，你瞧他们的鼻子和眼睛，都生得一样，只是大皇子又糙又黑，没他那么好看。"

我啼笑皆非，终止了这个话题，道："你闭嘴，快去前面招待使臣，今日我们不能出任何纰漏。"

不管平日是如何站队的，朝臣的女眷都殷切恭贺我的寿辰。我发现当初嫁给北乾贵族的南胥姐妹们，已经泯然在这些热情又虚假的寒暄中，我已经分不出她们和其他夫人的区别。

这样很好，人是要长大的，每个人都有自己的宿命的道路，谁不是走着走着，才发现满目荒唐，物是人非。

突然人群发出一小声惊叹，我随着他们的目光看到了宸冬的夫人——鱼宁。

她不再是那个初到栩城，战战兢兢的女子，她是今晚最华贵也最美丽的女人。她本就艳极的五官精心化了妆，越发艳光四射、夺人心魄。她穿着一件天青绣锦裙，上面绣着望月的白孔雀，那是失传的南胥工艺，轻而透亮，行走间闪着浅浅辉光，即使在当初南胥，也值千金。

"大皇子前日去札县巡查为我带回来的，这样贵重的布料，平日里我也舍不得穿，想着他高兴，便在今日穿了，母后不会介意吧？"她有些羞涩地对我说。

"当然不会了。"我伸手捏捏东林的小脸，道："几岁了？"

他害羞地躲在他母亲身后，用肉肉的小手比了个"五"给我看。

"东林，母亲怎么教你的，快和皇祖母打招呼。"鱼宁摸着他的头，轻声道。

我愣了，随即笑了一下道："不要紧的。"

那一日，没有发生任何意外，只除了，我喝多了。

平日里我入口的酒食少之又少，可是在这样的日子，每一杯酒都像是个投诚或者分崩离析的信号，该喝的，不得不喝的。

北乾的酒很烈，几乎燃烧人的魂魄。我不能失态，酒过半酣，我便离席到了三楼的露台去吹风。

三楼可以纵览整个筵席，我看到了丹蚩纵情声色的丑态，也看到了使臣们的窃窃私语，还有女人之间的暗潮汹涌，即使是再高明的画师，也画不出如此精妙的画卷。

我身后传来了脚步声。

“你瞧见大皇子妃了吗？”我以为是又春，便头也不回，醉醺醺地说，“天青绣锦做的衣裳可真好看，可是我不能那么穿。”

脚步声由远至近，那人站在我身边，轻声说：“皇后娘娘，我有话想对你说。”

是个少年的声音。

我转过头，黄昏的黑暗中，我看见了他。

“你夜里还会不会头痛啊？”我呆呆地说。

“嗯？”

“你知道吗？我恨你，我恨不得杀了你。”我轻声说，“但我好想穿一件好看的裙子给你看啊。”

猎猎的晚风吹起我的衣衫，他怔怔地看着我。

你一定是我的一场梦。

我侧过头，吻上他的嘴唇。

天空中隐隐传来雷鸣，我从昏沉中醒转，身上一身薄汗，露台上空空荡荡，只有我一个人。

“公主。”

是又春，她缓步走上来，唤我：“要下雨了，可能要提前散席。”

我头痛欲裂，一边起身一边问：“我睡了多久？太失礼了。”

“也没多久，他们大概都没发现。”

我迟疑了一下：“有人上来过吗？”

“没有啊，通往三楼的是密道，除了公主只有我知道。”

我扶着她的手，缓缓站起来：“我好像做了个梦，很奇怪的梦。”

我们正想下楼的时候，突然，远处传来了一声惊叫，然后是嘈杂的人声和混乱的脚步声，我和又春互相看了一眼，匆忙地奔下楼去。

人都聚拢着，见了我都神色怪异，尖锐的哭号声，如同野兽饱沾鲜血的爪子划过耳朵。

“我，我本来是跟着宫人离开的，可是，可是瞧见他坐在路中央，一时好奇就去看了一眼，不关我的事啊！不关我的事啊！”

“参宿是我北乾大巫，事关大秦国祚！你脱不了干系！”

我走过去，人群自动分开一条路，路的尽头，是已经吓得瘫软在地上的使臣和宫中的禁卫，绕过他们，我看到了一个黑色的身影趴在那里，远看像一只四肢着地的兽，近看才发现，是一个人。

是已经九十岁的葛老儿，北乾的巫师。他身下用鲜血画着一个古怪的图腾，他自己四肢朝地趴在地上，最诡谲的是，他的脸无比狰狞，像一只正在咆哮的狼，那双蒙着白翳的眼睛已经充血，变成了浓黑，死不瞑目地圆瞪着。

似狼，又似人。

“狼首佛！”我身后有北乾人尖叫起来，与此同时，一道雷鸣响过，夏日的第一场暴雨，倾盆而至。

“是诅咒，参宿变成狼首佛，是为了惩戒恶鬼！”

“皇宫之内，哪儿来的恶鬼？”

“听说参宿之前曾与皇后争执过。”

“恶鬼是皇后！”

“皇后就是恶鬼！”

06

北人的信仰非常简单，他们的狼首佛是至高也是唯一的神，一面佛相度人，一面狼首杀戮，而参宿，是人间与神明沟通的使者。北人相信，死去的人被参宿送行，就能到达狼首佛处，重新变成勇士回到部落里，否则，就会变成恶鬼为祸人间。历代的参宿，都会居住在远离部落的地方处理尸骸，而葛老儿作为一个国家的参宿，居于城郊的庙内，为整个国家的亡灵超度。

葛老儿已经许多年没进过宫了，这次进宫，是听说了丹蚩准备在枬城修建寺庙——随着各个国家文化的涌入，这些年已经有越来越多的北人改变了信仰，王室的态度，是狼首佛不容亵渎的尊严。

“供奉外神，狼首佛会降下灾祸，北乾勇士的魂魄再无可去之处！”葛老儿歇斯底里地咆哮着，黑瘦的脖颈上青筋暴露。

丹蚩和每一个传统的北人一样，相信参宿所言就是上天的旨意，可他刚想开口，就被我打断了。

“如果狼首佛真的有灵，何惧区区木雕石塑？而如若他连自己的神位都保不住，何谈庇护大秦？不如一早让位给真神。”

那时我被寿宴的琐事搞得焦头烂额，再加上我不信鬼神，说话便语气重了些，葛老儿被气得浑身发抖，指着我道：“当年就是你亵渎神明。陛下！再将她这恶鬼留在宫内，必然招致大祸啊！”

我终于不耐烦起来。

“你们世代供奉这什么狼首佛，除了让你们杀同胞的时候不眨眼睛，可没见到少什么灾祸啊！每年冻死、饿死的有多少，您比我心里有数。哦，您要说了，有罪是吧？可多少孩子还没出襁褓就死在母亲怀里，他们又有什么罪？反而是您口中恶鬼的我，推行农耕织造，这十来年的战乱下，有多少孩子活了下来您算过吗？”

“你！”

“行了，如果真要有神罚，就让他冲我来！”

葛老儿还要说什么，我就吩咐宫人：“安排葛老儿住一夜，明天送他回去。”

神罚当然没有来。

可是他死在这个宫室之中，他用他的命，用他世代传承的那些古里古怪的巫术，诅咒了我。

暴雨淋湿了我的发髻，我与那老人枯瘦的尸体对峙，心头慢慢从慌乱变成了平静。

你要咒我？

可我身上本来就背负着南胥死去的百万冤魂，我不信，还有比这更凄厉的诅咒。

我冷然吩咐下去："葛老儿被人刺杀，辽国使臣嫌疑重大，先行关押，其他人等暂时留在宫中，等待结果。"

人群开始被宫人疏导着散开，有几个南胥侍卫哆嗦着上前，要收殓葛老儿那诡异的遗骨。

"慢！参宿替天行事，皇后此时在掩盖什么呢？"

说话的是丹蚩的堂弟禹青，他年近四十，有一副铁塔一样的身躯，早年间随着丹蚩南征北讨，获封一等国公，如今，他是大秦除了宸冬之外第二顺位的继承人。

他和宸冬分庭抗礼，也因此一向与我交好，我举行的宫廷宴会，他是唯一一个每次都会亲自参加的北乾贵族。

而如今，这是要干什么？

"王爷这是什么意思？"我说，"难道就任由参宿的骸骨在大雨中烂掉吗？"

禹青冷笑了一下，然后唰的一声，抽出了腰中刀。

"参宿化身狼首佛，是为了惩戒恶鬼，北乾恶鬼还有何人？"

我看了一眼那刀，冷冷道："王爷这是要谋反吗？"

"皇后得幸于陛下，倒行逆施，优抚南奴，残害北乾臣民无数，如今参宿以死献祭，难道我身为北乾王侯还要当作什么都没看见吗？"

侍卫警惕地挡在了我面前。

宫中真正的精锐禁卫军在外殿，丹蚩一早带着美人回了寝宫，内廷的守卫大多都在他附近，此刻，我周围只有使臣、女眷和一些并无武力的内侍，他们挡不住一个武将的刀。

“王爷，只要我一天是皇后，你对我动兵刃都是谋逆的重罪……”

“我要替狼首佛诛杀恶鬼！”

我没有想到，他居然真的敢动手。

刀光、雷声、周围的尖叫声、侍卫死前的哀号声，混杂着磅礴的大雨，像一场荒诞的大梦。我终于后退不了，扑通一声倒在了雨水之中。

真是可笑，这么多年，我吃一口东西都要疑心再三，却没有想到，竟然要死在明刀明枪之下。

一道闪电划过天际，他的刀劈了下来。

我闭上眼睛。

可死亡却没有袭来。

没人看到那一瞬间发生了什么，可是我睁开眼睛的时候，看到了大雨之中，一个人挡在我面前。

奈何一身白袍已经被大雨淋透了，整个人恍若琉璃，他的面容是平静的，甚至是温柔的，而他手里是一把血淋淋的长刀，刀刃对准了禹青。

“你是什么人？”禹青颤抖着看着他。

“施主，刀是用来防身杀敌的，不是用来滥杀无辜的。”奈何声音不大，可是在场的人都清清楚楚地听到了。

“参宿大人口鼻出血，因外力强击致内脏破碎而死，衣服上也血迹斑斑，按理说，这地上应该有大量的血迹才是，可是没有，在落雨之前我们都看到，地面上除了他画的法阵，干干净净。”

周围人沉默了，一时间只能听见雨声。

奈何继续说：“再说这个法阵，自古画阵，要么用血，要么用朱砂，这石板路粗糙，参宿若是用手，早就伤痕累累了，可是你们看，他的手掌没有伤痕，那么就是用笔蘸朱砂？可他的笔，又在哪儿？”

禹青的脖颈上出现了一丝血痕，他颤抖着看着眼前貌美的少年，仿佛在看着一个怪物。

奈何迎着他的目光微微一笑，道：“王爷，你误会皇后了。”

不远处传来急促的脚步声，又春带着禁卫军急匆匆地赶来——早在王爷挥刀的时候，我便让她去找救兵。

奈何松开手，那把刀落在地上，飞溅起了水花。

禁卫军将禹青绑了起来，又春扶我起来，声音都颤了：“公主……啊不，皇后娘娘，你怎么样？你有没有受伤？”

我刚想回话，就发现奈何正站在我身侧，打着一把伞，为我遮雨，而他自己却全然在雨中。

我盯着他，他仍然那么平静地看着我的眼睛，雨顺着他尖尖的下颌落下来，唇色如血，越发显出一种妖异的美。

长成这样，不是神明，便是妖孽。

“他竟然能从北乾武将手中夺刀……”

在一切平息之后的夜晚，我裹着被子，喃喃自语。

“何将军可是南胥战神，出了家武功也不能废了呀，当然就教给自己的徒弟，这有什么奇怪的？”

又春又为我加了层被子，道：“公主，还冷吗？”

“还好。”

只是他和我想的不一样，他并不是个传声筒，何素龙命他来到这里，究竟想要做什么？

“公主，你要实在想知道，就明日召他来问问，现下你发着热，又不肯吃药，还是早点睡吧。”

我应了一声，躺下来。

闭上眼睛，死不瞑目的葛老儿、禹青手中的血色刀光、我背后那些鬼祟的眼睛……无数画面纠缠着我。我数着自己的脉搏，强迫自己冷静。我必须养精蓄锐，要查出参宿之死的真相，还有，将禹青收监，必然会引起朝堂的纷争，我要想想该怎么应对……

半梦半醒之间，有人掀开了我的床帘。

是丹蚩。

“陛下，你来做什么？”

“你是朕的美人，你说朕来做什么？”他怪笑着，伸手去撕扯我的衣领。

07

我一惊，迅速起身离他远去：“陛下，你再这样的话，我就……”

他一巴掌扇过去，然后拽住我的头发，将我的头重重地磕在地上，一下又一下。

“你哭丧着脸给谁看？觉得朕不配碰你？

“那谁配？宸冬吗？哈哈哈，他还不是把你扔到了冰窟里。

“你说他知道你上了朕的床吗？噢，兴许不知道，他军营里有的是女人。

“跪下！自己打自己的脸，朕没说停不许停。”

他似乎又变成了我刚进宫时那个怪诞而恐怖的王，那时候他最大的乐趣就是折磨我。

眼前恐怖怪诞的景象和回忆交织在一起，我终于忍受不了了，我拿起了刀，一把扎进了他的心口。

丹蚩看看胸口的刀，像好奇一样，伸手摸了一下，然后抬起头，看着我桀桀怪笑起来。

他不是人。

“美人，你躲什么？过来啊！你过来啊！”

我颤抖着后退。

他胸口的青筋暴露，一些细密的红血丝，如同有生命一样顺着他的血管生长。他胸口的伤口中，迅速冒出嫩绿的枝丫，然后开出了五颜六色的花朵，那是秋芙蓉，只不过此刻太过密密麻麻，让人觉得恶心。

他的身躯、他的脸，迅速被花朵淹没了，只剩下一张嘴，牙齿焦黄，流着口涎，仍然在笑着说："过来啊，美人，你给朕过来啊！"

我一把推开他，却发现自己身上也染上了这样的花朵，它们从我皮肤上迅速生根发芽，一口一口蚕食着我的内脏。

这时候，我看到地上有一把刀。

我疯狂地去抓那把刀，划开腹部，将那恶心的花朵拽出来，可是那些花却在伤口上越开越多，无论如何也拽不完。我又恶心又害怕，这时候，我突然看到了葛老儿。

他站在外面，蒙着白翳的眼睛死死盯着我，朝我阴冷地一笑。

"你，会，不，得，好，死！"

我悚然一惊，猛然睁开眼睛。

仍然是熟悉的寝殿，没有丹蚩，也没有什么花朵。

是梦。

我长舒了一口气。

怎么会做这种梦呢？难道那个什么参宿真的诅咒了我？

我为自己的想法苦笑了一下，子不语怪力乱神，我自己都看过所谓的参宿送行，不过是用药来化掉尸体，我居然会信这种荒诞不经的话。

"公主，你醒啦，有好一点吗？"

又春欢快的声音传来，她掀开床帘，笑容却戛然而止。

"怎么了？"

我顺着她的目光看过去，才发现，我的腹部已经被血浸透了，一支尖锐的钗，正被我死死地攥在手里。

仓促包扎完了伤口，我第一件事就是召见奈何。

"陛下昨日喝多了，今日醒来知道参宿死了，必定会发雷霆之怒，说不定你们使臣，要把命留在这儿了。"

我一边泡茶一边说，可是这孩子不怕吓，仍是安安静静地笑着。

"你笑什么？"

"没什么，我就是觉得，皇后娘娘不会让我死的。"

“哼，凭什么？凭你师父那点面子吗？”我递给他茶盏，笑了笑，道，“尸检已经出来了，和你想的一样，是被重击后内脏破裂而死，而当时在内殿的，多半是些文臣、女眷，还有些不会武艺的侍卫，若说怀疑，头一个就是砥石王禹青了，说起来他当日突然跳出来要杀我，也像极了心虚。”

奈何低头喝茶，没有说话。

“但是，北乾人骨子里对参宿终究是有几分敬畏的，我实在想不到他有什么杀参宿的动机……可是若是换作一位南国人，就说得通了，你说呢？”

奈何抬起头看着我，晨光中，那双褐色眼睛，竟然比茶水还要澄澈。

“你能从一代北乾名将手里夺下刀，就说明你能杀参宿，甚至能杀宫中的每一个人。”我静静地看着那双眼睛，说，“你到底是什么人？你来大秦，想做什么？”

他轻轻叹口气，道：“小人守三戒五律，手不可沾血。所谓夺刀，不过为了说话。”

“说话？”

“就像那天，刀在我手里，才会有人听我说话。”

我心头轻震了一下。

“我来，只是恭贺娘娘的生辰，除此之外，再无什么原因。”

他放下茶盏，低声说：“我是出家人，我本无所求，但见到娘娘之后，却觉得所求众多。”

我皱起眉：“我听不明白，你直接告诉我你的目的是什么。”

他笑了一下，道：“那……我的目的是，让娘娘过得好一点，再好一点。”

我几乎被他的荒唐逗笑了，道：“为什么？”

“因为娘娘过得不好。”

“谁告诉你我过得不好？我一人之下……”

我正准备和他理论，又春来禀报：“公主，皇上叫您过去。”

参宿还尚未有传承，葛老儿一死相当于国教覆灭，丹蚩终于从醉生梦死中清醒过来，当着所有人的面大发雷霆。

“三天时间！宸冬，查清楚是谁杀了参宿，否则，当日在场的所有人都得给朕死！”

宸冬立在堂下没有立刻应答，他当然需要犹豫一会儿，因为当时他的妻子也在场。

我支着头，坐在暴怒的丹蚩背后，一个一个地看过去。

那日在场的所有人都立在堂下，或恐慌，或委屈，或愤怒……唯有奈何站在那里，干净、从容，仿佛一尊没有七情六欲的菩萨。

“如果没有凶手呢？”宸冬突然开口道。

“你这是什么意思？”丹蚩道。

禹青在一旁几乎是在咆哮了：“还有什么意思！陛下！参宿是狼首佛使者，谁杀得了他？那个法阵、那个姿势，他分明是自尽！为了诅咒恶鬼而自尽！大哥，那女人就是恶鬼！是祸乱我大秦的妖孽！你要护着她到什么时候！”

禹青的咆哮响彻宫室内外，满堂静默，丹蚩阴森森地抬起头，然后突然死死地扼住了禹青的喉咙！

“朕有没有说过……”他贴在禹青耳边，带着那种熟悉的神经质，说，“对皇后不敬者，杀！”

禹青发出痛苦的呜咽声，脸涨得通红，丹蚩看着他，狰狞地笑了，话却是对宸冬说的：“朕的儿子，你也觉得，参宿是自尽吗？”

宸冬没有说话，一时间，整个宫室内噤若寒蝉。

突然，一旁传来了少年清脆的声音：“陛下，参宿大人并非自杀。”

所有人的目光集中在了奈何身上，他缓缓施了一礼，道：“大秦内政，不该妄言，但此事事关我等性命，小人不得不据实相告。”

他停了一下，才说出那句石破天惊的话：“陛下，当日参宿身下的法阵，是假的。”

此言一出，众人哗然，宸冬厉声喝道：“你找死！”

丹蚩却摆摆手，感兴趣地回看这少年：“你是那个什么，南胥小朝廷的使者，对吧？来，你说法阵是假的，凭什么？”

“小人幼时亦曾跟着一位参宿修行，虽然不能完全参悟参宿巫术之奥妙，但是略懂一些起阵的样式，小人可以确定，那一日的法阵，并非出自参宿之手。”

宸冬握紧了拳头，青筋暴露，丹蚩也收敛了笑容：“你说跟参宿修行过？你？”

我后来才知道，北人认为，一个部落只能留有一个参宿，否则会招来凶兆，原来每一个部落都有参宿的存在，但是随着丹蚩统一所有的草原部落，参宿只剩下一个。

宸冬冷冷道：“凭这句话，他就该被剐死。”

“你有什么证据？”丹蚩看着奈何说。

08

奈何笑了一下，仿佛面前不是能把他撕碎的北乾人，而是一群受他重视的信徒。

“小人愿意送葛老儿魂归狼首佛。”

我猛地从座位上站起来。

狼首佛前，老人的身体已经腐烂了，恶臭不能忍，奈何俯下身，温柔地拥抱了他。

身死此地，魂奔天际，狼行千里，只待归期。

狼首佛下，众目睽睽，老人的身体慢慢地消散，一阵青烟奔腾上天，地上只留一摊清水和几根骨头。

不会错的。

那时参宿送行，那一日，我在营帐之中见识过的。

在我从震惊到迷茫的目光中，所有北乾人都惶惶地下跪了。

“是狼首佛来接参宿！”

“天佑我北乾！天佑大秦！”

而奈何端坐在那里，仍然那么温柔沉静，可是青烟袅袅之中，我却在他身上看到了一个狰狞的狼首，朝着北乾人，露出诡秘阴森的笑容。

“是狼首佛庇护，在此时降下了新的参宿。”丹蚩朗声大笑，“你——”

“陛下。”

一直沉默的宸冬突然开口，他没有像周围的人那样喜形于色地跪拜，却冷冷道：“他来到此地，参宿死了，陛下不觉得太巧了吗？”

丹蚩略微收敛了笑容，又看向奈何：“你说参宿是被人杀的？”

“是。”

“很好，你和宸冬一起，三天内把凶手给朕找出来，你就是参宿。”

此言一出，众人哗然。

宸冬站出来，一字一顿地说：“陛下，从未有过外族人担任参宿的先例。”

“这不是朕的旨意，若他能把凶手找出来，就是狼首佛的旨意。”丹蚩的瘾症似乎犯了，开始打哈欠，强撑着精神问：“这三天，禁卫军归你调度，你还想说什么吗？”

我盯着奈何，我以为他会拒绝，但是他只是略微欠身，轻声道：“陛下，小人还有一事相求。小人守三戒五律，对北乾的饮食颇不习惯，请陛下准许小人自筹饮食。”

“好。”丹蚩一边吸鼻子，一边对我说，“就给他安排个有小厨房的宫室。”

“是，陛下。”

丹蚩自觉所有问题都已经解决，急匆匆地离开去享受他的秋芙蓉大宴。

宸冬看着我，目光沉沉，与我擦肩而过的时候，他说：“你招来了个妖孽。”

对他，我向来不服输，我立刻回道：“我是恶鬼，他是妖孽，不是正好吗？”

宸冬拂袖而去。

初夏的风吹过荷叶，我屏退了宫人，亲自在前面引路，带奈何去新的宫室。

“这宫室名叫青山院，邻着池塘，也有小厨房，很清静，本来是我避暑读书的地方，现在正好空着，这两天你就住在这里吧。”

“多谢娘娘。”

大秦的宫室是基于栩城富豪的宅院扩建的，本来是没有这一处的，我被封了皇后之后，便仿照我在南胥的寝宫，建了这一处宫室。微风吹过竹叶，水光荡漾，恍然间便回到少年时读书偷闲的好时光。

我在一片蔷薇花墙前立住，然后转过头，凝视着他。

第一次见他的人，必然会惊讶于那种琉璃剔透的美貌，我也不例外。是以我一直没有细细瞧他的五官，他的眉毛浓密，眉骨很高，眼睛是褐色的，其实这些都是典型的北人相貌特征。而他偏又有极其细挺的鼻子，以及南胥美人标准的白皙肤色，这些都让人忽略了他脸上那些显而易见的北人特征。

这样的相貌，让我想起了一个人。

“不论哪一族的参宿，都不会把巫术传给南胥人。”我轻声说。

“我不算南胥人，亦不算北人。我的父亲是北人，母亲是商旅的女儿，两人结亲之后，父亲便不知所终，母亲带着我在当初南胥与北乾的边境做些小生意，便是在那时候遇到了那位参宿……”

“够了，这些话你对陛下说过了，我不想再听一遍了。”

“那娘娘想听什么？”

我的手指，被我紧紧握着，白得近乎泛青。我看着他，脑内有个荒唐的想法呼之欲出。

“曾有那么一个人，他比我的命还重要，他是我在世上最后一个亲人，他死前最后一刻对我说，会化作清风明月，永远陪着我……”

我极力地克制，可还是忍不住颤抖起来：“他有一双褐色的眼睛，他……也曾与参宿修行……”

奈何也凝视着我，天光水影倒映在他的眼睛里，美得近乎璀璨。他开口，我便觉得他要唤我“姑姑”。

可是他没有。

他轻声道：“那人在皇后心上被挂念了这么多年，哪怕就是一缕孤魂，也是幸运的。”

“不是的！不是这样的，”我不顾一切地抓着他的袖子，几乎是在哀求，道，“第一次见面，还有晚宴上三楼的露台，你分明有话对我说！”

他怔了一下，才道：“我以为皇后那时喝醉了。”

“你要对我说什么！你告诉我！”

“当日我只是想替师父问，您是不是羲河公主……”

“没有别的了吗？你再想想呢！你见我就不曾觉得熟悉吗？”

“昨日是我第一次见皇后。”他仍然很平静，道，“除了褐色眼睛，您那位故人还有其他什么标志吗？”

“当然……”

我混乱的脑海中，出现了夏挽小小的身影，他自小眉心便有一颗红痣，仿若菩萨。我曾笑言，有了这颗痣，走到哪儿都丢不了。

而奈何，整个人仿佛玉石雕琢而成，没有一丝一毫的瑕疵。

我松开他的衣袖，缓缓滑倒在地上。

最痛苦的，不是绝望，而是习惯了绝望，却突然间窥见了光亮。我在期待什么呢？夏挽，是在我面前被长刀贯胸而死的啊！

“皇后娘娘……”

他要扶我，我自己站起来，笑了笑：“你休息吧……我回去了。”

终究是我，太可笑了。

我浑浑噩噩地走回了寝宫，坐在梳妆台前，一抬眼，便瞧见了铜镜中的女子。

她执念深重的样子，可真丑。

我在梳妆台前枯坐了很久，恍惚间，又春进来与我说了些话，我一个字也没有听进去。

不知过了多久，日暮西沉，房间里昏昏暗暗，一只手搭在了我肩膀上。

“你坐在这里干什么？”

我一抬眼，却看见了宸冬，他一身居家的打扮，仿佛午睡刚起，随意地揽着我的肩膀。

“你——”

我有些吃惊，却只觉得一切都和我隔了层水波一样，他的手、他的面容，都那样虚幻和不真切。

“闹脾气？”

没等我反应过来，他就扳过我的肩膀，仔细地瞧着我的脸，然后信手从梳妆台上捡起一支铜黛，我条件反射地躲了一下。

“别动。”他低声说，然后开始为我画眉。

那只杀人无数、一代武将的手，轻柔地抬着我的下巴，他皱着眉，眼神却温柔得像是夕阳下的湖光。

我恍惚地看着他，只觉得什么东西模糊着，又有什么东西慢慢地虚化成形。

他画完了，拿来铜镜让我看。铜镜里，他从背后抱着我，我们的脸亲密地贴在一起，他在我耳边轻声说：“同我们成婚那一日一样，夫人仍是北乾的第一美人。”

我怔怔地看着他。

是了，我十六岁那一年，北乾和南胥联姻，我远嫁给了北乾的大皇子，一开始我嫌弃他野蛮，后来一同经历了许多事，我与他才有了如今的举案齐眉。

“怎么哭了，嗯？”

他为我擦眼泪。

我喃喃道：“我做了噩梦，梦里我再也找不到你了。”

“怎么会呢？你是我的夫人，我孩子的母亲，我能去哪儿呢？”

他如同任何一个年轻而禁不起撩拨的丈夫一样，侧头亲吻着我的脸，然后是脖颈。与此同时，手探入了我的衣襟，我低头看着他的手在我衣服下游走，我才发现，我穿的是天青绣锦。

09

似乎有什么东西是不对的……

他的抚摸逐渐往下，似乎有些不耐地一用力，我的衣服就被扯坏了。他抱起我，让我坐在他身上，一边亲吻我的锁骨，一边喃喃道：“这次回来，我就再也不出征了，就在家里同你生孩子，好不好？”

我只觉得脑袋混沌极了，可是越过他的肩膀，我看到了一片雪地。

雪地之中，站着一个小小的孩子，他赤着脚，脸色惨白。

“姑姑，”他轻轻说，“你爱上了北乾人。”

惶惶然中如一口巨钟被敲响，我猛然推开宸冬站起来，惊叫道：“我没有！”

梳妆台、黄昏的宫室、宸冬一时间全部消失了踪影，只剩下在黑色的城墙下、漫天的大雪中，站着的夏挽。

“姑姑知道，死是什么滋味吗？我知道的，死是凉的。”

他苍白的手指，指了指自己的胸口，声音还是那么清澈：“他的刀就从这儿，插到我心脏里，很凉，很疼，只那么一下，只觉得满城的灯火都熄灭了，我一个人在黑暗里走了那么久……”

血从他胸口汩汩流出，一滴一滴地落在雪地上，触目惊心。

我失声痛哭：“对不起，夏挽，对不起，是我对不起你。”

他深深地看了我一眼，说：“你对不起的是整个南胥。”

突然之间，天旋地转，我发现我和他站在了一处悬崖之上，他的声音从四面八方传来，如同呼啸在天地间的寒风：“你爱上了北乾人，你背叛了南胥。”

“我没有……我真的没有……”

我哭着跪坐在地上，却发现悬崖之下，矗立着南胥的宫殿，它仍然像我看它的最后那一眼时一样，沐浴着朝阳的晨光，却死气沉沉。

“那证明给我看，证明给你的子民看，你心里没有那个北乾人啊！”夏挽的眉目仍然天真纯净，可嘴角的笑容，却说不出的邪气。

我看向自己的手，我的手掌之中，出现了一把刀。

“好。”

我恍恍惚惚地举起了它，对准了自己的心口。

“我就把我的心剖出来给你看！”

我高高举起刀的一刹那，突然听到一声佛号响起，浑浑噩噩的脑子里，出现了一个很久之前的画面。

晚风吹起夏挽的衣衫，他站在城墙下，轻声说：“如若神明有灵，我愿用生生世世的命运交换，让我死后化作清风明月，常伴姑姑左右，这样走夜路的时候，姑姑便不会再怕了。”

“快点！把你的心剖出来啊！”面前的“夏挽”用尖锐的童音咆哮着，我手中的刀，却落在了地上，发出清脆的响声。

我看着他，喃喃道：“你不是夏挽，夏挽不会这么对我的。”

他爱我，就算这世界上的人都想我死，他也会爱我。

面前的“夏挽”收敛了表情，变成了穿黑袍的老人，是葛老儿。他用那双老态龙钟的眼睛看着我，阴森森地说：“你会不得好死！”

悬崖轰然崩塌，我飞速下坠着，南胥恢宏的宫殿，在眼前一闪而过。

然后，我睁开了眼睛。

奈何盘膝坐在我面前，这是我认识他以来，第一次看到他紧张的样子。

“你怎么会在我的寝宫？”我有气无力地说。一抬手，却发现我的手腕被他紧紧地攥在手里。

我没有斥责他的大胆，因为我正死死地抓着一个碎瓷片，手掌被尖锐的边缘割破了，整个手臂鲜血淋漓。

又春在一旁，颤抖着说：“公主，你刚才睡着了，又突然起来，满嘴胡话，还摔碎了瓷器说要剖心，如果不是小师父来了，如果不是小师父来了……”她抖到说不下去。

奈何放开我的手，低声道：“对不起，是我失察。”

我没理会他莫名其妙的道歉，直接沙哑着嗓子问道：“葛老儿的诅咒，是不是？”

奈何已经平静了下来，转头问又春：“皇后娘娘寝宫，可有来历不明的东西？”

又春茫然道：“日常用的东西，我都有清点。啊对了，寿礼大多都清点后放入库房了，剩下的堆在了偏殿。”

“要把整个寝宫内院的东西一件一件地点清楚。”奈何说。他又转向我，我第一次看到他这么严肃，他对我道：“参宿的巫术并不都是无稽之谈，至少有些东西无法解释却真的能害人性命，其中有一种诅咒叫乱魂梦，中咒的人会深陷于噩梦之中，下咒的方法是将邪物放入卧室之中，而并非以身做咒。也就是说，葛老儿的确是被人杀死的，但在那之前，他就对您下过咒了。”

我喃喃道：“可是这是他这么多年第一次来宫中……”

“巫术是以物品为媒介，而并非法阵，也就是说，只要有人将他下过咒的物品拿入宫中，就可以害人于无形。”

“乱魂梦，会让我怎么样？可以解开吗？”

“它会让你看到内心深处最恐惧的画面，并且会在梦中诱导你自残。一个梦比一个梦凶险，一般人即使没有死于自杀，也会在第七个梦之后，彻底地疯掉。”

我深深看了他许久，才别过脸，道：“怪力乱神之事，我不信。”

“皇后娘娘是怕，信了，便要相信我，从而被我控制。”他低头轻声说，“南胥人，娘娘也不信吗？”

“这么多年，正是因为我什么都不信，才活了下来。”我惨然一笑，准备起身，“更别说，你还不算是南胥人……”

“我会让娘娘信我。”他突然提高了声音，道，“我不会让娘娘再受一丁点伤害！”

天快亮了，一些鸟鸣声遥远地传来，他第一次展露出了属于少年的执拗，甚至急躁。我看着他，有些错愕地笑了，然后我起身离开，背对着他道：“你既守三戒五律，要戒色戒嗔才是。”

我们一同检查了我寝宫之内所有的物品。

又春虽然脑子笨些，但做事极为认真，寝宫内外的一砖一瓦都有来路，最后，只剩下一口箱子。

“这是什么？”

“是大皇子为您送的寿礼。”

我皱眉，是了，只有这份礼，我没有看，也不想看。

我伸手想打开，被奈何挡住了。他伸手轻轻掀开那个箱子，看了一眼里面的东西，然后对我摇摇头，示意没有巫蛊之物，便重新合上。

而就在那么一瞬间，一抹瑰丽的青色一闪而过，我猛然站起来，走到箱子边上打开盖子。

……是一箱天青绣锦。

那天晚宴上，惊艳四座的大皇子妃穿的正是天青绣锦。她说，是宸冬送给她的，为了不辜负他的心意，即使是那样胆小谨慎的性子，她也穿盛装去了宫宴。

宸冬竟送了一模一样的锦缎给我和他的妻子吗？

不对，不可能。

我和他那一段故事，早就成了朝堂内外津津乐道的野史艳闻，但无论是他还是我，都极为忌讳，他又怎么会故意给我和他的妻子送一样的东西呢。

第四章

羲河，必须活下去

01

我有些混乱，刚想和奈何说的时候，就听见了外面的嘈杂声。

又春急忙跑进来，道："娘娘，大皇子来了……"

我刚刚起身，就看见宸冬带着一群兵士走进来，那不是宫中的禁卫，而是真正听他指令的亲兵，丹蚩居然允许他带兵进宫。

他目光阴沉地扫过我和我旁边的奈何。

我又慢慢地坐下，道："这么一大早就来给母后请安，大皇子越发孝顺了。"

他没有理会我，而是看向奈何，道："听说昨日南奴使臣，在皇后娘娘寝宫过了夜？"

我不动声色地挡住奈何，笑道："我听大师讲经，一不留神就听了一夜，这又关大皇子什么事呢？"

"自然与我无关。"他冷冷道，"今日来是想问你，宫人说，晚宴结束前半个时辰，皇后娘娘不知去向，可有解释？"

"我去三楼的露台醒酒了。"

"可有人证？"

"又春。"

"那便是没有。"

"你不会在怀疑我用这半个时辰，去偏殿杀了葛老儿，又摆出那些奇奇怪怪的东西，再折回来吧？"

"伺候葛老儿的内侍说，葛老儿出门前特地换了衣服，不许别人跟随，似是与人有约。葛老儿乃一国大巫，大秦上下，谁配让他如此郑重？”

“那便是我吗？你这是……”我不动声色地打量了一下他身边的亲兵，“要押我去刑讯？”

“陛下派我调查真凶，我遵圣旨而已。”

“你是知道的，我现在就可以求一道圣旨让你人头落地。”

“但现在没有。”

气氛一时剑拔弩张起来，他手下的亲兵悄无声息地握紧了手中的佩刀，而我宫中的禁卫，早早里三层、外三层地把他们围在了中间。

他做好了鱼死网破的准备。

但没关系，这是我的地界，就算真的血流成河，我也有绝对的把握，让他死在我之前。

02

一片死寂中，奈何突然笑了。

“你笑什么？”宸冬厉声道。

“大皇子彻夜审讯，就审来这些东西吗？从入宴到结束，整整三个时辰，短暂离开宴席的，可不止皇后娘娘一个人。”奈何也站起来，身姿如松，他笑道，“比如您为什么不问问大皇子妃，宴席结束前的一个时辰，去了哪里？”

宸冬阴沉道：“她不胜酒力，随内侍去湖心亭醒酒。”

“可有人证？”

“当日内侍。”

“那便是没有。”

“荒谬，她一个弱女子，如何杀人？”

奈何淡淡道：“可是，皇后娘娘便不是弱女子吗？”

宸冬沉默了半晌，道：“你是当真不怕死。”

“陛下派我查出真相，虽死何惧！”

宸冬从战场淬炼出杀神一般的气势，奈何只是个未及弱冠的少年，站在他面前却没有丝毫的弱势。

宸冬阴冷道：“若三日内你无法找出凶手，第一个杀你的就是陛下！”

奈何轻轻笑着，温柔道：“可这才第一日。”

宸冬拂袖而去，我本想追上去问他天青绣锦的事情，却又站住了。

我不能让他知道我在怀疑什么。

我回去的时候，奈何正在摆弄一把古琴，这是丹蚩之前赏我的，也算是一把好琴，只是一直放着，我自己都忘了。

“你会弹琴？”

“和家里一位长辈略学过一些。”

“弹给我听。”

他信手拨弄琴弦，乐声便如水一样流淌在宫室之中，那是一首南胥的古曲，叫《思归》。算不得多么好，但让我心头慢慢地泛上酸楚。

南胥贵族子弟，无论男女，都是要学琴的，哥哥便是其中翘楚。我很小的时候，他喜欢把我抱在怀里教我弹些简单的曲子，其中便有这首《思归》。

夜来相思梦，雪落叩门扉。

暗问来者谁，疑是故人归。

其实南胥旧事，这些年已经被我忘得差不多了。我日日面对的是权谋与杀戮，我以为我不需要这些柔软的回忆。

可是随着奈何的出现，我发现，其实我从未忘记。

可，你到底是谁呢？我凝视着他，在心里说：你来这里到底是为了保护我，还是毁灭我？

一曲终了。

我轻声道：“那天除了鱼宁，还有谁离席过？”

奈何从袖袋里拿出一本小册子递给我，道：“离席的人，以及时辰都在这本册子上了，娘娘请过目。”

“你什么时候查的？”我是真的吃惊。

奈何没有说话，只是安静地奉上茶盏。

我终于翻完的时候，只觉得万籁俱静，有什么东西呼之欲出。

“你早就知道谁是凶手了？”

“是。”

“其实谁是凶手并不重要，重要的是，他们希望谁是凶手。”我喃喃道。

奈何莞尔一笑：“他们怎么希望的也并不重要，重要的是，娘娘希望谁是凶手。”

我看着他的眼睛，之前和之后我都没有见过这么安静的一双眼睛，就如同琥珀色的湖泊。

可是越是宁静的湖泊，越是带着暗潮汹涌的妖异。

我别开眼，道：“我只希望能维持现状，少些纷争。”

奈何点点头，不再说话，低头抚弄着琴弦。

“诅咒的事情……”

“娘娘放心，七日内，我一定会找到破解的办法。”

我瞧着他，心下却有几分不安，这时候我才发现，短短几日，他帮了我太多次，而我却没有表露出一丁点儿感谢和善意，这对他不公平。

“奈何，你有什么想要的东西吗？”

他低着头，却突然笑了一下，道：“这还是您第一次唤我的名字。”

我莫名地有几分脸红，故意恶声恶气道：“名字不就是给人唤的吗？你不喜欢，我就叫你小白脸可好？”

“不是这个意思。”

他仍是低着头拨弄着琴弦，我们的手臂并未相触，我却能觉察到有轻微的热度，慢慢地传到我的手臂上。

不知道为什么，一时之间，我们都没有说话，只能听见遥远的声声蝉鸣。

又春走进来送茶点，不解道：“怎么摆着琴又不弹呢？有赏花，也有赏琴吗？”

我咳了一声，起身道：“你也该回去了，再怎么着也要做做样子查案。”

“是。”

“哦对，你还没有说你想要什么呢。”

他抚摸了一下手中的琴身，道：“若娘娘肯割爱，可否将这把琴赏给我？”

这把琴？我走过去粗略地看了一下成色，是把好琴，但仅此而已了。

“拿去吧，是陛下原来赏我的，北乾人不懂琴，若你喜欢，改日我再寻一把好的给你。”

“这把便很好。”

他仔细地把琴装入琴盒之中，然后头也不抬地说了一句：“娘娘唤我什么，我都很喜欢。”

我一愣，他已经提着那把琴走了。

禹青在朝中的势力盘根错节，礼部、户部……朝中的股肱之臣几乎都是他的门生，而宸冬则牢牢将兵权掌控在手中，他们俩一战，北乾必然大乱，而丹蚩已然是个疯子的秘密便会公布于众，到时……北乾再也不会有我的容身之地。

这些年我已经艰难地逐步在朝中培植我的势力，可是，南北之间的仇恨是刻骨铭心的，少有北乾人真心对我投诚，也很少有南胥人能担任北乾的重要官职。这些年我仿若在刀刃上行走，一不留神，便是血光四溅。

我该怎么办？难道回西边的小朝廷吗？

这荒谬的念头一出来，我就被自己逗笑了。

这天下之大，哪有我可以“回去”的地方……

我处理了一天政务，夜色降临的时候，我让又春陪在我身边时时警醒我，让我不至于睡去。

“又春，你说我是不是老了？”

又春仔细地瞧了瞧我，道：“打扮后比原来好看，现在不打扮，就比原来丑。”

我自嘲地一笑：“容色是最先衰败的，然后便是心性。我怕有一日，我终究再无心力和他们斡旋，到那个时候，你怎么办？在北乾的这些姐妹怎么办？”

又春很自然地说：“那我们就一同去找少爷，找不到，就还在小屋子过日子。”

少爷，贺兰知言，他那样一个卧龙凤雏的人物，这些年却杳无音信，不知道是否还活在世上。

生平所经历的事，我所见过的那些人、事、物，一时之间，如同走马灯一样出现在眼前。宸冬、禹青、鱼宁、瑰丽的天青绣锦、鬼魅般的葛老儿，还有暗潮涌动的晚宴……

我手指一松，手中的书便落在了地上，又春唤我的声音，变得很远。

我又做梦了。

这一次的梦境，我梦见了那年的都城。

北军攻入南胥的都城，他们尚无入主中原的概念，看见什么就抢什么，谁敢违抗就杀谁。

长街上的商贩、高声叫卖的馄饨摊主、来买胭脂的姑娘、提着鸟笼与古董贩子斗智斗勇的老头，顷刻之间，都变成了毫无生气的尸体，被马蹄践踏着，鲜血流向长街的尽头，比夕阳更浓烈地遍染都城。

我身边的侍卫一个一个地死去。

他们都是南胥的贵族子弟，受过一层又一层考验，才被选拔到哥哥身边，才能在大难当头的时候保护我们。他们还那么年轻，还没来得及镇守一方，就死在北乾人的刀下。

他们忠诚到，即使在死前也不会与皇宫的女眷多说半句，只说：“皇后娘娘快走……”

皇后娘娘，一时间，我恍惚觉得是在叫我，可是这时候我才发现，在血色长街的尽头，有一个身影站在那里，夕阳勾勒出她美好的轮廓，秋香色的宫装在晚风中飘扬。

我知道她是谁。

她是南胥的皇后，她是我不能碰触的伤口，可是……可是……我知道，一旦看见她的脸，我脑子里那根弦就会彻底崩掉。

可是我站在那里，动不了。

“羲河……”

带着血腥味的风送来温柔的声音，她慢慢地转回头，向我伸出手：“过来，羲河……”

如血的夕阳，让我看不清她的脸，我不由自主地一步一步走过去，仿佛又是那个小小的孩子，光着脚到处找她：“你去哪儿了？我到处找不到你，知秋……”

突然，一只小手牵住了我的手。

我低下头，看到了夏挽玉白的面庞，额心红痣仿若神明。

他轻声说：“姑姑，她已经死了，但你还要活下去。”

我摇摇头，执拗地把我的手从他手中抽出来：“我不，活着太苦了。”

夏挽没有松手，梦境之中，他的脸那么不真切，声音却是清晰温柔的：“那我怎么办？你不想见到我了吗？”

我呆呆地看着他，不知道为什么，突然很想哭。我蹲下来紧紧地抱着他，声嘶力竭地哭起来。

“你别走，姑姑只剩下你了，你别离开我好不好？”

我抱着他，就像是一个溺水的人抱住最后一根浮木，周围的景物崩塌着，长街、夕阳、都城、遥远而模糊的知秋，都像眼泪中的世界一样，氤氲到再也看不清。

03

我再次睁开眼睛的时候，发现眼前是一轮明月，夜风猎猎作响，而怀中那个小小的孩子，变成了奈何。他把我护在怀里，为我遮挡着过于猛烈的夜风。

“我……又做噩梦了？这是哪儿？”

“这是屋顶，您在梦中上了屋顶，刚才差点儿便跳下来。”

我长长地舒了口气，只觉得汗已经把衣服浸透了，风一吹，便冷得打了个寒战，而他的怀抱是暖的，还带着一种温柔的檀香。

“我吓死了。”

我把头埋在他肩膀上，含糊地说。

“明日还会有梦魇，但不会这么严重了。”他拍着我的头，轻声哄着，“都好了。”

在他肩膀上，我能看见一宫的灯火错乱，而苍穹之上，是一弯太美的月亮。

这是不妥的，我不该这么抱着他，我已经从混乱中清醒过来，可是我不想放开。

而他轻轻地推开了我。

“我带您下去吧，听说您晚上没有吃什么东西，我带了食盒。”

“食盒？”

“陛下赏给我的宫室里有小厨房，我便自己熬了些粥给您送来，正好撞见了您在梦魇。”

“我想看看。”

他从旁边拿了一个红木的食盒，打开之后，是一碗温凉的碧粳粥。

食物的香气扑面而来，那一刻，风奇异地温柔起来。

“我就想在这儿吃。”

“好。”

我一勺一勺地吃了起来，眼泪落在粥里，有些发苦。

“怎么了？可是不好吃？”

很好吃，是南胥很正宗的做法，只是，从未有人为我煮过热粥。

“你好大的胆子。”我一边自嘲地笑，一边大口地喝着粥，“我这十年，每一粒米都吃得谨小慎微，生怕有毒。没人敢给我送吃的东西。”

“我知道。”他说，“所以我要给你做吃的东西，做很多……好吃的东西。”

我手一颤，停下来。

这里太高了，仿佛离人世有万里之远，神仙和月亮可以为我保守所有的秘密。

“奈何，”我看向他的眼睛，问，“你是不是喜欢我？”

他没有回答，只是眼神凝重起来。我顺着他的目光回过头，看见了屋脊上卧着的瑞兽神色狰狞，以及旁边站着的男人。

宸冬。

奈何带着我跃下屋顶。

我才发现，宸冬的亲兵已经将这里团团围住，整个宫室灯火通明，恍若白昼。

出事了。

我转头看向宸冬：“大皇子夜里带兵入宫，意图谋反吗？”

宸冬阴沉地看着我，突然提高了声音，厉喝道：“拿下！”

“是！”

两个高大的士兵越过我，直接将奈何摁倒在地上。

宸冬冷冷道：“他谋杀参宿，立即入狱。”

“你有什么证据？”我急道。

奈何脸贴着地面，尚艰难地朝我一笑：“娘娘，别担心……”

宸冬一脚踢在他的腹部，他痛得蜷起身体，再也说不出话来。

宸冬冷冷道：“证据已经呈给了陛下，陛下的旨意是择日活剐，以告参宿在天之灵。”

说完，他转身就走，奈何被人拖着跟随，我追过去：“等等……”

宸冬猛地一把抓住我胳膊，他的手劲很大，我只觉得臂骨要断掉。

“娘娘还是老实待在宫中吧，再这么任性下去，”他眼睛里仿若有两团燃烧的火焰，一字一顿地对我说，“我怕我会立刻杀了你。”

随后，他把我推倒在地上，带兵离去。

又春过来扶我，我稳住心神，道："我们去找陛下。"

然而，丹蚩寝宫的大门紧锁，两个面生的侍卫把守着。

"娘娘，陛下身体不适，这几日不见外人。"

"你好大的胆子！"

我身边的侍卫厉喝道，然而那守卫分毫不让："娘娘，请您不要为难臣等。"

是宸冬的人。

现在已经不是奈何的问题了。宫中是我的地盘，他们竟敢反抗我，就说明有了足够的底气。从宸冬带兵进宫那一日，我就防范着他的势力进入宫中，然而，丹蚩寝宫的守卫换成了他的人，我竟不知道。

现在，宫中不知道有多少人已经成了宸冬的人，他们随时会杀我。

我用最快的速度清点了宫中的守卫，现实比我想的还糟糕，外殿的守卫已经由宸冬的手下哲伦带兵接管，而昨夜我梦魇的时候，宸冬的另一伙亲兵说奉了丹蚩的旨意，接管内殿的禁宫守卫，两方起了剧烈的冲突。所幸的是，禁宫统领没有退让，给了我喘息的余地——但绝不会超过一个时辰。

一旦两方在宫中开战，那就是一场政变。但我现在，没有必胜的把握。

我不能输。

我一旦输掉，所有善抚南人的政策会尽数化为乌有，我在朝中的部属会尽数被清算，更重要的是，宸冬一旦上位，战争会再次席卷天下。

我站在那里，无数念头如同疯长的野草，盛夏的阳光刺目，我只觉得汗水针刺一样从脖颈慢慢流下来。

我不能输。

我带人去了一所宫室——参宿遇害之后，相关人等都被关押在这里，此时他们正在被宫人引着出宫，我死死攥住拳，终于看见了那个青色的身影。

"娘娘——"大皇子妃鱼宁见了我，欣喜地唤出声来。

我一个耳光就兜头扇过去。

鱼宁被我打倒在地上，捂着脸不可置信地看着我，她的儿子在一旁哇地哭出声来。

我露出一个笑容，咬牙切齿道：“你的父母既然没有教过你礼义廉耻，那就由我这个婆母来教吧！”

周围的人纷纷侧目，鱼宁浑身一颤，几乎立刻抓住我的腿，哆嗦着说：“您让东林走，您让东林走好不好？”

“真是可笑，你现在装什么慈母心肠？”我弯下腰，在她耳边说，“真的怜惜你儿子，你就不会把孩子带在身边和别的男人偷情！”

她浑身一震，茫然地看着我。两个侍卫前来将东林带走了，我和瘫软成一团的鱼宁单独留在宫室内。

“一个女人，什么时候会宁可得罪上位者，也要把自己打扮得光鲜靓丽呢？就是她见心上人的时候。”

鱼宁浑身颤抖，道：“别说了，娘娘，您别说了。”

“我真的不敢相信，你把奸夫送的衣服穿在身上来参加我的寿宴！鱼宁，你好大的胆子！”

她几乎语无伦次了：“他逼我的，他说想看我穿，他说宸冬也带回来一批天青绣锦，只要说是宸冬送的，没有人会怀疑。”

“什么时候开始的？”

她哭得几乎断气：“是他逼我的，真的是他逼我的。前年一次宫宴，我喝醉了酒，醒了之后就在一个偏僻的小院子里被他得了逞。我不想的，可他拿了我的贴身衣物……日日派人来家里骚扰我，我不想的，我真的不想的，但是让宸冬知道，我会死的……”

“你和禹青，你们……”我闭了闭眼，说，“乱伦，被葛老儿撞见了，是不是？”

“那个小院子那么偏僻，平日里都没有人的，可是葛老儿不知道在那里等谁，我很害怕，我劝过他，葛老儿是瞎子，可是他说葛老儿认得他的声音……”

“你们都是北人，你们竟然杀参宿，他还是个九十多岁的老人……”

她哭得浑身颤抖：“娘娘你不要告诉大皇子，东林不能没有娘亲……”

我一把抓住她的衣领，一字一顿道：“你听我的，什么事都不会有。如果不听，我保证你和你的儿子，今天就死无葬身之地。”

她惶然地看着我，已然满头汗水，哆哆嗦嗦地点了头。

04

我回寝殿的路上，禁卫军统领递上了一封信，道：“这是外面的朝臣递上来的折子。”

这些年我当然在朝中安插了心腹，但显然这是见不得光的，不到万不得已的时候，他们不会用这种方式来传递消息。

我一目十行地读完，便拿了火折子烧了个干净。

情势比我想的更加危急，奈何的身份是西边小朝廷的使臣，他的罪名一旦坐实了，便是小朝廷狼子野心，意图谋反。恐怕宸冬会立即发兵，更可怕的是，南北之间的仇恨会再次因此事被挑起，我这十年来优抚南人的政策，将一夜之间化为乌有，而这些年的种种部署——那些在朝为官的南胥人，必将受到屠戮！

“奈何怎么样了？”我问。

“回娘娘，已经上了刑，但未招供。”

北人的重刑我是领教过的，但是奈何身上有功夫，应该能挨一阵。我必须首先处理一下宫中宸冬的亲兵，他们随时有可能会对我，甚至对丹蚩不利。

“陛下那边怎么样？”

“仍是不肯见人，我们的人和大皇子的人正在殿前僵持着。”

“嗯，今晚警醒一点，陛下一旦出寝殿，马上告诉我。”

“是。”

我即将进入寝宫的时候，禁卫军统领突然单膝跪下，开口道："娘娘，奴才可以潜入天牢，替您杀了那个使臣。"

天色将暗，我回过头，面无表情地看着这个忠诚的侍卫。

"这些天娘娘和他交往甚密，若他被大皇子屈打成招，说这背后都是娘娘的指使，会对娘娘不利。"

我叹了口气，道："莞中，你跟了我几年？"

"五年。"

"你以为，何谓南北？"

他抬起头，不解地看着我。

"原来，居于熹微河以南的是南人，以北的是北人，然而如今在大秦，南北混居，不再以地域分。那么是血统？可是如你一般有南胥父亲和北乾母亲的孩子，正在越来越多。何谓南北呢？

"北人一统天下的下场是什么？是剥夺文明，是暴虐、杀戮、野兽的法则横行，我为何与他们周旋？我为何苟活至今？是因为我不能把这天下让给北人，我要保全的不仅仅是个民族，还有南人的文明礼仪和风骨。若今日我为了保全自己，杀了一个救过我的南人，我也不过是个心狠手辣的北乾皇后罢了。"我笑了一下，"你让我怎么面对南胥人？我还怎么让他们保持骄傲，永不屈服于北乾的暴虐？"

他茫然地看着我，然后叩首："奴才罪该万死。"

他不会懂，没有人会懂。

我叹了口气，道："你只需要知道，奈何不能死，每个没做错事的人，都不该死。"

宸冬的亲兵在宫中，随时可能发难。那一晚，禁军统领带着所有的亲兵守在我的寝宫外，这种状况太过凶险，我决定明日无论如何也要将丹蚩揪出来，让他撤回允许宸冬带兵入宫的圣旨——算算时间，他的秋芙蓉瘾也该发作了。

我以为我不会睡着，可是太过紧张，我还是歪在案上睡了，果真做了个梦，梦里是奈何在受刑，胸前血迹斑斑，可是眼睛还是那么平静，他看着我，无声地求救。我想去救他，可是却动不了，心中一急，就醒了。

又春连忙过来，拍抚我的后背，道："公主你怎么样了？"

我摇摇头，这和往日的噩梦不同，竟只是个噩梦。

我想到昨夜，奈何对我说，明日还会有梦魇，只是不会那么严重了。

难道，那个诅咒被他解开了？

又春则高兴起来，道："那少年果然靠谱！"

"不是说没找到东西吗？"

又春道："我觉得是找到啦！那天你出去之后，他找到了一把琴，摸索了很久，还问我，这把琴是谁送的，然后用小刀划破了手臂，那琴里，就出现了些黑色的东西，爬到他伤口里，就像虫子一样……"

我猛然站起道："你怎么没同我说！"

又春被我吓到了，委屈道："他说不一定是，怕空欢喜一场，不让我同你说……"

我急道："那他昨夜来的时候，可有什么异样？"

"就没什么精神……另外，他去追娘娘的时候，又把手臂划破了一道口子。"

我呆呆地坐在那里。

我虽然不懂什么参宿之术，却也知道，这类诅咒，一定是不容易解的。他解开了却不同我说，怕是……以身代之。

我茫然地想，这个孩子都做了什么啊！

他曾对我说过，重要的是娘娘想要什么。

我怎么回答的来着？我说的是，维持现状。随后，宸冬便找到了他谋害参宿的证据。我真的不知道为什么吗？我只是拒绝去想。

他还把对我的诅咒引到了他自己的身上，一言不发地，为我熬了热粥，然后被带走。他带着那个诅咒，在受重刑，然而他最后对我说的是，"娘娘，别担心"。

奇怪的是，我没有觉得伤心与懊悔，我只觉得木然，只是突然想吐。我伏在案边大口地吐了起来。

“公主！”又春失声尖叫起来。

我才发现，指缝里鲜红一片，地上也是，是血。

我又呕血了，上一次呕血，是夏挽死后。

真没什么不对，另一个爱我的人，也马上就要死了。

又春过来扶我，我一把推开她，站起来厉声道：“让莞中带人跟我走！”

宫人尖锐的嗓音喊道：“娘娘出行，闲杂人等闪避。”

夜色下，一排一排宫人跪下行礼，我终于走到了丹蚩的寝殿门口。

“我要见皇上。”

侍卫还是相同的表情：“娘娘请回吧，皇上说谁也不见。”

“娘娘请回吧，娘娘不要为难臣等。”我木然地鹦鹉学舌，笑了，道，“白日里我便想说，你有什么资格对我发号施令，这宫里，从来不是你主子的地盘。”

侍卫跪下，然后仍是面无表情，道：“臣并非此意，如冲撞了娘娘，臣罪该万死。”

“皇上不出来，不见人，那，如果宫里走水了呢？”

我从又春手里拿了灯笼，随手就扔在窗棂上。

烈烈火光，瞬时燃烧起了纸糊的窗户，侍卫们冰冷的表情终于出现了裂缝，他们惊恐道：“皇后娘娘您这是……大不敬……”

“我说宫中要走水，那便要走水，谁敢拦，谁就先死。”

我身后，莞中带领的禁卫们一齐拔出了刀。

烈烈火光与烟尘直扑天际，我站在那里仰头看着，就像小时候，在哥哥怀里看着满天烟火。

直到宸冬到来，他惊怔地看着我，怒吼：“你疯了吗！”

然后他对左右厉喝：“救火！”

可火，已经燃起来了，我没有让莞中阻拦，我站在那里，看着宸冬的亲兵乱成一团，手忙脚乱地救火。

“你不是早知道我是个疯子吗？”我喃喃道，“你杀夏挽那天，我就疯了，一直疯到现在，你要杀奈何，我就疯得更厉害给你看。”

东方已经晨曦微露，滔天的火光中，宸冬看着我，这一刻，似曾相识。

“就为了那个使臣？”

“没错。”

大火的余烬，如同漫天的风雪。这时，丹蚩从断壁残垣中走出来，像一头年老的、不怒自威的狼王。

“朕说了很多次，不得对皇后无礼。”他嘶哑地对宸冬道，“因为你永远都想不到，这个女人，能做出什么来。”

宸冬低头，没有说话。

“把那个叫奈何的孩子带过来吧。”丹蚩说，随即回头看向我，温和道：“羲河。”

05

他很少叫我的名字，在最开始把我当作玩物的时候，他叫我小溪，后来便叫我皇后。

“朕多年前，曾与你玩过许多次游戏，赢多输少，可只输了那么一次，就一败涂地到如今，今日，你有没有兴致再同朕玩个游戏？”

他和平日不一样，就如同一只睡醒了的狮子，懒洋洋地看着我。

我点点头。

他拿出一块木板，扔给我：“大皇子呈上的证据，说在葛老儿的住所，发现了一方木板，上面是约葛老儿见面的书信，那字迹虽然是用刀刻的，却和奈何的笔迹无二，约见的时辰，正是葛老儿死亡的时辰。”

丹蚩看着我，似乎很享受我此刻的面如死灰。

“但是，”他恶劣地笑着，“朕知道不是他，因为那个时辰，他并不在那里。”

此时奈何被几个人拖了上来，他似乎被用过重刑，已经瘫倒在地上，满脸血污。

“来，小使臣，那个时辰你去了哪里？”

丹蚩从侍卫手中拿过一把刀，带着刀鞘抽过去。

奈何被抽倒在另一边，洁白如玉的脸上，立刻浮现出一道血痕。他微微抽搐着，却没有说话。

那一刀，如同抽在了我的脸上，我冷眼看着丹蚩，每一次，几乎每一次他展露这样得意而残忍的笑容，我都克制不住地想杀了他。

丹蚩满意地看着我，又笑了，道：“参宿对宫中布置并不熟悉，赴约需要有人带路，可是带路的人，没有带他去见奈何，而是把他带到了一个不该去的地方。”

我猛然抬起头，看着丹蚩。

“之后的事，皇后知道，可宸冬就不知道了。他撞见了禹青哈哈哈，可是朕都知道！一切都在朕的手心里。”丹蚩发出癫狂的笑声。

我没有去看宸冬的脸色，我表面上仍是平静地站在那里，内心已经慌得溃不成军。

“皇后是不是以为，然后他就被禹青杀了？可是那也不是真相，因为，他当时并没有死。”丹蚩心满意足地看着我，道，“参宿趴在地上苟延残喘着，在暗中窥看的带路人拿起石头，砸向了他的胸口，一下，两下，然后把他摆成那副样子，放到你们必经的路口。”

丹蚩看向我的方向，阴恻恻地笑着，道：“又春，你居然搬得动那么沉的石头，真是小瞧你了。”

我缓慢地转过头，看到了站在我身后的又春。

她穿着宫服，那么安静地看着我，就像一弯圆月，天真懵懂。

“你瞒着我——”我低声说。

“是。”

“为什么？”

“我是公子的奴婢。”

我居然此刻还能冷静地思考。哦，公子是贺兰知言。哦，原来这些年，她在我身边，一直在遵从着别人的指令。

我说她憨傻，其实最傻的那个，一直是我。

又春被侍卫摁倒在地上，拖到奈何旁边。

“这三个哪一个是真相，皇后说了算。奈何、禹青，还是又春？”丹蚩兴高采烈地说。是啊，他心头一定是痛快极了。

选奈何，西边的小朝廷，必遭屠戮。

选禹青，我们的合作土崩瓦解，等待我的就是死。

选又春，我的贴身婢女杀害参宿，我和她都会死在这里。

我凝视着丹蚩，他这样高兴，几乎癫狂。

每个人的一生，都有许多引路人，或好，或坏。

我最初的引路人，大概就是祖父和哥哥，他们教给我如何做个贵族。然后是知秋，她教给我气度和风骨……然后便是丹蚩，与他成婚的十年、与他争斗的十年，他教给我如何做一个疯子。

“这有何可选，真相便是真相，谁都改不了。”我打断了丹蚩的兴高采烈，微微一笑，道，“怎么可能会是奈何，他那个时辰确实离席，但是，他同我在一起。”

宸冬猛然抬起头，难以置信地看着我。

丹蚩显然没有想到我会这么说，笑容在他脸上凝固了。

“他为何同你在一起？”

我微微笑起来，走到丹蚩面前凝视着他，我们就像一对真正恩爱的夫妻。

而我的笑容，却比冰还冷：“深宫寂寞，陛下去做什么，臣妾就去做什么！”

丹蚩的笑容彻底收敛起来，他看着我，脸上不由自主地抽搐起来。

我在大秦的后宫称得上一手遮天，丹蚩早已不敢碰我。若我想，我当然可以广纳男色，但我没有，因为我从小受到的教育不允许，还因为，不能人道的男人，最后一丝尊严就是妻子的忠诚。

但那天，我把奈何当成了宸冬。

压抑的天光下，我捧着他的脸，与他亲吻缠绵。在那样的亲密下，我有一种被爱的错觉，那是我十年来第一次放纵，他近乎慌乱地推开我后离开了，我以为是梦，可是后来，我想起了他身上的味道，那是一种非常干净的檀香。

“你不知廉耻！”宸冬的声音几乎在颤抖。

“廉耻？”我没有回头，而是看着丹蚩微微一笑，“可我也是个女人啊，我的丈夫不能人道，能怎么办呢？靠同宸冬欢好的那些日子去熬吗？”

一时间，连风都凝滞了。

来吧，不是要发疯吗？就看谁疯得厉害些。

丹蚩对着我咆哮：“你竟敢，你竟敢……”

他不能人道，即使吃了秋芙蓉，也没法坚持到让女子怀孕，而我所谓的怀孕、流产，不过是一场针对宸冬的弥天骗局。

我低声笑起来，温柔道：“我有什么不敢的？我都敢一寸一寸地打断你的骨头。”

在众人的惊呼声中，丹蚩瞪圆了眼睛，然后低下头，看着胸口。

那里插着一支钗，他的鲜血正在汩汩流淌下来。

若三张牌都是死局，该怎么办？

那就把牌桌掀翻。

我在他耳边，说了最后一句话。

“人做狗容易，但你看过哪只狗，还能站起来当人？”

丹蚩倒下来，我缓缓回过头。

所有人都拔出了手中的刀，刀刃对准了我。

宸冬神色茫然，似乎没有从眼前的变故中醒过来。

我满手是鲜血，踉跄着朝他走去，抬起手，抚摸他的脸。

“将军！”周围的人都在惊呼。

而宸冬凝视着我，没有躲避，我就那么温柔地笑着，道：“带我走，好不好？”

“你杀了我的父亲。”他看着我，眼睛已经红了。

于是，我已经知道了答案。

没有人会带我走的。

独自活在这个乌糟糟的人间——

是我的宿命。

06

我笑了，踮起脚尖，在他耳边轻声说：“那么，让奈何和又春离开，还有那些忠于我的禁军，让他们走。”

我的声音，带着南胥女子的轻软，在很多年前，他曾经很喜欢。我用那样的声音告诉他：“你的儿子东林在我手里呢，如果你不答应，我便永远不会告诉你那孩子关在哪儿，到时候，他会死得比你知道的所有人都惨。”

是的，鱼宁为了活命，交给我的不仅仅是她与禹青的定情信物，还有她的儿子东林。

大秦的监狱里堆满了稻草，草中横行着老鼠和臭虫，没有窗户，只有墙缝会些微透出一点儿光，传来蛐蛐的叫声。半梦半醒之间，我会想起年少时的那场逃亡，很多时候北乾的士兵与我们就一墙之隔，而我死死抱住夏挽，无声地在心里说：如果死，我们会死在一起，所以，不要怕。

可真正醒来之后我才发现，我已经孑然一身。

那一日天亮之前，宸冬最终答应了我，让禁卫军统领带奈何和又春出宫。那时候我坐在地上，心头混沌一片，只记得又春临走之前拉着我的手，一遍又一遍地说：“没事的，公主，公子会带人来救你的。”我甩开她的手，一言不发。而奈何最终踉跄着站起来，他的目光是涣散的，大概为了保持神志，他将指节咬得鲜血淋漓。

他低下头，费力地撕扯了一段自己的衣袍，弯腰为我包在脚上。

我这时候才发现，我是赤足跑出来的，因为奔跑和对峙，足底已经鲜血淋漓。

他仰头看着我，依旧是那么澄澈干净的眼睛，干裂的嘴唇翕动着，我尚未来得及听清他说什么，他就被禁卫军带走了。

然后我便在监狱里了。

丹蚩的死打破了大秦微妙的平衡，宸冬尚未有力量镇压虎视眈眈的北乾十八部族，更何况有种种势力一直在窥视着这个千疮百孔的王朝，一时之间，没有人顾得上我。在这个监牢里，每日陪伴我的只有雷打不动的一餐——馊了的馒头，我本来以此计算被关押的时光，后来时间久了，便乱了。

就在我以为我会在监狱里终老的时候，有人来看我了。因为太久没有见光，我甚至躲避了一下，直到她拖着长长的裙裾走到我面前，我才认出来，是鱼宁。

她戴着皇后的冠冕，越发精致美艳，微微俯下身，带着一点怜悯的神色唤我："皇后娘娘，这些日子，苦了您了。"

我抬眼瞧着她。

哦，大概是宸冬终于平息，或者短暂地平息了叛乱，成功登基，他的妻子才会来到我这里炫耀她的人生。

"我还记得当日第一次见到皇后娘娘坐在大殿上的样子，那么美丽高贵，再看看您如今的样子……"她嘴角勾起微妙的弧度，似嘲讽，也似悲悯，"这世事，谁说得准呢。"

我仍然没有说话，她笑起来："皇后娘娘不会还巴望着有人能来救你吧？南人的大臣，早在先皇死的那一夜便都逃出了栩城，如今死的死、散的散，而西边的小朝廷，早已向陛下称臣，他们说羲河公主早就死了，无论何人自称羲河，统统是骗子。"

她低下头看着我，轻声道：“这就是你拼死庇护的人。”

我看着她，笑了，没有说什么。她却仿佛一瞬间恼怒起来，眯起眼睛，咬牙切齿地笑着：“又是这种眼神，高高在上，我知道你瞧不起我，瞧不起北乾人，可你自己呢？你有多高贵？”

她美丽的面容扭曲着，状若疯癫道：“你以为我不知道？哈！阖宫上下谁不知道，高高在上的皇后娘娘，不过是被儿子玩剩下，丢给老子的贱货！”

我皱起眉，沙哑着嗓子，说了今天第一句话：“我从未瞧不起你。”

她一愣。

“我瞧不起很多北乾人，但不包括你，因为我早就知道，你是忽灭部落的公主。当年你的部族被北乾吞并，你被当作战利品献给胜利者，从此辗转在不同的北乾勇士手中，直到嫁给宸冬。所以你超出必要限度地谨小慎微，你必须不择手段，才会在下一场战争中活下来，这很了不起。”

我咳了几声，看着她，虚弱地笑了：“就像现在，你真的不必说服自己我是个该死的人，就算你只是为了自保杀我，我也不怪你，因为不择手段地活下去这种感觉，没有人比我更懂。”

她像是被抽走了所有力气，垂下了头。

许久后。

“娘娘——”她轻声说，一瞬间，她似乎又变回了我记忆中那个柔弱如水的姑娘。

“我很害怕，他那么喜欢你，我怕他会来看你，到时候他就会知道我和禹青的事情，禹青已经被他杀了，他连自己的叔父都杀，他不会放过我的……”

她从袖子里拿出一个小小的瓶子，颤抖着递给我：“娘娘，我来之前已经打听清楚了，所有人都已经放弃你了，没有人会来救你，北乾皇族绝不可能让你出来，你能在这里待多久？十年，二十年……这太痛苦了，你会在这里委顿老去，像个怪物一样，我不想看你那样，你把它吃了好不好？你会永远青春美貌，而我……我可以安心了。”

她的美貌中一直杂糅着一种少女的纯真，我被这种残忍的纯真逗笑了，笑着笑着就咳起来，然后，我伸手接过了那个小小的药瓶。

美貌也是要花费时间和精力去维持的，我在监狱几日，手背已经干燥皲裂得不成样子了，更遑论我的脸。即使宸冬有一日真的念及那点旧情来看我，恐怕也会被我吓坏的。

我缓慢地说："我会比那做得更好，我会在你走之后很久才把它吃掉。不会让宸冬怀疑你分毫。"

她几乎没有掩饰她的欣喜若狂，迭声道："谢谢皇后娘娘！谢谢皇后娘娘！"

"但是……"我费力道,"要有个条件。你告诉我，奈何……怎么样了？"

"你说那个使臣？"

"是。"

她想了想，道："我记得那一夜你刚说出东林的下落，宸冬就派人去追杀他们了，可是听说没有追上，现在大概在民间隐姓埋名吧。"

"好。"

我只觉得我吐出了在人间的最后一口浊气，不再说话，靠在墙壁上。

鱼宁的目光是真实的怜悯了，她道："你喜欢他？"

我想摇头，但最终自嘲地笑了，道："是啊。"

在死之将至的时候，我唯一能够想念的人，竟然是他。

鱼宁走了，如释重负。

而我靠在墙壁上，慢慢地将手中的药撒在地上。

就算在监狱里活下去，又能怎么样?

羲河，必须活下去。

我没有求死，也没有任何人再来找我麻烦——我被所有的人遗忘了。

距离我最近的牢房也隔着几里，只有最穷凶极恶的死刑犯才会被关押在那里。偶尔，那里会传来隐约的哭喊声，只是太过遥远，我根本听不真切。而给我送饭的人，会打开一个机关，将饭菜放上去，我吃完后再将餐盘放在上面，我从未见过真人。

我终于开始明白，宸冬是故意的。

他想要我死，但一刀毙命对我来说太简单了，他要我在这日复一日的孤寂中发疯，然后死于自我折磨。从这个角度来看，鱼宁那瓶毒药，未尝不是一种解脱。

但我不能。

我找不到出去的办法，太久的死寂已经让我出现幻觉，记忆也发生了一定的混乱，我必须减缓这个彻底疯掉的过程。我一边唱歌，一边用石子在墙壁上刻画我的故事，石壁坚硬，我用尽全力也只能留下浅浅的划痕，但幸而我有的是时间。

07

我也忘了哪一日了，总之突然有一天，饭菜没有及时送来。

我等了又等，几乎疑心宸冬改变了计划要将我饿死的时候，暗门被打开了，那只能通过一只猫的洞口，竟然伸进来一只……手？

先是手，再是头，然后是身体，是只老鼠？不，是一个长得像老鼠一样的男人钻了进来，他全身弯折到了一个不可思议的弧度，然后吱吱嘎嘎地舒展着，那声音听了让人害怕。

“呀呀呀，挤死我也。”他穿着囚服，戴着顶瓜皮小帽，闪着贼光的眼睛上下打量了我一下，唱歌似的说，“咱还以为北狗的监牢里关着什么样的人物呢，原来是个女儿家。来，给咱家说说，你叫什么名姓，又得罪了哪家大爷。”

已经许久没人和我说过话了，我几乎疑心眼前这老鼠似的男人是我在做梦，但还是开口道：“你呢，你犯了什么罪？”

“哟，这女娃有趣，咱问你，你却反问咱。得啦，告诉你，爷爷乃贼王，北狗捉拿难，不知路百行，忙了也白忙。”

我想了想，道：“你是鼠千岁？”

他瞪大了绿豆一样的小眼睛，笑道：“女娃还有几分见识，怎么，在宫中也能听到咱的诨名？”

大秦的世道乱，贼寇众多，自称贼王的更不知凡几，可真正值得我记住的并不多，鼠千岁就是其中一个。一般的贼，取物不伤人，可是被鼠千岁盯上了，则有灭门之患。他当时一战成名的案子，就是提前十天，给某富商下了名帖，说某年某日，我鼠千岁要来取你的家财和项上人头，富商当即报了官。那富商是北人，官府自当派了重兵驻扎在富商府里，然而到了那日，连同官兵一起，整个府上血流成河。

后来鼠千岁成了大秦通缉的要犯，销声匿迹了几年，却不知道为什么竟出现在了这里。

“每年通缉的要犯，我都会研究他们作案的手法，对鼠千岁的结论是，必然会传说中的缩骨功才能来去自如，如今你人在这里，又自称贼王，自然能猜出来。”

“聪明，咱就喜欢和聪明人打交道！”他坐在我对面，诡秘一笑，“你不如再猜猜，咱为什么来这儿串门。”

大秦的监狱，三步一锁，五步一岗，而死刑牢房到我这儿，除重点看管之外，还有整整五道机关——纵使是贼王，没有财力、物力打点，也不可能走到这里来。

而有能力将人送进来见我的，不会是普通人——甚至不会是人。

“你一口一个‘北狗’，你不是大秦朝廷的人。那如今横行于世的势力，仔细数来也就是那么几个。西边小朝廷，估计也没有那个胆子来救我，而如果你是被他们雇用的，起码会尊称我一声‘公主’。”

鼠千岁皱起眉，看来是真的不知道，道：“公主？你不会是老朝廷的公主吧？叫什么来着……”

“那么要么就是林北匪王雇你来的，要么就是元初教的人……”

能进入大秦守卫最为森严的监狱，可不仅仅是奇人异士这么简单，如今有能力威胁大秦统治的势力就三个——小朝廷、林北山匪和元初教。

鼠千岁凝视着我，笑嘻嘻道："那女娃不妨猜猜，咱是谁的人。"

"你是个亡命徒，自然像林北的人……"

"不错，咱正是林北匪王麾下的……"

我轻轻一笑："但你不是，你是元初教的信徒。元初教分七十二门，归天尊、帝尊、人尊统领，如果我没猜错的话，你正是元初教的人尊，可是？"

鼠千岁脸上面具一样的笑容骤然消失了，他凝视着我，小小的眼睛带着杀机："咱行走江湖这么多年，第一次遇到这么厉害的角色。"

"不用这么看我，我有我的办法。"

鼠千岁垂下头，眼睛在阴影里看不清，而就在这时，监牢震动了一下，很轻微，但能感觉到。

是炮响。

我迅速看向鼠千岁，他脱下帽子，向我行了一礼，抬头又是阴恻恻的冷笑："此时，林北匪王正在攻打栴城，我奉天尊之命带你出去，此路凶险，公主可愿随我前去？"

我移开目光，咳了两声道："我不敢。"

鼠千岁眯起了眼睛，问："公主怕了？"

"是。"

我道："我没有看到元初教的诚意。"

鼠千岁几乎要笑出声来："咱说你这个女娃——"

"你当然会觉得好笑，在你眼里我如今身陷囹圄，哪有资格和你讲条件，可是事实上我仍然有我的价值，所以你才会来这里救我。"我看向他，沙哑道，"有价值的人，应该得到尊重。"

鼠千岁烦躁地搔搔耳后，道："你到底要什么诚意？"

"第一，我要知道，你准备怎么救我；第二，出去后，你们天尊准备让我为你们做什么。"

鼠千岁冷冷地一笑："你不会想知道的，总归是些损阴德的法子，比如下毒。”

“这里有八百个守卫，你准备毒倒几个？”

“一个都不用，咱只会在那群死囚今晚吃的饭里下毒，很快他们就会变得很饿……”

“饿？”

他阴笑着：“对，你见过饿极了的人吗？为了口吃的，他们是连刀都不怕的。到时候咱把他们的牢房打开，七十五个饿疯了的野兽，就会让这里大乱，里面的守卫会被攻击，外面的守卫也会乱，只要咱们成功到了外面，自然会有人接应。”

我大为震惊。

他又道：“至于天尊想让你做什么，说句掏心窝子的话，咱真的不知道……”

“我相信。”

我打断他，又咳了几声，道：“毕竟，你连我是谁都不知道，又怎么会知道你的天尊让我来做什么。”

“你不说了吗，你是公主。”

我摇摇头，道：“你走吧，我不会跟你走。”

“为什么？你别告诉咱你心疼这群人。姑奶奶，别犯傻了，他们都是北狗，北狗的命那是命吗？”

当然是命。

这个穷凶极恶的亡命徒不会知道，我杀过的北人是他的百倍。这些监牢守卫的选拔方式，是我设计的，他们都是“下民”，能得到公职，感激涕零。就连这个五层监禁塔本身，也是我参与建造的，我当时所怀揣的念头，是为了震慑那些最凶残狡黠的罪犯，让天下百姓可以安居乐业。

是的，天下百姓，南人和北人，都是我的子民，我要的从来不是南人将北人踩在脚下，而是南北统一，兵戈止息。

我是凭着这点志气走到今天的，若是丢了，我便一无所有。

鼠千岁给我留下了一条毯子和一些食物就走了，走之前恶狠狠道：“如今林北的人攻打栩城，鬼知道待会儿会发生什么，你若不走，便是寻死。”

我仍然没有说话。

他能想出这样邪性的法子，元初教就绝不会是什么顺应天理的平和教派。落到那个天尊手里和死在这里，哪一个更好，尚未可知。

可鼠千岁不幸言中。

我裹着鼠千岁给我的毯子，闭目养神了很久，突然，一声巨大的炮响将我惊醒，然后天旋地转。

是林北的大炮！他们竟朝这里打来了！难道栩城已经失守？

轰隆——

又一声炮响，大块的石子和灰尘落了下来，犯人们已经哭喊起来，拼命拍着栏杆，远处的守卫们正在逃窜，没有人管他们。

我也趴在栏杆上，我这里地处偏僻，更加不会有人来。

可就在这时候，一个年轻的守卫突然冲过来，一层一层打开牢房的门，带着哭腔喊着：“快走！他们打进来了！他们会放火！”

犯人鱼贯而出，疯狂逃窜着。那个守卫很快就跑到我面前，一把扯开我的锁链，只来得及吼了一句：“走！”

他是个北人，应该还是个孩子，明明自己已经被吓得魂不守舍了，还在动荡中努力去救人，我打赌他并不知道我是谁、他救的这群死刑犯都是谁，他只是觉得自己应该救人。

我深吸了一口气，对他说：“你走！我去开牢门！”

他心急火燎地吼着：“你不知道机关！”

“我知道！快走！”

你还年轻，你还有着很好的未来，而我已近了暮朽。

我拿过钥匙，向楼上冲去，一层一层地打开牢门，不停地有犯人冲撞我，我上到顶层。

那里没有人，却有一扇窗，一轮明月正无遮无拦地停在窗口。我不知道多久没有看过月亮了，我痴痴地看着，几乎忘记了远方的炮火。

突然，一支箭擦过我的身体死死地钉入窗棂。

我抬起头，竟然是宸冬。他穿着铠甲，满身硝烟的味道，双目赤红，近乎歇斯底里地朝我吼：“又是你！”

我不由自主地往后退了一步。

与此同时，炮火的声音短暂地停息了，透过喧嚣声，我突然听到了我的名字。

我从窗户看下去。

一个男子骑着战马正在朝我高声呼喊，我凝神看去，才发现他是奈何。铠甲取代了素衣，他看上去竟有几分少年的英武。

你没死，真是太好了，我在心里喃喃地说。

宸冬拉满了手中的弓，箭尖对准了我。

我怔怔地看着他。

风猎猎掀起我身上的薄毯，以及我碎裂的衣裳。我的肩头露出来，那上面有一个牙印，很奇怪，我所有的伤疤都会很快愈合，只有它，经年累月，历久弥新。

他的手在抖。

“姑姑——”

不知道是不是死前的幻觉，我竟然听见了夏挽在叫我。于是我由衷地笑了起来，就像一切都没发生时那样。

然后，我看向宸冬，一字一顿地说：“你不配。”

这样的结局，我们不配。

南胥公主羲河，合该为南胥殉葬。

北乾君主宸冬，终究不可被宽恕。

就让我们惨烈地彼此憎恨，然后年年岁岁、生生世世，永不相见。

嗖的一声，宸冬的箭如流星——

而与此同时，我毫不犹豫地从窗口跃了下去。

第五章

奈何，奈何

01

很多年后我回忆那个夜晚，已经记不真切那些或悲壮或凄凉的故事，就连那场奔向死亡的坠落，我也只记得仿佛有什么东西在我背后托住了风，让我下落的速度减缓了许多，得以掉入一个人怀里。

奈何。

真正的，在我脑海中珍藏并反复回放的画面，是他的那双眼睛。那么温柔漂亮的眼睛，眼尾通红，充满了愤怒和悲伤，他那样看着我，就像看了一辈子那么久。

我在那样的眼神之中死去，然后重生。

我再次醒过来的时候，发现自己身处一个营帐里，淡蓝色的天光顺着缝隙透进来，我便看见了奈何，他趴在我床头睡着了。

他醒着的时候，是张漂亮的大人脸，有的是扰得小姑娘芳心大乱的本钱。可是睡了，眉梢眼角都带着孩子气，皱着眉，时不时发出小声的呜咽声，像是做了噩梦。

我想到他把那个噩梦的诅咒渡到了自己身上，一时之间，也不知道该不该叫醒他，只能伸出手轻轻抚摸他的发顶。

突然，他猛地坐起来，大口地喘息着，额头上都是细密的汗水。

“做噩梦了？”我沙哑地开口，“你梦到什么了？”

他看了我许久，才低声道：“我梦见一条河，河边有许多的菩萨，在大雾里时隐时现，而你在河里走，前后都看不到岸，我叫你的名字，可你不理我……”

我凝视着他，道：“是那个诅咒吗？”

“已经没事了。”他低首敛目，再抬起头，又是温柔安静的样子。他起身为我倒了水，又拿了枕头放在我腰后，一边忙一边问道：“你可有哪里不舒服？”

我摇摇头，捧着水杯问：“我们这是在哪里？”

“林北匪王的营帐里。我出了宫之后找机会救你出来，正好遇到了他们的队伍，就随他们一起来了。”

我笑了一下，道：“我都没想到，还会有人来救我。”

这时候，营帐一掀开，是个穿着霁青色广袖长袍的男子——我已经许多年没见过这么标准的南胥衣冠了。十年未见，他仍面若冠玉，身姿挺拔。

“罪臣贺兰知言，拜见公主。”

他跪下来，以额触地，久久不起身，而又春跟在后面，也跪了下来。

我看着他们，看了许久，才开口：“起来吧。”

他并没有起来，而是重重磕了个头，道：“公主，臣当日听闻葛老儿要对南胥人施法，臣一时情急昏聩，才下令让又春去杀他，若知后事，臣早应引颈自戕……”

我打断了他，轻轻道：“你如今认林北匪王为主？”

他一愣，脱口而出道：“不……”

这时候，营帐一掀，一个九尺大汉走了进来，瞧见我便咧嘴露出一个笑来，又看到贺兰知言跪着，便跪下行了个不伦不类的礼，抬起头道：“公主，这多少年没见了，您还是当初那模样，怪不得把那北狗迷得不知自己姓什么……”

跪在地上的贺兰知言立刻止住了伤感，猛咳起来。

我笑了一下，认出他来：“当日匆匆一见，没想到会阔别这么多年，如今，是我该称您为大王才对。”

郑龙是当日突袭北乾军营的那个山匪，和贺兰知言关在一个牢房里，又与他同时逃走，没想到，如今竟成了雄踞一方的林北匪王。

“别别别。”他慌乱地挥手，有些不好意思道，“我算啥大王，贺兰给我拟了号，叫啸林将军，嘿嘿，这个听着倒有文化。”

贺兰知言在一旁快把肺咳出来了。

我笑道：“贺兰大人和啸林将军，都快些起来吧，我早没有自称公主的脸面了，再跪下去，我便向二位还礼了。”

“您这身子骨？可使不得使不得。”闻言，郑龙大大咧咧地站起来，也随手把贺兰知言扯了起来，道：“起来吧贺兰，人公主都说了，不兴这套。”

贺兰知言有些狼狈地起身，恶狠狠地瞪了郑龙一眼，郑龙浑然未觉，仍对我笑道：“这可太凶险了，本来我寻思北狗内乱，正是我们打仗的好时候，所以才派了大炮从后方偷袭，谁承想您在那儿关着呢，就差一点，要不说贵人有天护着啊！”

我道：“如今战况如何了？”

“甭提了，宸冬那狗贼，反应也忒快了，枬城是拿不下来了，现在往林北退呢。没事，留得青山在，不愁没柴烧。哈哈哈。”

他倒是很乐观，可是屋内没有一个人跟着笑出来。

贺兰知言忍无可忍地闭了闭眼，又对我道：“如今我们退回到枬城附近的山地之中等待时机，这里易守难攻，暂时是安全的。”

“那……你们准备把我们怎么办？”

“啊，您当然得跟着我们啦！公主，只要我郑龙有一口饭吃，就绝对不能亏待了公主！”

他还没来得及说完，贺兰知言突然厉喝：“闭嘴！”

一时间连我都吓了一跳，郑龙嘴还张着，只能缓慢而尴尬地闭上了。

贺兰知言深吸了一口气，郑重其事地向我施了一礼，道：“臣和啸林将军必誓死保护公主。”

我没有回话，而郑龙为了缓解尴尬，又开口道：“嗐，你说的不和我一样吗？”看着贺兰知言的脸色，他又讪讪地闭上嘴。

我终于抬头，笑了笑，道：“那就麻烦贺兰大人了。”

贺兰知言一直紧张的脸色终于和缓下来，道：“既然如此，公主歇息吧，臣等退下了。”

一直没开口的又春抬起头，道：“公子，我……”

贺兰知言连忙道：“不然，就让又春继续伺候您吧。”

我的目光落在又春脸上，她仍然是印象中单纯的神色，直愣愣地看着我。

“不了，”我轻声道，回头看了一眼奈何，道，“他照顾我就行了。”

又春茫然地看着我，道：“可是公主，他是男人。”

我朝她一笑，道：“那又怎么样呢？”

郑龙张大了嘴，半晌才开口道：“公，公主，传言说您是为了个男人而杀了北王，不不不会就是他吧……”

“怎么可能。”我朝他一笑。

“我说呢，哈哈哈！”

我在他们的目光中，轻轻拉过奈何的手，道：“但他的确是我的男人。”

我话音刚落，贺兰知言便一跃而起，一把拽住郑龙往外走去：“臣告退！臣告退！”

02

此后，我与奈何便在这林北营地住了下来。

“你瞧见那女人没，刚来的时候跟个鬼一样，现在可真是……”

“不好看能让那北狗父子俩反目成仇？”

“别瞎看，没听说吗，那女人是个疯子！”

我站在溪水里洗着衣服，匪兵的声音透过树丛隐隐约约地传来，我还没来得及听完，奈何便走过来，按住我的手：“你怎么又来做这些？”

“洗衣做饭，整理家务总得会做，不能一辈子离了人伺候就活不了。”

我们如今已到了林北，每天都可以看到雾霭笼罩下的群山，几百年的古木之间，常有些野兽用湿漉漉的眼眸瞧着你。这几个月不断后撤，他们忙于和宸冬的军队交火，我便在后方安心地养着病。

奈何没有再说话，伸手把我的衣服拿过去拧干。我没有和他多纠缠，擦干净手，看着远方的群岚。

“奈何，你也觉得我是个疯子吗？”

他抬起头，有些惊讶地看了我一眼。

“烧宫殿，杀北王，入狱，跳楼……我有的时候在想，是不是我早就被这世道逼疯了，才能活到现在？”

我没有等他的回答，便自嘲地一笑，站起来道：“可是，我也只能疯下去了。”

回去的路上，撞见了又春，她绞着手指，有些不安地朝我笑了一下：“公主……”

我便也朝她笑，道：“晚上就是你和贺兰大人的婚礼了，还没来得及恭喜你。”

她如释重负地笑起来，仍然是我熟悉的、眉眼不见的天真，道：“公主一定要来！”

“那是当然的。”

前几日，贺兰知言又向我提起，道：“公主未嫁之身，让男子伺候始终不成体统，还是让又春继续伺候您吧。”

我说：“又春和我有十年的主仆情分，你不为她打算，我却是要的。她如今二十五岁，还未嫁人。”

贺兰知言面露犹豫。

“贺兰大人如今也尚未有妻室，不如就收了又春吧。论情，她对你忠心多年；论理，她也算你我心腹，嫁给谁都放心不下，可是？”

贺兰知言同意了。

这群山匪这几个月已经被憋坏了，好不容易得到一个庆贺的机会，自然要大办特办。他们猎了一头野猪在火上炙烤，采了野山菇包饺子，还准备了大坛的米酒。又春梳了妇人的发髻，头上别了朵红花，那个倔强呆愣的少女，终究变成了柔情似水的妇人。

贺兰知言还是那个样子，两人朝我行礼，并敬了一杯酒，我朝他们笑着，道："又春，我祝你一生平安喜乐，与良人白头偕老。"

她笑了一下，然后低头用袖子擦去眼泪，才道："公主不怪我了，我一定喜乐。"

我安静颔首，喝了他们所敬的酒。

所有人都在饮酒吃肉，只有奈何安静地坐在我身旁。我看着他，目光因为酒醉而迷离起来，轻声道："功德不在表而在心，你守这三戒五律有什么意思啊？"

他安静地朝我笑了笑，颈间戒镯晶亮。我抬手摸了摸，然后在他耳边说："把这摘了，我就嫁给你，怎么样？"

他有些惊讶地看着我，竟然脸红了。

我便朝他笑笑，这时候贺兰知言走过来，他喝了很多，眼睛里竟有一层薄薄的泪光，对我行礼道："公主，臣对您不住，这一杯薄酒敬您……"

我笑吟吟地回头望他，然后接过他手中的酒，一滴不剩地倒在地上。

"让我饮你的酒，你配吗？"

贺兰知言愣在那里。

"这么多年，我一直想找到你，问你一句，你怎么狠得下心。"我的声音很低，"他不是南胥皇室的后裔，但他是知秋的儿子，他的骨子里和你一样流着贺兰家的血，你怎么能让他送死？他才七岁啊。"

贺兰知言的眼睛迅速充血，他张着嘴，半天才说："……我没有，我只是没有反应过来，当年他要我们去救您，但是我不能，因为我们救不了您，他死了，南胥就真的亡了。可他告诉我，这世间唯一的南胥后裔只有您，他是……贺兰家满门忠烈，我不知道怎么办，他竟然就偷偷地走了。"

“满门忠烈？哈哈哈，那我问你，那一日他死了，我被沉了冰河，南胥王室全完了，你怎么不去死！嗯？我在问你话！贺兰大人，你为什么不去死！”

贺兰知言扑通一声跪在地上，头伏在地上颤抖着，不敢说话。

饮酒划拳声停了，一片静寂中，郑龙过来打圆场：“公主，喝多了吧，快回去休息吧。”

“我教训我的大臣，跟你有什么关系！”我回头厉喝。

郑龙目瞪口呆地看着我。不，我不能生气，他们觉得我是个疯子，那我便要像疯子那样笑。

“你知道我是北乾皇后，你知道我杀了北王，甚至又春就在你们身边，你跟我说，你不知道我被关在那个监狱里，所以用了大炮偷袭，啸林将军……当真有趣。”

郑龙一贯憨傻的表情凝滞了，他尴尬道：“公主，您这又是何必。总之现在我们都敬着您……”

“是啊，何必撕破脸皮呢，反正我已经是个死人了，当个糊涂鬼不好吗？”

我回头，看向了又春，今天的新娘。她救过我，我曾为了她奔赴一个万劫不复的结局。

“你最了解我，十年来，任何来源不明的东西我碰都不会碰，可是你新婚的酒，我怎能不喝？”

“公主……”她慌得浑身发抖。

“可是啊，这一招，当初那些姐妹也用过了，我怕你难过，不愿让你知道。”我抬起她的下巴，一字一顿地说，“贱人，你就是这么回报我的？”

她的眼泪落下来之时，我身后凛然有风，是一直跪在地上惶恐无措的贺兰知言，他掏出一把短刀猛然刺向我的背心。

太快了，我来不及躲闪。

电光石火之间，一直沉默的奈何一跃而起，迅速夺走了他手中的匕首，抵在他的脖颈处。

所有人都被这一瞬间的变故惊呆了。

奈何手持着利刃，眼睛却仍然那么纯净温和，他看着我，轻声说："羲河，你刚才说的话，还作不作数？"

"什么？"

"我破戒，你便嫁给我。"

我歪着头瞧了他片刻，便笑了，道："作数。"

奈何的手上用了些力，对手足无措的郑龙一行人道："这几日叨扰诸位，我和羲河就此别过。"

随之，他就拖着贺兰知言慢慢退后。贺兰知言的脖颈已经出现一丝血迹，却歇斯底里地对郑龙呼喊："别管我！此时再不杀她……以后必会铸成大错！"

郑龙的手放在佩刀上，又放下来，手足无措道："那我也不能不要你的命啊！"

我和奈何，一步一步地往山下走去，以郑龙为首的匪兵，手持火把亦步亦趋地跟随着。

郑龙满头是汗，突然道："实在不行，你就认了吧……"

贺兰知言还未说话，奈何退后厉声道："退后！"

他们就又站住了，但始终不远不近地跟随着我们。

"我们得甩掉他们……"我道。

"不必担心，到了山下便好了。"奈何侧头安抚着我，而贺兰知言一直在挣扎，他不是怕死，而是太想杀我。

03

我倒真觉得有几分奇怪了。

"贺兰大人宁可引颈自裁，也要杀我，到底是为什么？"

贺兰知言低声道："臣为南胥子民，公主就算拿走臣的性命，臣也不敢仇恨公主。”

他颤抖着抬起头，看了奈何一眼，又看着我道：“但……公主乃不祥之人，公主不死，天下必有灾殃！”

不祥之人？我还没来得及反应过来，奈何就用另外一只手卡住他的下巴，清脆的声音传来之后，贺兰知言的下巴脱臼，再也张不开口。

我有些讶然地看着奈何。他一直是平静的、温柔的，这是我第一次在他身上看到凶戾之气，强烈到让人不敢直视。

奈何面无表情道：“贺兰大人神志昏聩，既然开口就是妄言，就不要说话了。”

此时我们已经退到一片林地之中，越过这里，便是下山的路，若是那时候还没甩掉郑龙一行人，恐怕便凶多吉少。

我自嘲地笑了一下：“他说得也没错，这辈子跟我沾上边的人，都没什么好下场。”

“他们罹难是因为命运不济，而羲河是天命之人，自然有神鬼庇护。”

我从未见过奈何这么冰冷的表情，他一边回话，一边扼住了贺兰知言的脖颈。贺兰知言面目充血，几乎喘不上来气。

“别！”

我怕他一不留神杀掉贺兰知言，连忙出声阻止。

奈何看了我一眼，然后在贺兰知言耳边道：“贺兰大人，明白了吗？”

贺兰知言艰难地点点头，奈何放开他，他顺势倒在地上，大口喘息着。

郑龙看到贺兰知言摆脱了奈何的钳制，迅速包围了我们，但尚顾忌着什么，没有马上冲过来。

一轮圆月挂在天际，奈何轻轻整理了一下袖口，看着他们，道：“我不想枉造杀孽，你们当真觉得我怕了你们吗？”

郑龙烦躁地挠挠头，大声道：“贺兰！你说的什么屁话！快给公主赔罪！”

贺兰知言仍在痛苦地大口喘气，却一直在摇头。我听了半天，才听出，他用脱了臼的下巴在说：“……快走……”

我这时才发现，整个林地静得可怕，竟然一点蝉鸣鸟叫都没有。

只有奈何轻声念诵着什么。

就在这时，一声鹿鸣响起，这声音竟如洪钟一般，震得我头皮发麻。随后，一只巨大的白鹿从林地中走出来。

林南多鹿，林南人奉鹿为神，可林北居然也有这么大的鹿。

它皎然如月，散发着柔和的光芒，几乎与古木同高，一步一步走过来，停在奈何旁侧。

所有人都被这神物的出现吓呆了。突然，一声让人毛骨悚然的尖叫响起，郑龙背后的一个匪兵，抱着头在地上滚了起来，再抬起头的时候，已经七窍流血，痛苦地对郑龙道：“将军……”

哐的一声。

郑龙手中的佩刀落在地上，他神色惊恐，仰头看着什么，然后扑通跪了下来，他身后的匪兵也统统跟着跪下。

能进林北的，都是些亡命之徒，此时这些人却涕泪交横，近乎凄厉地哀求着：

“我只是为了活命！我不想杀人，我不想杀人！”

“求求你，求求你，不要让我下地狱！”

“我要死！你杀了我，快杀了我！”

我茫然地看着他们的模样，然后顺着他们的目光，慢慢仰起头。

奈何手结降魔印，盘膝而坐，身旁是那只白鹿，他身后的山峦之中，正盘膝坐着一尊巨大的菩萨。那菩萨与月同高，面容慈悲，光芒满目。

菩萨的眼睛是琥珀色的，静静地注视着我，我只觉得眼泪不受控制地流下来，几乎也要下跪。

可这时，奈何起身拉住了我。

“是幻术。”他替我擦干净眼泪，轻声道，“我们该走了。”

他拉着我的手，我才从幻觉中醒转过来。那“菩萨”是浓烟，不知从何处滚滚而来，隐天蔽日。而那鹿却是真的鹿，只是比平常的鹿大一些，正伸出舌头去舔奈何的脸。

奈何将我扶上鹿背，而郑龙一行人还在涕泪交横地跪拜着。

经过贺兰知言的时候，奈何停了下来，对他说："龙有逆鳞，触之必死；凤有虚颈，犯者必亡。"

贺兰知言似乎没有受到幻术的蛊惑，他颤抖着趴在地上，说不出话。

奈何牵了白鹿，与我走下山去。我是在北乾暴徒之中仍能面不改色的人，却不知道为什么，面对这个少年，我一时之间有些不敢开口。

"你在生气？因为他说我是不祥之人？"我终于打破沉默，笑道，"这有什么可气的！天下口舌者众，因为这点事儿生气，我早就气死了。"

"那便都杀了。"

……

他走在我身边，少年身姿如松，静美如玉，我却有些怔忪。

他似乎自知失言，低头掩饰地一笑，然后对我说："我只是觉得，羲河是这世间最好的人，当得起天下所有的福泽。"

夜风吹过树丛，已经有了秋天的味道，我不禁打了个冷战。

我们下了山，有辆马车等在那里，还没等走到车前，一个矮小的身影就跳过来，道："可算来了！可算来了！"

竟是鼠千岁！

他全然不见那日的阴邪莫测，一边迈着小碎步跟着我们，一边絮絮叨叨地说："咱这烟放得可及时？刚才看那山上的火光，半条命差点给咱吓没了！"

奈何轻声道："这是我之前结识的两位长辈，这位是鼠大哥，这位是秦伯伯。"

那边的马车旁，也缓步走来一位中年人。他脸长，面白无须，穿着一件极考究的大褂，像个商贾，行了个礼道："在下秦柳元，见过公主。"

"是。"奈何伸手把我从鹿背上抱下来，我躲了一下，他便轻声说：

“地上脏。”

鼠千岁把鹿牵走了，秦柳元一边走一边道：“已经部署得差不多了，林南局势还算乐观，林北这边倒是乱得可以，为了安全着想，还是要带着公主往南走……”

“热茶了吗？”

奈何一边把我抱到车上，一边轻声问。那车里居然放着毯子和软枕，奈何抖开毯子，披在我身上。

“那是自然。”秦柳元连忙说，“还准备了些干粮，只是这荒山野岭，未免粗糙，到了京溪就好了。”

京溪是中原小城，也是兵家必争之地。我心中一动，正在思考的时候，奈何从秦柳元手中接过热茶，试了试温度才递给我，然后回头道：“羲河的身体还没养好，京溪就不去了，在附近找个地方先住下吧。”

秦柳元一时语塞，我也有些呆了，道：“我们不赶紧走吗？万一郑龙发难……”

奈何静静一笑，替我掖了掖毯子，轻声道：“他不敢。”

那时候我并不知道，如果有一双眼睛从天上俯瞰，便可以看到山坡之上，漫山遍野的匪徒；也可以看到距离我们不过十步远的树丛后，伫立着无数穿着朱红色铠甲的士兵，他们在黑暗中，静静地对峙着。

他们在不远的深林之中，竟有一处宅院，看起来像是个寺庙，院子里修了一座高塔，那白鹿先一步到了，正在宅院里探出头来啃树叶，见到奈何来了，就欢喜不尽地蹦了过来。

“这鹿是你养的？我还以为真的是什么神物天降呢！”

“当然是神物，一天吃掉二两银子，能不神吗！”鼠千岁在一边道，马上被秦柳元拉走了。

奈何摸着它的头，道：“小时候我在林南捡了它，自此便带在身边。刚才那个幻术，在烟雾成形之前，须得有什么东西吸引住人的注意，我便唤它来了。”

“那幻术……是怎么做到的？”

“是烟雾，还有……蘑菇。”他静静一笑，道，“在他们吃的饺子里面，我混入了可以致幻的蘑菇，再加上一点参宿术，便可以催生幻境。”

“你早就知道我会和他们争执？”

“我早就想带你走。”

他带着我走上高塔，那鹿亦步亦趋地跟着，在顶层，可以看到林北浩茫的高山深林，以及笼罩在晨曦中的栩城。

“羲河，你可有想去的地方？”他轻声对我说。

我望着远方，道：“我想回家。”

可我哪里有家？

“那我们去燕州。”

之前南胥的都城，被北乾占领后，改名燕州。

我想了很久，才道：“不了，我不想看到它物是人非的样子。”

我最后看它的那一眼，是在漫天的血光之中。自此十年，我再也没能回去过，因为我知道，我的家已经不在了。

我抬起头对他一笑，道：“去西泮城吧，你师父不还在那里吗？”

奈何道：“也可以，只是我师父已经来了。”

“什么？他来这边做什么……”

“他是大将军，自然是出征。”

我顺着他手指的方向看过去，在不远的一座城池之内，隐约有浓烟和战火。奈何在我身边淡淡地说：“你养病之时，西泮城向大秦宣战，如今，已经连攻下五座城池了。”

那再加上林北和宸冬的战场……难道又一个乱世已经来临？

我手脚冷透了，白鹿用热烘烘的嘴拱着我的手，奈何便笑了，亲昵地抚摸着它的头，低声道：“它叫小柿子，这是羲河，是真的羲河。小柿子，你很喜欢羲河，对不对？”

晨光下，那画面圣洁又美好，我却只觉得悚然，他究竟是谁？在这个乱世中，他又扮演什么角色？

04

“奈何，你能告诉我吗，你究竟是什么人？”

奈何低头抚摸着白鹿的头，还未作答，我就看见了这院落前后，乌泱泱地围了一群人。他们望着我们，表情充满了一模一样的喜悦，但因为人数太多，那表情竟显出几分恐怖。他们跪在地上，涕泪交横地呼喊：“弟子拜见天尊，拜见天尊。”

我震惊地看着奈何。虽然看到鼠千岁的那一刻，我就隐约猜到了，可是他还那么年轻，我不敢相信。

奈何轻轻笑了一下，道：“我会说的，但是在那之前，羲河得嫁给我。”

“为什么？我……已是不洁之身，而你，你还这么年轻……”

“因为我喜欢羲河。”

在信徒们兴奋的叫声和哭声中，我怔怔地看着这张秀美无双的面孔，想起了初见他的时候随口而出的那句话。

“长成这个模样，不是神明，就是妖孽。”

他从袖口拿出一个小盒子，在我面前打开。那是我还给他的那只白瓷小兔子，经历了这么多，它仍然在那里，光洁如新，娇憨可爱。

“嫁给我，我带你回家。”他看着我，目光澄澈又执着。

我喜欢他，他是我久旱生命中唯一一点清澈的雨，只有他一直，一直站在我身边。他为我穿鞋，为我束发，为我生死过几个来回，自始至终他看我的眼神，都像看着一件稀世珍宝。

没有女人能拒绝那样的眼神。

但我并不爱他，好像从那年的冰窟里出来之后，我就不知道什么是爱了……

我害怕他，就像害怕一个不见底的深渊。而且不知道为什么，我一直觉得他身上有一个滔天秘密，一个会让我粉身碎骨的秘密……

所以……

我伸出手，接过了那个盒子。

他静静地看了我片刻，然后猛地把我抱在了怀里，用力到我的骨头都在痛。我茫然地看着底下仍然跪拜的人群，仍然不知道自己是对是错。随后，我察觉到，有什么东西，落在了我脖颈上。

是眼泪。

我抬起手慢慢回抱了这个少年，不知道为什么，我也落了泪。

秦柳元和鼠千岁负责准备婚礼，我以为会是个简陋的过场，却没有想到，南胥的六礼一板一眼地在三日内走完，虽然仓促，却没有丝毫的马虎。

“这是原来南朝一位老诰命的婚服，别看是旧衣，正儿八经的天青绣锦，如今买都买不着了，按照您的尺寸改了，又加了金珠，凑成了七十二颗。”鼠千岁喜气洋洋道，“皇帝嫁女儿也就这个气派了。”

他这话还真蒙对了，皇室公主出嫁的礼制，便是七十二颗金珠。

我信手摸着那嫁衣，随口问道：“天青绣锦一般不是孔雀纹吗，这怎么是凤凰纹？”

秦柳元在一旁彬彬有礼道：“原本是金绣云霞孔雀纹，因着旧衣有所破损，所以改尺码的时候，让绣娘改成了梅花大凤纹。您可有什么不喜欢？”

“没什么，只是我瞧奈何那件婚服上绣的是鹓雏，而我却穿凤凰？”

南胥婚服的纹饰一般是孔雀纹或者凤凰纹，但鹓雏是元初教的象征，大抵因为这个，奈何穿了这样的纹路。

鼠千岁在一旁漫不经心地接茬：“嗐，这事儿您就别挂心了，和天尊商量过了，凤凰一鸣天下平，也是好兆头。”

我在心里一叹。

凤凰一鸣天下平，虽然他们未明说，但是早在我当皇后的时候，便知道元初教势力并不简单，他们不仅信徒众多，还有自己的兵力。早在此前，北乾朝廷并没有将他们荡平的实力，如今天下大乱，他们当然会分一杯羹。

“秦伯伯，我想看看婚冠。”我说。

秦柳元应了一声，便去了。他是个做事滴水不漏的周到之人，不仅是筹措婚礼，就连日常闲聊，也客气得找不到半点疏漏。

但鼠千岁毕竟不一样了。

“你们天尊是个方外之人，如今突然娶妻，还是我这样的人，便没人说什么？”

鼠千岁一边忙里忙外地清点东西，一边头也不抬地说：“天尊的意思便是天道，天道如此，谁敢说什么？”

“天道……”我念叨着这个词，又道，“你们真相信他是神仙？”

那些底层教众相信倒也无可厚非，毕竟奈何生了一张琉璃似的神仙面孔，又懂幻术，可是鼠千岁位居人尊，是帮他放烟雾制造幻术的人，竟也信什么天命之说？

鼠千岁放下手中的活计，有几分讶异地看着我：“天尊当然是神仙，你不相信？”

我笑笑，没有回答。

“咱头一回见天尊，他还是个小娃呢，骑在白鹿上，活像个小菩萨。当时咱刚要寻死，就听见他说，你且等上三天，必有报应，咱信他个鬼！可是那时候咱就打不过他了，你说奇怪不奇怪……”

听他越说越远，我忍不住打断：“然后呢？”

“就等了三天，你猜结果怎么着？那狗贼死了！痛快！痛快！哈哈哈！咱一辈子也没那么痛快过！”鼠千岁大笑起来。

“或许就是他杀的，为了让你相信。”

鼠千岁一挥手，道：“就是天道。那狗贼怕我杀他，戒备森严得很。另外你知道他是怎么死的吗？”鼠千岁嘿嘿一笑，语气说不出的阴森，“他得罪了北乾的一个宠妃，是北狗丹蚩亲自下令杀了他，这不是天意是什么？”

我皱起眉，想了想，道：“那人名字，可叫横川？”

鼠千岁有些惊讶地看着我，道：“你怎么会知道？”

因为他得罪的那个宠妃，就是我。

当年我同又春准备去投奔小朝廷，横川便是那个侮辱她的守门士兵，我得势之后，便让又春亲手杀了他。

丹蚩对我干政一向警觉，我自己都不知道他什么时候会松口。那一日他沉迷于秋芙蓉，终于拿了空白的圣旨给我，我就带着又春去找那个畜生。那畜生当时是宫中的侍卫长，正和一个宫女苟合，光着身子，哭哭啼啼地跪在地上。我把刀递给又春，她一刀砍下去，没死，她又接连砍了很多刀，因为太过用力，刀刃都卷了。

别的事尚会让我有疑虑，可这事是我亲自做的，掺不得半点假，难道冥冥之中，真有鬼神？

鼠千岁陷入了某种畅快的回忆，笑眯眯道：“天尊让咱信报应，说恶人必会被天道惩戒，可是，自从北狗来了，这是什么世道？”

他转向我，目光带着一种说不出的凄然，我没说话，他便像唱歌一样叹道：“为善的，身世飘零；作恶的，富贵安平……”

05

那一日我之所以能猜出鼠千岁的身份，是因为我调查过他的身世——在南胥时，他便是声名鹊起的贼王，但是再厉害的人面对崩塌的国家，也只能沦为一粒尘埃。因为北乾入侵，他一家子几乎都死了，后来他一路连偷带跑的，把小女儿带了出来。时逢北人屠城，他没办法，就去投奔一位故交，就是这位横川。战事未起的时候，横川也不过是个普通的北乾小兵，因着没钱给母亲看病，在医官门口长跪痛哭，而鼠千岁当时很有些劫富济贫的侠骨，瞧见了，便给了他钱，后来看他可怜，又帮他牵线和南人做些生意。横川曾说："恩公大恩大德，小的没齿难忘。"

好一个没齿难忘。

鼠千岁后来去投奔了他，当时横川安排得好好的，结果半夜，鼠千岁就被他拿一把刀捅了过去。还好他矮小，没有伤及要害，使了浑身的武功逃了出去，可女儿没能带走。再后来，女儿的尸首被抛出来，死前还被那个畜生糟蹋了。

我的卷宗就记录到这里，而鼠千岁再次出现时，已经是个暴虐成性、杀人如麻的贼王了。看的时候我便有些疑惑，按理说，当时横川已经是宫中的侍卫长，有人也有权，明知道这是不死不休的仇怨，当时竟没有穷追猛打，将鼠千岁置于死地——现在看来，不是没做，而是当时鼠千岁就被奈何所在的势力救了。

鼠千岁眯着眼睛朝我一笑，道："你可知道，天尊是怎么回答咱的？"

我没来得及回应，一个声音便至门口。

"若天道无眼，我即天道。"

秦柳元带着婚冠进来了，他一直是个儒雅精明的中年人，这是第一次，我看到他的眼睛里与那些信徒无二的狂热神采。

"公主不信天道吗？我是信的，天道有轮回，当生灵涂炭、满目疮痍时，上天便会降下天命之人，让万物归其道，善恶有其报。"他微微一笑，道，"天尊，便是给予南胥人公正的那个人，他即天道。"

我猜得果然没错，元初教所谓的顺应天理教义，暗藏着的是更加血腥凶戾的东西——复仇。

替每一个升斗小民复仇。

替被践踏和伤害的南胥复仇。

鼠千岁，还有元初教的人，都是被伤害到走投无路的百姓，他们痛到不再相信什么来生，什么因果，什么善恶终有报。复仇，就现在，以牙还牙，以眼还眼。

秦柳元似乎意识到自己失态了，把冠放下，转移了话题："咱们婚礼操办得急，合适的婚冠难寻，这顶莲花追云冠是鼠千岁珍藏的古物，让匠人做了修缮，不知公主可喜欢？”

鼠千岁也抹掉眼泪，在一旁笑道：“您别嫌弃，这东西不是偷的，是咱一早给咱小闺女备下的。不是嫁人的时候，婚冠要娘家出吗……可惜这辈子她用不上了……”

我鼻子一酸，祖父当年，是否也为我备下婚冠呢？

我没有再追问什么，只是笑笑，道：“我还怕您嫌弃我呢！毕竟是二嫁。”

毕竟是二嫁。

我穿着凤冠霞帔，走向奈何的时候，心里便盘桓着这个想法。

我这一生，和宸冬那一段算是无媒苟合，俩人早就成了仇敌；与丹蚩，只能算是政敌之间的角斗，甚至皇后的册封礼，因着北乾礼制的不善，都未好好举行。

真正做回新嫁娘，还真的是此刻。

奈何穿着婚服，静静地看着我笑。他比我小上许多岁，但生得啊，真好看，我那些很遥远的小女儿梦里，如意郎君也不过是这个样子。

面如皎月，萧肃清朗，满眼都是笑，满眼都是我。

“一拜天地，诸神共鉴，白首之盟。”

如若你不负我，此生，便就是你了。

“二拜高堂，两姓之好，缔结良缘。”

我问过奈何，除了师父之外，他可有在世的长辈，他总说婚礼之后便什么都告诉我。此时，我也只得向虚处行礼，希望我的亲人，在冥冥之中，受了这一礼吧……

突然，一声巨响传来，然后便是推搡和呵斥的声音。我回过头，便看见郑龙闯了进来，他打着赤膊，背负一根荆条，在堂下扑通一声跪下，高喊：“主公！”

主公？

我惊愕地看向奈何，他只回头看了一眼，便静静地对我说：“羲河，只剩下最后一礼了。”

郑龙膝行进来，朝着奈何重重磕头：“主公，宸冬那个狗贼偷袭林北，贺兰被擒！是臣无能，求您救救他吧！”

他磕头太过用力，额头上竟磕出了血迹，染在喜堂的地上，触目惊心。

这一切到底是怎么回事？

我心中大乱，一把拉住奈何的胳膊道：“他为什么会叫你主公？你和林北到底是什么关系？”

堂下也被这突然事故搅得乱成了一团，秦柳元在一旁急道：“天尊，此地距林北不远，或有危险，要不要先走？”

奈何是这嘈乱中唯一清醒的人，他只看着我道：“羲河，我们把礼行完。”

我难以置信道：“你让我怎么嫁给你？我连你是谁都不清楚。”

“把礼行完，我会告诉你。”

“一个虚礼而已！有那么重要吗？”

“比什么都重要。”

我们俩对峙的时候，郑龙又道：“贺兰吩咐你什么！快点啊！”

我才看到，又春也来了。

她捧着一个东西站在那里，整个人像从水中捞出来的一样，浑身是汗，满眼是泪水，哽咽到整个人痉挛的地步，我们相伴了十年，我从未见过她这个样子。

“又春，”我犹豫着看着她，“你要对我说什么？”

冥冥之中，我只觉得一个巨大的、深不见底的秘密即将在我眼前被扯开，我甚至有些害怕。

在所有人的目光中，又春低着头，仿佛有千钧之重，她举起手中的东西，颤声道：“我来给公主送婚冠。祝公主……新婚喜乐。”

她手中的包裹被打开，屋里一下子静了。

黄昏的光芒映照在那顶精美绝伦的婚冠上，九只凤凰穿梭于牡丹之中，流光溢彩、熠熠生辉，所有人都被这稀世珍宝震惊到说不出话来。

我也如此。因为那是知秋的婚冠，是当年她与哥哥成婚之际，贺兰家倾尽全族之力打造的婚冠，其形、其美，冠绝古今。这婚冠居然还在？而贺兰知言让她送过来，是要干什么？

我刚想走过去，就听见身侧的奈何重复着说：“羲河，就剩下最后一礼了。”

我这才发现，他的眼圈已经红了，就像是个受尽委屈的孩子，仍然抬着头，强撑着笑。

我心中一痛，停下了脚步，对又春道：“我的婚冠已经有了，你若有其他的话同我说，等婚礼结束吧。”

“夫妻对拜，嘉礼初成。既为夫妻，共喜同愁，百年为伴，黄泉为友。”

我和奈何面对面深深拜下去。

婚礼亦是盟约，最后是两杯掺了血的酒，我仰起头喝掉，等我放下的时候，奈何还未喝完，一滴眼泪正顺着他的脸颊缓缓流下来。

礼成。

众人乱纷纷地围上来，询问着接下来怎么做，而奈何只是怔怔地看着我，然后，小声地说：

“羲河，对不起。”

谁也不敢相信，新婚的那天，他用仅有我们两个人能听到的声音，对我说的是：“羲河，对不起。”

我正想上前说话，一支箭就射了过来。

那是北乾的羽矢箭。

这里离林北不远，林北既然被偷袭，这里也并不安全。鼠千岁立刻挡在奈何身前，急道：“天尊，这里不安全！快走！”

“不能走，我们离开后，附近的信徒必遭屠杀。”

奈何道：“秦伯伯，带羲河去玲珑塔，让所有元初教的人在塔下戒备。”

“是。”

“郑龙，你随我来。”

奈何上马之前，握了一下我的手，道：“你等我回来。”

我知这不是说话的时候，点点头道：“你万事小心。”

06

他是一个静美若月光的少年，可是披上铠甲后，亦有了王者气度，他策马而去。

我和秦柳元上了高塔，遥望林北，那里竟然已经被北乾士兵包围。林北攻打枬城落败，两军在距枬城五十里外对峙着，而郑龙和贺兰知言撤回林北深山之中修整。林北之所以能在距离北乾首都如此近的地方存活多年，就是因为北乾最强悍的是骑兵，他们根本不擅长在山地深林作战。可谁也没想到，宸冬居然派了一队兵，潜入林北的大本营，然后在黄昏时突然发起攻击。林北多是老弱伤兵，郑龙一时不察，竟然被端了老巢，而他跑到这里求救，北乾士兵便一路追杀到这里。

郑龙的作战能力我是知道的，能让他如此狼狈的人……

“夫人，您看这里。”

秦柳元递上了一个西洋瞭望镜，我看到在风中猎猎舞动的黑色大旗之下，是宸冬手下的第一大将，站在他身后的是黑压压的军队，他仿佛一只蠢蠢欲动的巨兽。

奈何穿一身红衣，在黄昏的天光下，恍若琉璃净火，他身后站着的是郑龙所带的那些残兵败将，与北军对峙着。

秦柳元不断放着烟，像是在传递什么消息。

我凝视着远方，问：“我们能赢吗？”

两军开始交战，宸冬手下的是精锐，那是以一敌十的铁军，几乎未有败绩。

“天尊没有让夫人走，那必是能赢的。”秦柳元恭敬地说，“天尊一向把夫人看得比命还重。”

“一向？”我重复一下这个词，又道，“他在出使北乾之前，是不是就认得我？”

“这是天尊和夫人之事，属下不知。”秦柳元仍旧是滴水不漏。

“那么好，我就问问有关你的事情。”

我道：“你谈吐不俗，不像是普通人，为什么会加入元初教？”

秦柳元苦笑了一声，道：“夫人说笑了，属下……遇到天尊之前，连人都算不上，夫人可看过傀儡戏？我就像那傀儡，牵丝游动，全赖背后的那只手，而天尊就是为属下剪线之人，属下不是追随天尊，而是追随本心。”

混战开始，天色已暗，只能隐约看见奈何他们不断退后，就像天边那抹即将被黑暗吞噬的朱红色的夕阳。

“你追随他的时候，他还很小吧？他背后应该有另外的势力支持，是贺兰知言吗？”

郑龙是林北匪王，却自封将军，我早就猜出他们应另有一位王，本怀疑是贺兰知言本人，却没想到是奈何。若这一切背后都是贺兰知言的局，却也说得通了，贺兰知言一面在林北建立兵权，一面暗中发展元初教，控制民心，为复国大业做准备。

只是，他为什么选了奈何为主？

没想到秦柳元却否定了，语气里甚至带着一些不易察觉的倨傲：“贺兰知言是个人物，但是想让元初教七十二门臣服，尚不够看。元初教和林北诸匪，除了都认天尊为主之外毫无关系。”

这时候，已经能隐隐听见喧嚣声，我看到奈何一方一路败退，他身上染了血，不知是别人的，还是他自己的，而北乾的士兵如同黑色的潮水，正朝这边涌过来。

“夫人不必担心，元初教七十二门的精锐都在塔下，哪怕玉石俱焚，也不会伤到夫人分毫。”秦柳元轻轻道。

“还是让他们去救奈何吧，那是北军大将，那些残兵斗不过的。”

“请夫人相信天尊。”

天已经完全暗下来，交战士兵再也看不清，只能隐约听见兵戈之声，我只能叹道：“这样的新婚之夜，当真荒唐，怪不得贺兰知言说我是不祥之人……”

“夫人慎言。”秦柳元突然正色道，“天尊断断听不得这话，他守三戒五律多年，属下唯一一次见到他失态，就是因为那人妄议夫人是祸国妖妃。”

“然后呢？”

“天尊亲手杀了他。”

我一愣，这时，风送来了混乱的北语，那是尖叫呼救的声音，我探出身望去。

隐约看见，北乾的士兵被引到了一处山谷之中，奈何他们却不知所终。山谷里有无数荒草枯木，而此时，无数带火的箭矢从山坡上射下来，一时之间，北乾士兵哀号遍野。

烈烈火光映亮了黑夜，我看到了奈何，他站在山坡之上俯视着他们，他身后，整齐地列着身着红色铠甲的弓箭手。

红色铠甲……是南胥士兵的标志，这里怎么会有南胥士兵？难道是西边小朝廷的人？可是，可是他们为什么会听奈何的号令？因为何素龙吗？不，何素龙尚在百里之外，不可能赶过来。

一个士兵为奈何递上了一把弓箭，离得那么远，我根本看不清奈何的神色。可是不知道为什么，他冷漠的神情清晰地出现在我的脑海里，他戴上扳指，勾起弓箭。

箭如流星，直接没入那北乾大将的心口。

大将已死，北乾士兵顿时大乱，山坡上的欢呼声震耳欲聋。

“怎么会，怎么会……这里为什么会有小朝廷的士兵？”我喃喃道。

“他们早就潜伏在这里，等待着绞杀偷袭的士兵，这就是为什么天尊会把所有人留下来保护您，因为，这才是我们真正的兵力。”

秦柳元露出一个冷淡的笑容，黑暗中，我看不清他的脸，只能看见他隐约的轮廓。我突然发现，他生得很眼熟，眉毛有些往下，不笑的时候，神色略有些愁苦。

一个毛骨悚然的念头从心头升起，我只觉得头顶的苍穹，化作了一盘巨大的棋局，持棋之人，一面狼首，一面佛陀。

“夫人！天尊回来了！我让他们温着的消夜也该好了，快些下去吧。

“夫人？您怎么了？”

我退后一步，颤抖道：“鼠千岁是人尊，奈何是天尊，那么你是元初教的帝尊，为什么是帝尊？”

秦柳元慢慢放下手：“啊……”

我怎么就没想到呢？能让一个教派迅速发展的，不是强悍的兵力，而是富可敌国的财帛。这林北诸匪无力做到，可是偏安一隅却繁荣的小朝廷能做到。

奈何一直跟我在一起，能够带这么多士兵来找他的，只能是，小朝廷的王。

我看着他，小声叫：“堂兄？”

秦柳元抿了抿嘴，似乎有些不知所措，但只能应道：“并非属下有意隐瞒，原本是等天尊告诉公主，啊不，告诉夫人的。”

我茫然道：“林北诸匪认他为主，元初教尊他为天尊，我尚且，尚且可说，这只是个巧合。可是你是南胥的王，你对他自称属下，倾国之力助他，他到底是谁？”

我的目光绕过秦柳元，奈何已经走上来，静静地看着我。他仍穿着那身婚服，红衣潋滟，美得近乎妖异。

许多零碎的画面，在我脑海里聚集成了巨大而令人骇然的真相。

“那一日，你约葛老儿见面，他为什么会去……

“贺兰家世代忠臣，宁死不侍二主，他尊你为主，他尊你为主……

“那么小的年龄却让那么多能人异士臣服，因为你从小就……”

我颤抖着抬起手，他来之前，大概匆忙地清洗过了，把一头一脸的血水擦拭掉了。可是大概，还没来得及伪装什么。

我碰到他的额头，那里有一颗红痣，人说山河太子，额带红痣，天生吉兆。

我喃喃道：“贺兰那么想我死，却托又春送来婚冠，那不是，不是贺礼，贺兰真正想说的话是……”

07

奈何身后是漫天繁星的苍穹，他看着我，目光没有一丝一毫的软弱，然后他抬起手，擦掉了我的眼泪。

“我是贺兰知秋的孩子，我的母亲厌恶我，我的父亲憎恨我，我的姑姑，曾给我取名夏挽。”

我以为我会立刻昏过去，但我没有，我只觉得我的灵魂在一瞬间抽离，千头万绪一起涌上来，反而整个人木在那里。

奈何牵着我的手，带我走下高塔。

所有人都在欢庆着胜利，成千上万的火把将这凯旋之夜映如白昼，秦柳元正指挥着几个小兵将一面旗帜高高挂起，玄色为底，盘旋着鹓雏的图案，上书“夏”。

我呆呆看着那面旗，整个人是空白而茫然的，只是条件反射地想到，哦，旗挂起来了，这意味着他们与大秦正式宣战，可是，为什么不用南胥的军旗呢？我这么想，不由自主地喃喃问出来。

“因为主公他，不肯认自己是南胥正统。”

鼠千岁手底下，大概有不少奇人，他们将贺兰知言救了回来。贺兰知言被又春扶着，脸色苍白，整个人伤痕累累，我们目光相撞，又同时不由自主地躲开了对方。

“臣本来，是要带人阻止婚礼的。”他喃喃道，“可是半路上被北狗偷袭，只差一步，只差一步……”

然后他颤巍巍地跪了下来，又春想扶他，被他狠狠甩开了。

“那一日，若臣真的杀了公主，会立刻自刎向天家谢罪……也总好过此刻。”

欢呼声、喧闹声渐渐地停息了，我面前黑压压的人次第跪了下来，奈何握紧了我的手，我却只死死地盯着眼前的贺兰知言。

“他与你成了婚，便永远，永远不再是南胥太子了，要么他就得承认他是个罔顾人伦的畜生，要么他就得将他的血脉公之于众……公主啊，臣谋划了十年，可是南胥，再也回不来了……”

人群山呼海啸般地朝拜着：“尊天之道！以序乾坤！”

除了贺兰知言颓然地跪在那里，其他的人眼神真亮啊。自从南胥覆灭，我所见到的眼睛，都是颓然的、警惕的、受伤的，可是他们每一个人都像一支熊熊燃烧的火炬，他们是真的相信我身边的奈何是天命之子，是即将带领他们涤清寰宇的神。

有人奉上酒，奈何和我一人一杯。他向人群举起酒杯：“秦原我夷族，窃踞中原，荼毒生灵，皇天震怒，命吾奉天倡义，以济苍生，雪耻复仇，岂待异时，千秋功德，争在顷刻。今布告天下，咸使闻之。”

在震耳欲聋的欢呼声中，我跟着奈何茫然地饮下那杯酒，每个人都在唤我“夫人”，恭维我亦是天命之人，喧嚣太过，我什么都听不到，只觉得想吐。

直到奈何拉着我的手，回到了卧房。庆功宴结束了，整个营地慢慢地安静下来，我木木地看着燃烧的红烛，想起一件微不足道的事情——这原本，是我新婚之夜。

奈何端了一碗红枣莲子粥喂我，他又是一个安静温柔的少年了，轻声哄我道：“羲河，吃点东西好不好？我还加了糖，很好吃的。”

我偏过头："我吃不下去，总想吐。"

"多少吃点，你身子才好，会饿坏的，来，不热了。"

他将粥吹凉了，然后喂给我。我在林北养病的那一个月，他总是这样，温柔得好像没有一点脾气，可是那时候我忽略了，凡是他想做的事情，一定会做到，小到一口粥，大到……

热粥让我神志终于恢复了些许清明，我沙哑道："你把上衣脱了。"

他迟疑了一下，解开衣领，露出白润如玉的上身。他的身体并不像外表看上去那么柔弱，反而带着习武之人特有的矫健，而他胸口，有一道狰狞的刀疤，触目惊心。

"是不是很疼？"

"是。"

我的眼里慢慢地蓄满了眼泪，我抬起手抚摸他的脸。他很小的时候，我就在想，他什么时候能长大，陪我一起放风筝，到宫外玩。现在我终于知道了，我的夏挽长大是这个样子，眉毛是这个样子，眼睛是这个样子……

我的外套从床边滑落了下去，他俯身按住我的手，与我接吻，然后轻柔细密地一路吻下去。没有热烈，只有如同置身于温水中的感觉，既敏感，又酥软，我有那么一瞬间的意乱情迷。

但很快，仿佛一只恶兽从大雾中突然显露出了巨大的身胚，我突然间从茫然的意识中反应过来，我们在做什么。

"夏挽？我们不能这样，夏挽！"

他的外衣在刚才的纠缠中已经半褪，他一言不发地看着我，然后伸手扯掉了我身上最后一件衣服，我们就这样亲密无间地贴在一起。他用一种几乎要把我吞噬的力道亲吻我……

已经这样了，羲河，已经没有什么退路了。

可他是夏挽，他叫我姑姑。

剧烈的罪恶感让我浑身颤抖起来，我的腰剧烈地拱起，想摆脱什么，可是反而像是迎合，他开始一下一下地厮磨，我终于颤抖着找回自己的声音：“你听我说……”

话一出口，一股腥甜冲上了喉咙，我趴在床边大口大口地呕吐起来。

“姑姑，你别吓我……”

他过来想扶我，被我一把推开：“你别过来。”

推他的那只手摆在眼前，我才发现，我吐的是血，血顺着手腕蜿蜒流下，狰狞刺目。

“好，我不过来，喝点水，好不好？”

我裹着被子，全身都在发抖，锈住了好久的脑子，才突然觉察出了这一切的荒唐，我成了婚，和一个叫我姑姑的孩子。

“为什么？”我的声音抖得不像话。

我希望得到的答案是，这是他要庇护我所行的权宜之计，刚才，刚才的一切，只是少年血气方刚的一个意外。

“我说过，因为我喜欢羲河。”

“那不是……”

“是一个男人对一个女人的喜欢。”

我们对视了很久，他的眼睛仍然那么平静温柔，却让我看了害怕。

我喃喃道：“……乱伦悖德，必遭天谴的。”

“我不是先皇的儿子。”

“可我是你姑姑。”

我看着你出生，在你襁褓外摇着拨浪鼓逗你，我把你看得比我的命还要重要，这不仅仅是血缘，还是任何外力都无法改变的宿命。

而现在，我赤裸着在你的床上。

我终于鼓起勇气，抬起头看着他：“夏挽，你这些年守戒，大概不懂什么男女情事，你对我就像我对你一样，是比夫妻之爱更加深刻的亲情，就是太深刻了，你也太年轻了，才会混淆，这不是你的错……”

“如果我说我第一次见你，就想要你呢？”他突然打断我的话。

“那时候有传言说丹蚩的皇后长得像当年的羲河公主，而她的生辰，又同你一样，我便想着去看看。你当时抱了一只猫，居高临下地看着我，我其实完全没有把你同我记忆里的姑姑联系在一起，我只有一个想法，她为什么会那么美，又那么高傲，却像一个被打碎了的琉璃瓶。我想保护你，又想看看你彻底碎掉的样子，那天我回去念了好久的经，可是怎么念，都止不住心魔。我想要你。”

空寂的夜里，他的声音显得异常清冽。

“我没你想的那么好，我是个普通男人。你病了，我照顾你的时候，我满脑子都是些见不得人的肮脏念头，包括现在，我用尽全力才克制住自己对你的渴望。

“别怕，我告诉你这些，不是为了让你怕，而是因为我想让你知道，我一直都很清楚，我看着你的时候，怀揣着的是什么样的感情。”

08

我看着他，烛火下，父族赐予他的深邃的轮廓显露无遗，我第一次如此清晰地感觉到，他的骨子里是北乾人的掠夺、占有，还有疯狂。

“可是我不爱你。”

“但你已经嫁给我了。”

我深吸了一口气，终于找回了神志和力气：“夏挽，无论你怎么想，这一辈子，我们只会是姑侄。”

他没有说话，我把声音放得低柔了一些，仿佛回到了那些笼络朝臣的日子：“听我说，统一南北是当下要务，我们谁也不要分神。如果侥幸建国，等步入正轨，我便假托病逝，找个小庙修行，到时候你还可以看我。夏挽，当你拥有天下的时候你就会知道，这世间美貌女子何其之多，你会得到很多很多的爱，而我们，永远是最亲的人，好不好？”

他轻轻一笑，道：“头一件，不是侥幸建国，这四海江山，会是我送给你的礼物。其次，我既然已娶妻，这世间美貌女子再多，与我有什么干系？”

我几乎气急，道：“你怎么就听不明白……”

我的声音，在他伸手挽上衣袖后戛然而止。

那光洁的手腕上，是两道刺目的红痕。

“这是什么？”

“是诅咒。”

他看着我，温柔得让人毛骨悚然。

“我诅咒了我自己，若我离开羲河超过百日，必会万毒钻心而死。”

我看着那两道伤痕，浑身战栗起来，慌乱地握着他的手问：“怎么解？解开！你给我解开我就什么都答应你！”

“自婚礼上羲河喝下血酒那一刻，此术无解。”

我已经慌得落了泪：“你是不是傻？你以后，你以后是要做一国之君的！若有人抓到我威胁你怎么办？我比你大了九岁，我比你先死该怎么办？”

他想过来帮我擦眼泪，被我一把推开。

我这一辈子，与太多的人交易、筹谋、虚与委蛇，曾失败，但从不曾绝望。

但他让我绝望，我恨他，可我能拿他怎么办？在知道他是夏挽的那一刻，我就注定了拿他没有任何办法，他就这样堂而皇之地拿捏着我，逼我背叛所有的人伦和廉耻。

他终于抱住了我，我趴在他胸口泣不成声。

“我不会允许任何人再次把你从我身边带走，如果有，那说明我该死。”他在我的头顶轻声说道，“奈何路太黑了，你若死了，我不会让你一个人走。”

时隔多年之后，我想起我的新婚之夜，那些悲凉、痛苦、绝望已经像是太多颜料混杂在一起的画纸，变得混沌而模糊。我只记得第二天的清晨，我醒得很晚，模模糊糊中觉察到他来了，又出去了，如此反复，直到我醒来，发现旁边放着一盏清茶，温度刚好。

有什么东西从屏风后探出头来，是那只叫小柿子的白鹿，眨着那双无辜的眼睛，呆愣愣地看着我，我一起身，它便过来拱我的手。

“我想起来了，当年丹蚩的宴席上也有一只白鹿，被北乾人割了脖颈放血喝，何素龙将军不肯喝，才有了后来的许多事。”我摸着它的头顶道。它当然听不懂我讲的是个关于鹿的恐怖故事，有滋有味地啃起床单来，我忍不住笑道：“这些年，跟着我们夏挽吃了很多苦对不对？”

而夏挽自己，又该吃了多少苦呢？

在它把床单吃进肚子之前，我牵着它出了门。一个憨厚的小丫鬟等在门口，见了我便有些紧张道：“夫，夫人，天尊刚才一直在这里，带着小柿子等着您醒，有紧急军情才走了。”

“什么军情？”

“是前面的事儿，我不知道。”

我随手拿了把野草喂小柿子，漫不经心道：“前面的事不好了，祸也会殃到后面来，还是知道点为好。”

贺兰知言熟读兵法，善排兵布阵，郑龙手下的诸将，也称得上骁勇善战，但是这场旷日持久的战争，还是打得很吃力。

北乾人不懂权谋政治，但是兵强马壮、极善作战，一支军队往往能发挥两倍于夏军的力量。再精妙的兵法，在这样压倒性的优势面前，也发挥不出多少作用，战局瞬息万变，然而胶着越久，对夏军越不利。

我坚持要参加每一次战事的商讨，夏挽同意了，他对我的纵容几乎没有底线，但我们之间的相处，甚至比他是奈何的时候还要克制冷淡。他睡在屋外暖阁，每日亲手为我煮药、烹茶、准备餐食，我不理他，他就静静地待在那儿，我同他说话，哪怕是一句“把书递给我”，他也高兴得不行，我瞧着便觉得难过。

我很想拥抱他，和他说上许多许多的话，把我们分离这段时间所亏欠的通通都补回来。但我不能。

即使这样冷淡地相处，偶尔我一抬头，便会猝不及防地看到他在看着我，那么温柔的眼睛，却带着几近疯狂的占有欲。

他还是个孩子，孩子对于求而不得的东西，总是要钻牛角尖。

但我不是孩子了。

我不知他爱我什么，大概是皮相和混淆的亲情，所以他不顾一切，可是等他长大了，遇到真正喜欢的人，会因为此刻的幼稚陷入绝望。我不能让他陷入这样的境地。

接连的战败，让贺兰知言暴躁得无以复加，他可笑地将一切都归结于我，哪怕每次战事的讨论，我几乎不说话，贺兰知言也会从任何一个话题的延伸中振臂高呼："牝鸡司晨！国将不国！"

不过也没人理他就是了。

夏挽的神色看不出任何忧心，他甚至还有闲情每天焚香、抚琴、寻一些已经绝版的古籍给我。我开始以为他只是为了稳定军心，后来才发现，他是真的气定神闲。他安静地听着属下汇报军情，从容地制订计划，然后转过头，轻声告诉我今日他为我做了什么菜肴，表情没有任何变化。我看着他，偶尔会想到宸冬和丹蚩，北人骨子里对战争有一种近乎狂热的执着，哪怕再想掩饰，你也能轻易地从他们身上瞧出狂喜或是狂怒。可是夏挽不一样，他从头到尾都优雅得像是在下一盘结局笃定的棋。

他感染了我，我在北乾十年，每天都保持着紧绷的状态。连心腹送来的茶，都不敢多喝，怕有毒，之后，也真的有了毒。

但是在这里，我竟渐渐地松弛下来，我突然觉察出，品茗也是一件很妙的事情，在他身边看看夕阳、听听琴，会有那么一时三刻，忘记这漫天的战火和我悲凉的人生。

他在慢慢地改变我。

秋意渐浓，我的身体终于养好了许多，夏军已经吞没了大半个天下，但是北乾最强横的五城，却迟迟无法攻下。而北乾铁骑已经开始了反攻，夏军占领的城池正在接连失守。

我在树下勾勒着北乾的军队部署，接连的败仗让夏军的气势渐颓，供给也逐渐跟不上损耗，他们甚至还没有跟北乾真正的精英部队正面交锋过，更遑论宸冬的从无败绩的铁骑。

我正在烦心，小白鹿又来叼我的衣角。我拉开它，它却像是在和我拔河一样铆足了劲，几次三番下来，我忍不住恼了。

“草料和水果短了你的吗？还诚心跟我捣乱！这要是在北乾，你早被杀了知道吗？”

身后传来一声笑，道：“姑娘，它是缺盐了！”

09

我回头看去，一个老和尚牵着匹黑马站在不远处。

这里是营地，怎么会出现陌生人？而且那马生得很怪，比寻常的马高了一倍，且背部宽广，腿部细长如鹿。

我正警惕，小白鹿蹦起来，撒欢儿一样朝他跑去。他宠溺地摸摸它的头，然后展开手掌，上面是亮晶晶的盐巴，小白鹿便欢天喜地地舔了起来。

“小柿子，想我了吧！这小伙子真棒！”

我瞧着他，似曾相识。突然，我想起了他是谁。

南胥第一将军，何素龙。

上次见面还是十年前，他是个佝偻着身躯、面容枯槁的老人；而此刻，他虽然仍是僧衣光头，却红光满面、意气风发，倒像是年轻了许多。

他摩挲着小白鹿的头，半晌才抬起头想问我什么，却一下子怔住了。

他也认出了我。

我想过他许多反应，却没想到，他爽朗地笑了，就像是个长辈面对一个平平无奇的媳妇，道：“是挽儿的夫人吧？多少年没见了，你和挽儿的婚礼，贫僧忙于军务，竟缺了席，你可别怪罪！”

他认出了我，却没有叫我“公主”，我一时间觉得有些怪异，又说不上来为什么，只得垂下眼睫，自嘲道："我以为您也会厌憎我呢。"

何素龙摸着小白鹿的头，道："挽儿从小我就教导他，喜欢的东西，就一定要抓到手里，这是男人的血性，可他什么都不想要，比真和尚还像和尚，直到重新遇到你的那天，他跟我说，他要天下。"

这时不远处，夏挽已经带人过来迎接了，何素龙朝他用力挥了挥手，继续说道："我还得谢谢夫人，让这孩子活得像个人，而不是菩萨。"

我还没来得及说什么，他就朝夏挽迎了过去，夏挽端正行了一礼，道："徒儿拜见师父。"

何素龙把他扶起来，上下打量了一番，笑道："成了亲，稳重了。"

夏挽一笑，牵过我的手，道："这是我夫人羲河，师父大概见过了。"

后面的贺兰知言神色冷肃，何素龙却自然地笑道："刚才还说呢，如此美人，怪不得我儿急慌慌地操办婚礼。"

我错愕地看着夏挽，他仍然笑着，没有半点不适。

何素龙拉着夏挽，走到他骑的那匹马前，自豪道："这是师父送你的新婚贺礼，可喜欢？"

这是一匹比北马还要出色的良驹。

家国以马政为重，南胥的马匹能驮货，却不利于骑乘；而北地却有多种良种马，即使入主中原十年，草原上的马场也没有片刻松懈。一旦如今日一般战事起，他们的军马便是个巨大的优势。

夏挽抚摸着那马头，点点头，何素龙朗声笑道："当年南胥战败，便有八成是咱们马不行，这些年我一直派人寻找能在南地培育的良种马。此马来自西域，是房星马和洛城马的杂交，这一匹，就值千金！"

"谢谢师父。"

"你再看！"

何素龙更兴奋了，一把拉住夏挽向着高处跑去，我们这些人便跟在后面。

夏挽看着远方，一贯波澜不惊的脸上露出了难以置信的神色。

我走到他旁边，看到了远处有像是海浪的东西，此起彼伏地逼近。

不，不是海浪。

是马群。无数骏马被驱赶着，奔涌而至，任有画师如何高明，也决计勾勒不出如此雄伟壮阔的画面。

“我找到良马之后便建了马场！如今，马群已成！天下最剽悍的骑兵是你的了！哈哈哈。”

“师父大恩！”

骑兵是北乾的最大优势，如今我们有了骑兵，战场局势必将逆转！

士兵们气势大振，高喊着何素龙的名字，在天地之间，震耳欲聋。

我也忍不住笑了，而在这欢庆的气氛中，只有一个人始终沉着脸。

贺兰知言。

他站在那里，眉头紧锁着想说什么，随后急匆匆地走了。

我起身跟了过去，夏挽没有注意到。

这是他第一次没有注意我。

那一天，全军上下都非常兴奋，夏挽和他们在前面的营帐里商量着骑兵的组建，很晚都没有回来。

我困了又清醒，终于听见了他回来。他带着夜晚的潮湿气息。

“吵醒你了？”

“就没睡。”

“有话对我说吗？”

我支起头，温柔地一笑，道：“我怕你有话对我说。”

他坐到我床边，少见地像少年人一样兴奋得眼睛发亮：“羲河，这支骑兵，会让我们跟何素龙的军队连在一起，形成合纵之势，直指大秦的心脏。”

我瞧着他，含笑听他说着：“……你真该仔细看看那匹马，那么高，跑起来像风一样快。”

“我又不会骑马。”

“我带你啊！我很会骑马的！”

“你？你同谁学的骑马？”

“何素龙。”

我便笑了，他才察觉到我的情绪，静下来道：“羲河，你今天可有什么心事？”

我没有回答，而是问：“夏挽，你觉得，是师父更亲，还是姑姑更亲？”

他讶然地看着我，道：“你怎么会问这个？”

我歪着头瞧他，昏黄的灯下，他属于少年的轮廓已经退去，越发像个英俊的男子，距离我记忆中，那小猫似的孩子，更是越来越远。

“他今天跟我说谢谢我。”我让自己的声音显得漫不经心，“我听着这声‘谢谢’，心里很是不痛快。”

夏挽有些好笑地看着我，道：“这话从何说起？”

我玩笑似的道：“要谢谢，也是我谢谢他照顾了你这么多年，什么时候轮到他一个外人来感谢我呢？”

“十年前他投降了北乾，一家被杀，他也成了南胥的千古罪人，他说要不是我，早就活不下去了，叫他‘师父’这么多年，他大概也把我当成了亲生儿子吧。”

“我不管他怎么想，我问的是你。”我仍笑吟吟的，“姑姑和师父，谁更重要？”

隔着一豆烛光，我们对视着。我歪着头，像是随时会为自己的胡搅蛮缠扑哧一声笑出来一样，而他静静注视着我，然后笑了，叹了口气道：“天地君亲师，这么算起来，当然是师父比姑姑更亲。”

我咯咯笑出声来，道：“好啊，我就知道……”

除却那些荒唐的妄念，我一直认为，我们是最亲的人，我们的利益是一体的，所以我无须用那些手段与他斡旋，也无须在这里培养我的势力，他会护着我，把好的都给我，就像我也会那么对他一样。

可是何素龙的出现让我发现，他早就不是那个月光水色中的小王子。

他有许多更亲密的人，他的政治理想，未必与我相同，他如今不曾与我争执，是因为我们未有矛盾。可若有一日，真有什么极大的分歧，他还会一如既往地站在我这边吗?

夏挽瞧着我的表情，扑哧一声笑起来，道："但你是我的妻子啊，这普天之下，哪有比夫妻更亲的人？"

这又是我的逆鳞，我刚想恼，他便伸手把我抱在怀里，就像我是个小女孩一样。

"我知道你在想什么，我会永远永远站在羲河这边。"

我贴在他的胸口，心里疯狂的那一面，叫嚣着想说：哪怕我要何素龙死，你也可以吗?

但这话对一个老人太过恶毒，于是我说："哪怕我一辈子不肯做你的妻子？"

他没有说话，只是收拢了手臂。半晌，我听见他说："是。"

但他又很快地补充："但你一定会做我的妻子。"

我心里那些为了保护自己才竖起来的凌厉而尖锐的刺慢慢地、慢慢地软下来，我仍然冷冷地说："你越早死了这条心越好，我不会，我一生都不会。"

他摸摸我的头，笑道："饿了吧？尚有些红豆汤圆，我煮给你吃好不好？"

第六章

北乾亡了，我亦孑然一身

01

何素龙的骑兵很快就攻下了北乾最难啃的城池，自此夏军一改颓势，一直打到关口。这座城若攻下，联合何素龙之前的部队，就会对栩城形成包围之势，宸冬纵然再用兵如神，也已无力回天。

这座城叫作耸峙城，由北乾十八贵族之中的鲸吞掌管，当年我与他打过交道，他是个愚鲁忠厚的老实人，所以丹蚩才放心让他守关口。

他打仗算不得有什么本领，但是耸峙城易守难攻，他还偏偏有种固执的孤勇，他以死守孤城，即使城内断水断粮，也不退让半步。

“他就是要拖，如今宸冬被东边的战场牵制住了，一旦拖到宸冬回来救援，这战局就会发生变化，我们必须速战速决。”

“可是耸峙城地势险要，我们暂时攻不进去。”

何素龙在地图上摆了一个小石子，道：“用大炮。”

“轰开城门吗？可是城门戒备森严，不会让我们推着大炮走近的。”

“不是城门，是城内。”

他在地图上圈着点，向众人解说：“耸峙城之所以难攻，是因为建在山地上，城门略低，如果我们在这里、这里，还有这里搭建炮台，架上大炮，炮弹便可以直接轰向城内。十发炮弹下去，他们必损失惨重，我们再以骑兵攻城，便事半功倍了。”

人群顿时沸腾起来，尤其是郑龙，他搓着手兴奋道：“不愧是老将军，咱还是得学！你说是不是啊贺兰！贺兰？”

我突然开口道：“可是我不同意。”

我的声音并不小，可是谁也没有听到，他们沉浸在快活中，只有夏挽静静地朝我望来，道："羲河，你说什么？"

那是我第一次在这样的场合说话，所有人都朝我望来。

"攻打栴城时，便用了大炮，那一仗输了，可知为什么？因为大炮笨重，装填时间过久，一击不中，军队会迅速寻找到位置，它便发挥不了作用，此其一。"

我凝视着何素龙，道："还有，当日我最恨的，便是北乾屠戮平民，耸峙城人流密集，将军可曾想过，十颗炮弹下去，又有多少平民会罹难？"

何素龙只是摇头笑，仿佛在听一个不懂事的孩子胡闹，周围人低低地抱怨着："可是死的是些北狗，北狗不该死吗？"

"我们这一路上，招降了多少北人？他们瞧见我们对北乾平民的态度，还会臣服于我们吗？再者，北乾强悍的实力你们都瞧见了，如此屠戮平民，带来的会是北乾军民的拼死抵抗——因为他们知道，我们一旦建国，他们就将猪狗不如，于是历史就会重演。"

窃窃私语声逐渐平息，何素龙终于抬眼看着我，道："夫人，您有治国之才，这些年北乾能国泰民安，全赖您哪。"

我的身份并不是个秘密，但，也没有人敢如此明目张胆地说出口。

"朝堂呢，要讲究平衡，但老夫是个军人，军人只看如何能迅速地把仗打赢。得建国，才能治国不是？"他笑了，周围的人也跟着哄笑起来，仿佛他说了什么有趣的事。

而我站在哄笑声中，一点都没觉得有趣，只是心里冷冷地想：若是在北乾，有人胆敢这样同我说话，一定会死无葬身之地。

那时候我是权倾朝野的皇后。

而我现在，只是一位无人识得的夫人。

"臣同意夫人所说。"贺兰知言突然高声道，"不义之战，天道不佑。主公要做天尊，便不可留有草菅人命的污点，更何况元初教教众皆为平民，如此一来，主公如何服众？"

贺兰知言终究在军中是有威望的，嘲讽声渐渐停了，何素龙冷笑了一声，转头看向了夏挽，道："挽儿，你怎么说？"

我大概永远也忘不了那个午后，阳光透过厚密的营帐照进来，所有人的目光都集中在夏挽身上。他喝了口茶，轻描淡写地说："羲河的想法，便是我的想法。"

众人哗然，一时之间，我也愣住了，隐隐地，能听见人群中的私语——"狐媚惑主""祸国妖孽"。

何素龙霍然站起来，他终于认真了，生气了，厉声道："此次战败，必重创士气，距成大事一步之遥，你岂能儿戏！"

夏挽凝视着他，指节轻轻敲打着桌面，等所有人都安静下来，才轻声问道："为何战败？"

何素龙一怔。

"不用大炮就会战败，还是不遵从您的想法，就会战败？"他轻声道。

一时间，整个营帐都静了。

我们不是北人，任你是天潢贵胄，也要敬着天地君亲师，更何况何素龙一手创立骑兵，刚立下滔天大功，诸将都对他唯命是从，夏挽日常侍奉更是恭敬，他在军中，俨然一人之下、万人之上。没有人能想到，夏挽会在这时候对他发难。

一片死寂之中，一直未说话的秦柳元开口道："其一，建造炮台需要时间，亦有成本，且距离城中较远，并不一定能击中；其二，此前一役中出现诸多意外事件，臣以为，一旦走火，必会殃及我方士兵，此举乃不得已为之的下策。"

秦柳元一向是个极有眼色、精明至极的人，此时带了头，便立即有人见风使舵地附和起来。比起将军，他们更不想得罪自己的主上，而另外一些人，脸色铁青，并没有说话。

何素龙眼神悲凉，道："你幼时我教你读史，自古君王软弱到让女子干政，必有大祸临头！丹蚩的下场……"

夏挽笑了一下，道：“女人不可干政，却要和男人一样，承担着战败的后果。她们何其无辜，羲河这些年，又何其无辜。”

何素龙还要说话，夏挽便站起来，道：“建造炮台需要五日，三日内，此城必取。”

随后，他拉着我，拂袖而去。

我记得那一日，暮色四合，我亦步亦趋地跟着他，心里全是惶然，终于开口道：“你这样做是为了我，我本不该说这些，只是……现在实在不是得罪何素龙的时候。”

“我承诺我会一直站在你这边，不是为了得到你，而是因为，我确信，我做得到。”他摸摸我的头，笑着说，“你放心。”

我看着他，夕阳的薄光从他身后涌进来，勾勒出属于男子的清俊轮廓。不知不觉间，他又长大了些。

他拿出手帕为我擦拭脸颊，我才发现，不知不觉我已经满脸泪水，应该是，夕阳的光太盛的缘故吧。

“回家吧，羲河，晚上做鲜百合鸡汤，喜欢吗？”

“嗯。”

他拉着我的手，步入了暮色中。

何素龙来的那一日，我与贺兰知言曾有过一段交谈。

“今日得此良马，怎么大人不见喜色？”

贺兰知言没有说话，他仍然憎恨着我，而我早就不恨他了，至少他一直守着对南胥的忠诚。刚才那父慈子孝、众人欢庆的时刻，只有我和他感觉到了荒唐。

南胥重礼法，皇权自古便高于伦理，如贺兰知言是夏挽的亲舅舅，却从来都是恭恭敬敬地称臣，只因礼不可废，废了，便会出乱子。

而何素龙称夏挽为“挽儿”，且并未行礼，种种所为，都有意无意地在向众人暗示着，在这里，他并不是夏挽的臣子，而是长辈。

君主，特别是在这样风雨飘摇之际，必须有至高无上、无可比拟的权威。何素龙是一颗爱子之心，还是暗藏着什么心思，尚未可知。

贺兰知言沉默了半晌，道："培育良马，是主公五年的策略。"

我一怔，何素龙的所为完全让人觉得培育良马是他在部署，神兵天降，救此僵局。

"此时正值用人之际，臣实不想多言，但，公主可以同主公想一想，既是一片赤诚之心，当初怎么就降了北乾呢？"

说罢，贺兰知言拂袖而去。

02

这话我同夏挽说过一次，夏挽叹了口气，道："贺兰是清流，尚有士大夫的风骨，当日在北乾，身在炼狱，尚咏《国殇》，何素龙成了北乾人的座上宾，他自然瞧不上。"

"那你怎么看呢？"

"凡能为我所用，有什么不好呢。"他喂我喝了一口汤，温声问，"好喝吗？"

此后的两天，一切都如往常一样继续，夏挽并未安排攻城，仍然从容闲适，包括对待何素龙亦是恭敬有礼，仿佛那一日冰冷的肃杀和"三日内，此城必取"，都是一场梦。

第三日，夏挽出去了，我准备找个阴凉的地方看书，正撞见何素龙喂小柿子吃苹果。它嘴巴很刁，苹果要切了块才能入口，此刻瞧见了我却突然不吃了，蹬着细腿跑到我身边蹭来蹭去，何素龙唤了几声，它也不肯跑回去。何素龙只得走过来抚摸着它的头，道："你啊，小伙子，遇到夫人，就不理我这老头子了？"

我笑道："它就是顽劣，跟您闹着玩呢。"

何素龙似乎有几分感慨，道："白鹿咱们瞧着好看，实际上，是族群中的异类。当初挽儿把它抱回来，它瘦得只剩一把骨头，喂什么都不吃，只呜呜地叫，我便去村里买羊乳，又去打新鲜的麦苗给它吃，就这么拉扯长大了，你说怪不怪，它就偏偏更喜欢夫人。”

“缘分这东西，强求不来，也抹不去。”

他笑道：“可是有些缘分会害了它。”

秋风乍起，吹乱了树丛，我才发现，这里只有我们两个人，何素龙笑得那么慈祥，让人汗毛直立的慈祥。

“何将军，我幼时先皇曾抱了只小老虎回来，我和夏挽便围着它玩，它整日懒洋洋的，任我们抚弄，不知不觉，我们就把它当成猫了。可有一次我不小心弄疼了它，它一口咬在我手臂上，鲜血直流。那时候，先皇告诉我，它乖顺是因为它愿意，但老虎终究是老虎，一旦它不愿意了，便随时可以扑杀我们，永远，永远不要把老虎当成猫。”

“夫人你错了，我从未觉得我可以左右挽儿……”

“将军，我还没讲完。”我笑道，“身为南臣二十年，您的礼仪这么快就丢了吗？”

“你说。”

“因着伤了我，先皇吩咐把老虎带出宫去。我很难过，可是第二天早，我发现那小老虎回来了，夏挽命人把它连头剥了皮，洗干净了，放在我床头。”我凝视着远方，那里隐隐传来喧嚣声。

当年夏挽的样子我还记得，额心一颗红痣，皎然如玉，样子害羞又无辜。他说：“姑姑，这下它不会再咬人了。”

这时候有个小兵奔跑过来，几乎是连滚带爬地跪下，喜形于色地禀告道：“报告将军，报告夫人，耸峙城，投降了！”

“什么！”何素龙几乎是厉喝出来，“鲸吞不可能投降！”

我嗤笑一声，与他擦肩而过，往回走去。

马蹄声声，飞溅起了落叶，我抬起头，看见夏挽朝我策马而来。他大概刚主持完受降的仪式，穿着一身铠甲。他很少穿戎装，现下平日里的温柔清俊被隐藏起来，完全就是个英武的少年将领。

秋日的阳光下，他从马背上朝我伸出手，就像是个发着光的年轻神祇。

“羲河，想骑马吗？”

我有千言万语想说，到了嘴边，只剩下一句：“好！”

我被他抱上马，我们纵马跑过平原、深林，惊起了野雁和麻雀，秋天干净的风迎面吹过，树叶打着旋儿落在我们身后，我很久很久没有这样畅快过了。

“鲸吞那样固执迂腐的人，夏挽，你是怎么做到的？”我问。

他笑笑，却答非所问，道：“羲河想要的东西，都会得到。”

天色渐渐暗下来，一弯苍白的月亮倒映在湖中，风吹过湖面，水波是那样温柔。

“夏挽，我是你姑姑，这是人伦……”

“如果我真的是你哥哥的孩子，那么我会得到很多的爱，作为代价，我理应错过你。”他挑开我的衣扣，“可是，因为这个身份，我承受了那么多苦难，我还要因为它错过你，羲河，这不公平。”

他亲吻着我的脖颈，一只手慢慢地探入我的衣襟，一切荒唐正在顺理成章地发生着。我听见他压抑而又温柔的声音：“羲河，我的一生都是罪孽，可你是我的月亮。”

蝉鸣在耳侧响起，眼前还有少年干净的体魄，我承认那一刻，我有几分意乱情迷。在他是奈何的时候，我抱着他时也曾杂念丛生，他那样美丽妖异，存心引诱你的时候，你根本无法抗拒。

可是还有别的。

我很清楚，在他拥抱我的时候，另一种激越的感觉让我无法抗拒。

是害怕。

我害怕他，害怕这个绝美的少年，害怕他带着疯狂的爱，害怕他把我整个人摧毁。

那天晚上，只差一点就万劫不复。只因为不远处的营地，响起了大敌入侵的鼓声。

“我们回去，快回去——夏挽，你不听我的话了吗？”

一直盈在眼眶里的泪终于坠落下来，他平息了一会儿后，帮我穿好了衣服。

我转身就走，他却突然从身后紧紧地抱住了我。

“你放开我！这都什么时候了！”

“你叫我一声，我就放开你。”

他突然像个孩子似的耍赖，这是他第一次逼迫我，不是诱哄，而是毫不妥协的逼迫。鼓声一声急过一声，我挣扎不过，终于叫出声来：“夫君，我们走吧。”

月光清清楚楚地映着我的罪恶，我羞耻得恨不得下一秒就死在这里，而他抱我上马，刚才挣扎得太过，我的衣服滑落，斜露出了肩膀。

他轻轻为我整理，盖住了上面经年的伤疤，然后温柔地说：“别急，是宸冬。”

就在耸峙城投降的当天夜里，宸冬从东边的战场赶过来支援，比我们的判断，整整提前了五日。

耸峙城太重要了，可当时的宸冬，并没有那么慌乱，因为他觉得，鲸吞一定会为他守住那座城，他一定来得及。

可是远远的，耸峙城上挂着夏军的大旗，那只展翅欲飞的鹓雏，撕裂了整个长夜。

再走近一点，城门上迎接他的，是鲸吞死不瞑目的头颅。

所有的军队都在耸峙城会合，最后一战，便是栂城。

天下大局已定，但，宸冬麾下的部队是北乾的精锐，当年他们就是凭借着这支铁军，血洗了大半南胥江山，此时也并非没有翻盘的可能。

我们又回到了林北的寺庙之中，夏挽坐镇后方，而何素龙将领兵打响第一战。

“这是我凭记忆画的栂城平日的布防图，这里是炮台，这里设有暗哨。”在作战的前夜，我在那座浮屠塔上，为他们讲解栂城的地形和布防，猝不及防，一声冷笑响起，我抬起头，发现何素龙轻蔑地看着我。

我一皱眉，道："将军，您是什么意思？"

"我不知道这布防图有何意义。"

郑龙在一旁喜气洋洋道："虽说这战时布防和平时不同了，但有总比没有好，将军在西边战场有所不知，这一路靠着夫人告诉咱们的东西，咱们省了不少麻烦呢！"

周围响起一阵附和声。

何素龙像所有长者一样宽厚地笑笑，道："布防图当然有用，只是，若这布防图是相反的呢？"他指了指地图上其中一点，"夫人说这里不设军队，可是我的人探回来说，这里有重兵埋伏。"

我冷笑道："将军，他们战时自然会改变布防，更何况……"

何素龙提高了声音："更何况，他们知道，曾一手缔造了枬城的羲皇后，在我们这里。"

一直默不作声的贺兰知言猛然抬起头，众人哗然，私语声四起。

"夫人真的是羲皇后！那个挑得父子相残的羲皇后！"

"听说原本是宸冬的妾侍，后来又去辅佐了北王！"

"现在又做了咱们主公的夫人，天啊！这是狐狸精转世吧！"

何素龙不会毫无准备发难，我不动声色地侧过头，看向了塔底，那里聚集了无数人，夏挽在一边握住了我的手。

关于我的来历早有传言，我从未隐瞒过任何人，可是被这样堂而皇之地公之于众，还是第一次。

我问："你在暗示，我曾经是北乾皇后，如今会拿假的布防图来骗你们？"

"不敢，毕竟前北王丹蚩都是您杀的，只是好好的，您为什么杀北王呢？"年老的狐狸，终于露出他尖锐的牙齿，"北乾传言，是为了大皇子宸冬能顺利上位！"

众人惶然，又兴奋起来，没有人对宫廷艳史不感兴趣。

“我们天尊的夫人同北王有染，这当然不可能，可是……”他步步紧逼，高声道，“您可敢对着天地祖先发誓，您和北王宸冬，素无私情？”

塔下的众人目光一致地投向我与夏挽，他们都没有说话，可是不知道为什么，我能看见黑暗中雪亮的刀刃。

我刚要开口，夏挽便站起来。夏挽比何素龙高一点，微微低头俯视着他，道：“既然你提到了先祖，为什么不告知众人，她是什么人呢？”

何素龙显然没有预料到，愣了；而贺兰知言的脸色，已经变得比纸还要白。

夏挽走到栏杆边，喧嚣声慢慢消失了。

03

“当日南胥宁烈太子，以一己之力，拒北乾大军于百里之外，壮烈殉国，太子妃追随而去，他们留下一对子女，兄为敦仁静宇皇帝，女为南胥长公主羲河，尔等身为南胥旧臣，连自己的主子都忘了吗！”

一时间，所有人都愣了。

随后，南人们一个接一个惶然地跪下来。贺兰知言闭了闭眼睛，也跪了下去。

何素龙没有跪，他昂然立在众人之中：“未嫁公主，身属皇家，而羲河公主早已失身于北乾！失节失身之人，有何颜面以南胥后裔自居！”

失身于北乾。

失身于北乾。

我只觉得身上不着片缕，就那么站在那里。凛冽的北风猎猎作响，我就像回到我生命中，最冷的那个冬天。

“你放屁！公主就是公主！”郑龙第一个骂出声来，其他南胥旧臣也眼睛通红。

“这话本座讲经时便说过一次，如今，本座再说一次。”纷乱喧嚣声中，夏挽俯视着众人，提高了声音道，“南胥女子为何不得守节？而羲河，为何成了北乾皇后？是因为本应庇护她们的男儿，败了；本应挡在百姓之前的将军，降了。厌憎你们的母亲、姐妹、妻女失节之前，不妨问问自己，‘保家卫国’这四个字，你们做到了吗？”

夏挽很少以“本座”自居，那一刻他不再是人间的帝王，而是自九天而来的神祇。

所有人都跪了下来，包括何素龙，他的白发在微微颤抖，我从未见过他那样狼狈可怜的模样。

夏挽看着他，最终，没有把那句最为尖锐的话说出口，只说：“羲河没有错，努力活下去的人，没有错。”

“天降神尊，以济苍生！”一开始只有零星的人喊出来，最后声量越来越大，他们喊的是元初教当初的檄文，“雪耻复仇，岂待异时！千秋功德，争在顷刻！”

有些东西是天赋，比如，蛊惑人心的能力。

何素龙原本的想法，大概是在众人面前揭露我的所谓真实面目，用民意来逼夏挽舍弃我，又或者，他知道夏挽不会舍弃我，他就是要重创夏挽的威望——你们眼中至高无上的天尊，其实就是个沉迷女色的昏君。

但是他忘了，这些士兵大多数都信仰元初教。从识字开始，夏挽的思想就深深镌刻在他们每一人的脑海，没人比夏挽更懂如何利用他们的情绪。他们憎恶我，但是他们身后，都有在战乱时所谓“失节”的姊妹、妻女，以及此时能够站在这里的所有人，他们都是十年前未曾殉国的“失节者”，夏挽将我和他们放在了一起，他们讨伐我，就是讨伐自己。

在众人的呼喊声中，夏挽拉住我的手，对将领们说：“羲河在北乾庇护一方百姓，她对得起任何人，至于所谓的男女纠葛，你们只需要记住，如今她是我的女人，不得妄议。”

何素龙突然提高声音：“既然如此，臣，无法出征。”

这是他第一次，自称为“臣”，而不是“师父”。

“你就算想去，我也不会让你去。”夏挽环视了一下众人，道：“栩城一役，本座亲征，谁愿做先锋？”

话音未落，郑龙便站了出来，高声道：“臣等愿为主公、夫人出征。”

“啸林将军整肃部队！明日出征！”

贺兰知言失魂落魄地跪在另一边，郑龙拉着他磕头回礼。

“臣等必不辱使命！”

我随着夏挽走出去，下塔的路很黑，而我的脚已经麻了，走得很慢。他便俯身把我背在背上，慢慢地走着。

他的声音没了刚才的洪亮，又是温软的：“对不起，羲河，阵前斩大将是兵家大忌，但我早晚会为你杀了他，别急，好吗？”

我根本没有在想这些事，只是颤抖道：“可如今我坐实了羲河公主的身份，他将你的身份公之于众该如何？”

“那便承认我是丹蚩的儿子。”

我打了他一下，道：“你疯了，那谁还会追随你？”

“你啊。”

塔底的光隐约透过来，他把我放下，看着我说：“我只要你就够了。”

我神色复杂地仰头看着他，他一怔，便要低头吻我，我避开了。

“我想问你……你刚才说的话，是真心话，还是为了收买人心？”

“哪句话？”

“女子失节那一段，你说努力活下去，不是罪。”

“真的这么想，自古女子无权参与军政，可是国败了，却要为此殉葬，这没有道理……”

我踮起脚，吻上他的嘴唇。他愣了一下，随后抱住我的腰热烈地回吻我。

那是我第二次主动吻他，在黑暗的甬道里，我们接了很久的吻，最终我推开他时，已经泪流满面。

我替天下女子，不，替天下人谢谢你。

我仰头看着他，千言万语，只颤抖着说了一句："夏挽，你会是最好的君王。"

他凝视了我片刻，然后慢慢遮住我的眼睛，低声道："别这么看着我，羲河，我怕我忍不住。"

我们最终走出去的时候，所有人都在欢呼着天尊的名号，他又变成了高高在上、清冷又圣洁的神祇，只是始终握紧了我的手。

有什么东西，从此不一样了。

第二天破晓，我们便出征了。

初冬清晨，寒光笼罩着战士们的铠甲，夏挽骑着马在前面督阵，而我坐在后面的马车上，默默瞧着这浩浩汤汤的士兵。这是断鳌立极的一战，因着夏挽亲征，所有人都士气大振，但我隐隐有种预感，胜利不会来得那么容易。

这时候，我的轿帘被掀开，是贺兰知言。他被一个小兵扶着，面色苍白，想是病了，见了我转头就走，小兵赶紧跟我迭声道歉："小的该死，贺兰大人病了，没法骑马，我们就想着找个马车，不想冒犯了夫人。"

"等等。"我掀开轿帘，朝贺兰知言的背影说，"就这辆马车最闲，这当口还讲究什么，上来吧。"

"多谢夫人，多谢夫人！"

贺兰知言还想走，被小兵强扶上车，他大概是真有什么病，虚弱极了，靠在马车壁上闭目不言。

我们一路无话。后来我终于开口打破了沉默，道："大敌当前，贺兰大人要保重身体才是。"

"谢公主，此乃旧疾，不碍事。"

"是真的旧疾复发，还是因为昨日何素龙闹那一场？"

贺兰知言连嘴唇都发着白，却突然淡淡地一笑，道："公主可知，耸峙城为何降了？"

我不知道他为什么提起了这件事，便摇了摇头。

“城中被围困，粮食有限，鲸吞为了让士兵们保持士气，强征了百姓的粮食建了粮库，每日由官府发放粮食。主公派鼠千岁潜入城中，把粮库烧了，全城上下没了粮食，鲸吞仍硬撑着等援军。满城饿殍，百姓终于忍不住的时候，鼠千岁告诉他们，鲸吞的兵还能顿顿吃得饱，不信，便去看。”

一阵寒意顺着脊背攀爬，我道：“别，别说了……”

贺兰知言继续道：“他们太饿了，夜半破开军营大门时，发现大锅里是肉。鲸吞煮了自己的姬妾给士兵们吃，下一步，大概就是百姓了。”

我一阵恶心，几乎要呕吐出声。

“所以他们杀了鲸吞，是北乾人杀了北乾人。好计，兵不血刃，还博了贤名。”贺兰知言叹息道。

一时间，我们谁也没有说话，仿佛连呼吸都凝滞了。

许久，我艰难地开口道：“你觉得这条计策太过阴毒？”

“战争中岂有不阴毒的计策？只是你还没发现吗，”贺兰知言淡淡地说，“他不是南胥人。”

我没有回答。

“他尚小的时候，我教他读经史子集、圣人之学，他学什么都很快，对于民生和仁政，他也有超乎寻常的见解，凡史书上贤明君王所具备的美德他都有，我当时想，所谓血统又能怎么样呢，他会是南人最好的王。”贺兰知言苦笑了一声，“现在想来，那些都是假的，他是个北人，骨子里的，改变不了。”

“为什么？”

贺兰知言没有回答我，他脸色灰败地靠在车壁上，喃喃道：“这些年，所有人都想利用他得到自己想要的东西，何素龙想要洗刷耻辱，秦柳元和鼠千岁想复仇，郑龙想要成为开国名将，而我想要光复南胥，我们都自以为掌握了他，可是现在想来，从他七岁开始，我们都在他掌心里……”

这时候，突然不远处传来了狼嚎，一共三声，两长一短。

是北乾军队进攻的暗号。

我心神一动，只来得及喊一声“有埋伏”，一支箭就嗖的一声射在窗边，而两侧山崖之上，埋伏的北乾士兵势如破竹地拥下来。

04

谁也没有想到，在距离栦城还有十几里的山路上，宸冬安排了埋伏。我们的行军队伍很长，被突袭的北乾兵截成了三段，分头厮杀，彼此无法救援，我恰好在偏后方的位置，一个北乾士兵将双刀插进了守卫的太阳穴，便要掀开轿帘，而我躲在马车旁，一剑刺穿了他的背心。

“逃！”

脑中千回百转，我迅速斩断了缰绳，上了马，贺兰知言在一旁哆嗦道：“公主，我们待在这儿，守卫会保护我们。”

“你不走我走！”

夏军和北军厮杀成一片，而我纵马跑入林间，夏挽在最前面，我在林间走，可以绕开战场，与他会合。

突然，身后传来声音：“夫人！夫人！”

是一个夏军的士兵。

我高高挥起马鞭抽下去，骏马嘶鸣，疯狂向前奔跑起来。

而对方一箭射过来，正中马腿，那匹马猛然倒在了地上，我也滚落在地上，我连头都不敢回，踉跄着向前逃去。

他们攻击那辆平平无奇的马车时，我就知道，一定有内鬼，并且，他们想杀的人是我。

我的腿伤了，根本跑不快，那士兵追了上来，一剑朝我刺过来。

我勉强躲了几招，但还是被一剑刺穿了肩胛。我用手艰难地握住剑锋，厉声喝道：“天尊震怒，你的何将军会保你吗！”

“我只听何将军的命令。”

那士兵面无表情地抽出剑，十指连心，我的手掌几乎断掉。果然是何素龙，为了杀我，他居然和北乾人串通……

那剑凌然下劈，却没有落下，是贺兰知言！他死死地抱着那士兵，对我吼着：“公主！快走！快走！”

那士兵还是跟了过来！

我刚想逃，只见那士兵一剑贯穿了贺兰知言的腹部，然后拔出来，又是一剑。三番四次，血流成河，贺兰知言双目通红，将双唇咬破，却始终不曾松手。

我猛地从地上抓起一把土兜头朝那士兵扬去，他眯了眯眼睛，趁他被掣肘，我猛地抓住他的手腕，一气呵成地将剑横划过他的脖颈。

血喷溅了我一头一脸，那个士兵死了。

我虚脱地坐在地上，去看贺兰知言，他整个人都如同泡在血海里，不住地抽搐着，我颤抖着想为他止血，可是堵不住，怎么都堵不住。

“贺兰知言！你不是要杀我吗？这是在做什么？啊！这是在做什么！”我绝望得要哭出来，而他翕动着嘴唇，似乎唤着什么，我俯身将耳朵放在他唇边，才听见他在说：“南胥，南胥。”

“好，我带你回南胥，我这就带你回南胥。”

他目光涣散着，声音时断时续：“公主，您应臣两件事……其一，把我葬在南望山上……那里，贺兰山庄。”

贺兰山庄早在十年前，就在一场大火里焚尽了，连同贺兰家上上下下几百口人的命。

“好。”

“还有，无论如何，不要让人知道夏挽的来历……我妹妹……清清白白，不要让世人……看轻了她。”

我的眼泪含在眼眶里，我咬着牙，不让它落下来，道：“我知道，贺兰知秋是最好的皇后，贺兰家，满门忠烈。”

他眼睛突然有了神采，他笑了，一如当年宫宴上初见的少年郎。

我知，他并没有在看我，他看的是他魂牵梦萦，却再也无法归来的南胥。

他冰凉的手，握住了我的手，而我俯下身，用尽了整个南胥的力量，紧紧地拥抱了他。

我抱着他的尸骸哭了很久，直到夜幕低垂，才踉跄着背着尸首，往外走去。

这是人迹罕至的深林，一定会出没很多毒蛇猛兽，我不能在这里过夜。我得去找夏挽，也许，他已经派人来找我了。

那时候，我不知道夏挽的确派人第一时间去确认我的安危，归来的将领告诉他，夫人一切安好，如今在后方，由专人保护。队伍太长了，军情十分紧急，夏挽下令，继续前行。

而我跌跌撞撞地走在森林里，夜，越来越黑，有一些窸窸窣窣的声音在树丛中响起，不知是鹿，还是狼……

放下贺兰知言，我会走得快些，但我没有办法骗自己，我一旦将他放下，他一定会被野兽啃噬得连骨头渣都不剩，可我答应了，要带他回南胥。

我走过那条很长、很黑的夜路，努力让自己集中精神，思考该如何应对何素龙。可是我太累，也太困了，眼前不停地出现重影。正当我准备找个地方歇息一下的时候，突然，不远处的树林里，传来了人声。

我第一反应是，夏挽的人来了！可是骨子里的警觉，让我先找了个地方藏起来。那些人影，由远及近。

“真晦气！那些南奴反应太快了。”

“不快能怎么样！他们人那么多，要我说，上头压根儿就没想着让咱们活着回去！”

“闭嘴！你活得不耐烦了吗？”

是北军！

是五个北人！他们持着火折子，由远及近，那一点微弱的光映亮了为首的那个人。我发现，我居然识得他！他是枬城常备军的一个小将领，叫宁蓝，宫中有大型宴会时，他曾领命带兵维持秩序。

如果不认得我，我大可以扯谎圆过去，但他不行，我们打过不止一次照面。

他们走得很慢，我拼命地屏住呼吸，这时候，脚腕传来突如其来的剧痛！

是蛇，颜色极鲜艳，死死咬住了我的脚腕。我甚至能感觉到冰冷的毒液迅速麻痹我的全身。

我捂着自己的嘴，浑身发抖，几乎要把嘴唇咬出血来。

“什么声音？”

“大概是风吹动了树叶吧，快走！别让那群南奴看到！”

火光慢慢远离，我终于得以甩开那条蛇。我低头查看伤口时，突然，头顶传来了响动。

那五个北人，正在我面前似笑非笑地看着我。

人在极度恐惧时，是说不出话来的。我看着他们，只觉得汗水从背后缓慢地蜿蜒而下。

“我就说有人！果然……”

宁蓝把我粗鲁地扯出来，刚想说什么，却突然愣了，道：“你是，皇后娘娘？”

所有人在弄明白我是谁之后，都兴奋地欢呼起来：“狼首佛庇护！这下我们要立大功了！”

“杀了她，还是带活的回去？”

在他们兴奋的聒噪中，我一个一个地看过去，他们都很年轻，最大的也不过十九岁，并不是宸冬手底下那些身经百战的精兵，那些人如今应该在死守都城。

“免得节外生枝，杀了她，带她的头回去给陛下吧。”一个少年兴奋道。宁蓝点点头，拔出手中的刀。

刀光映亮了我的脸，我仰起头，努力让自己微笑起来：“你叫宁蓝，你可认得莞中？”

“你怎么会知道我名字？”

“我当然记得，当日先皇寿宴，你在外围护卫得很好，我还赏了你银钱，对吗？”

他呆了片刻。

他的同伴急道：“老大，你和她说什么话！你忘了，她会妖法！”

我提高了声音，道：“莞中是我宫中护卫队的将领，如今他在夏军中，任骠骑将军。”

“你同我们说这些做什么！”

“夏军较于北军有十倍之多，枬城必败，你们想必也是猜得到的。你们还这么年轻，没有必要为它殉葬，如果你们不杀我，我会报答你们，你们也知道……知道我是夏军首领夫人，我会给你们高官厚禄……”

一个少年厉声打断我：“放屁！陛下一定会把南奴打走的！宁蓝，你说是不是！”

宁蓝犹豫了一下，没有说话。少年急了，推了他一把道：“你聋了，还是信了这妖女的话？”

宁蓝小声对他说：“可是我听我爹说，陛下有头疼的宿疾，他，他活不过三十岁。”

他这样小的年纪就成了小将领，必是贵族后代。

我急忙道：“你们放了我，只不过是少了个邀功的机会。你们想，若北王赢了，他们论功行赏，也是死守枬城那些人，又会分给你们什么？可是若是输了，你们该怎么办？你们的家人，又该怎么办？现在机会来了，我会让你们和你们的家人平安富贵。”

“呸！南奴得了天下，还能有我们北人好日子过？”

“也不一定，听说前几日他们优待投降的北人，都没有用炮轰耸峙城……”

“她自己都自身难保了，怎么会给我们富贵！”

“可她是妖女啊，她总有办法的。”

少年们乱成了一团，我一边紧紧地盯着他们，一边握紧了自己的脚腕，不让蛇毒扩散——但似乎已经来不及了，我只觉得半边身子都没了知觉。

他们最终选择了投票。

宁蓝投了生，他的追随者也跟着投了，另外两个激进的少年投了死，最后一个少年，嗫嚅着看着我，半晌，才道：“我家是种田的，皇后娘娘推行南边的种子，我家才能缴上税赋……所以，皇后娘娘应该活着。”

我瘫软在地上，他们神色复杂地看了我一会儿，走了。

05

他们的背影消失在林间，我迅速选择了一条岔路，制造了逃走的痕迹，然后背着贺兰知言走上了另外一条路。

他们随时会改变主意，我必须迅速离开这里。

可是蛇毒令我逐渐发着热，我只觉得浑身马上就要瘫软了。我活够了，可是，可是我还没有将贺兰知言葬在南胥，还有夏挽，我不想把他一个人留在这世上。

踉踉跄跄中，我终于晕倒在了一条小溪边。我仰着头，苍穹之上的星星旋转着掉落下来，落在我身边。

“羲河，羲河……”

我听见夏挽在叫我，他仍是初见的模样，穿着白袍，眼眸如琥珀色的湖泊。于是我想，这真是一个好美的梦，怀揣着这样的梦死去，也是一件很好的事。

只是来生，早点找到我。

还有，别唤我“姑姑”了。

“主公，此时战况危急，万万不可动摇军心啊！”

“此时一退，必兵败千里，北王宸冬会将我们身后的百姓屠杀殆尽，天尊三思啊！”

我是被炮火声吵醒的，睁开眼，发现自己身处于层叠的帐幔之中。隔着屏风，有人在说着话，我想起身去看，却发现自己浑身虚软，连动手指的力气都没有。

我咬破舌尖，让自己保持清醒，然后用尽全力往外走去。

夏挽坐在主位上，他身前跪了一排将领，都在涕泪交横地叩首，而他面沉如水，道：“你们在闹什么？一切作战计划都会如常进行，我带羲河走，不会影响到任何。”

走？

最前面是一名老将，已经涕泪交横，不住地叩首道：“天尊，萁荚蛇毒，入体便无药可解，您就算此时带夫人去寻医问药……”

夏挽摔碎了茶碗，顿时，所有人噤若寒蝉。

他仍然保持着一贯的优雅，道：“我不妨把话同诸位说得再清楚点，没有羲河，这天下根本就同我毫无干系。别说是影响战局，就算与天争命，我也要救她。”

他的声音很轻，却仿佛暗藏着癫狂的烈焰：“挡我者，有一个我便杀一个。”

而我扶在屏风边，终于能发出声音：“夏挽……”

“羲河！你醒了！”

他一跃而起，一把抱住我，我才发现他的眼睛里布满了红血丝，像是几夜没睡的样子。

我有气无力道：“你在说什么糊涂话？如今既然已经开战了，你要临阵离开，让将士们怎么想？你置我们……我们身后的黎民百姓于何地？”

“好，羲河，你别乱动，我带你回去。”他匆匆交代了一句，便打横抱起我，回到了屋内的帐幔之中。

仅仅几句话，我已经虚弱得没有一点气力，夏挽坐在我床边，正把药吹凉了喂给我。

“怎么回事？”

他叹了口气，给我看他手腕上的红痕，道：“你还记得新婚之夜我同你说的话吗？我对自己下过血咒，若我离你超过百日，便会万毒攻心而死……那天进入枬城之前，血咒在疼，我意识到你可能出事了，便去找你，一直到第二天凌晨才找到，对不起，羲河，我太蠢了。我竟然没有料到……”

“然后发生了什么……”

“我找了这所民宅安置，为你解毒，可这时候北兵打了过来，你足足昏迷了三日，这仗，也打了三日。”

“粮草……”

“粮草足够，只是药快没了……”他声音有些不易察觉的颤抖，“但不用害怕，我带你走，去找最好的大夫。”

我艰难地摇摇头，道：“不行，无论怎么样，你也不能，不能抛下你的臣属和士兵……”

突然，一个念头闪过我的脑海，我一把抓紧了夏挽的手，道：“贺兰知言呢？”

“他的尸体吗？我不知道，应该还在原地吧。”他说着，把药喂给我，“会有些苦，慢慢喝。”

我看着他，难以置信道：“你说什么？”

夏挽愣了一下，觉察出了我的神色不对，立刻道：“现在我马上派人带他回来，你现在不能动怒。”

“我生气……我生不生气重要吗？贺兰知言死了，他是你亲舅舅，他抚养你长大！你跟我说你不知道，为什么会不知道？”

我大口大口地喘着气，几乎能听见我胸腔里尖锐的杂音，夏挽连忙给我顺气，在那种几欲昏厥的窒息之中，我想起贺兰知言对我说的话——

“他是个北人，骨子里的。”

我终于平静下来的时候，觉得自己只剩下一口气，我的气色一定已经难看到了可怕的地步，不然夏挽也不会露出那样惶恐的神色。他小心地抱着我，就如同抱着一件易碎的瓷器。

“羲河，对不起，都是我的错，我当时见你中毒，便什么都忘了，你怎么罚我都行，不要生气好不好？”他突然想起了什么，就像一个急于讨好大人的孩子，“我立刻杀了何素龙，你会高兴点吗？”

我闭了闭眼，伸手去搭自己的脉，果然，六脉弦迟，心气已衰，已是濒死之状。那蛇毒竟然厉害到这个地步，怪不得他如此慌乱。

“我没力气生气，只是……”

你为什么会这么冷漠？

我终于明白了贺兰知言的绝望。

他当时说要杀何素龙时，我只觉得那是君王的理性，可是我现在才意识到，他根本没有权衡任何，何素龙的命对他来说不重要，仅此而已。

贺兰知言也同样，尽管他们倾尽所有地教授他，抚育他长大，辅佐他走到今天，可是他对他们没有丝毫的情感，所以他才会对贺兰知言的死如此漠然，才会对何素龙想杀就杀。

更遑论其他人，恐怕天下所有人在他眼里，都是棋子。

一个君王是不能太多情的，可是无情到了这个地步，天下百姓又何曾在他心上？这就是贺兰知言的绝望。这样的他，真的能做一个仁君吗？他甚至缺乏作为人的情感。

我茫然地看着他，他仍在说着什么，努力讨好着我，可是我一个字都没听进去。我想：那么我呢，一个谁都不爱的人，对我的感情又是真的吗？

一个声音说：羲河，你如今还有什么可图谋的？他为你做的这些，你看不到吗？连你都怀疑他，他就太可怜了。

可是又有一个声音说：可是，他也曾在何素龙面前满眼孺慕之情，也曾在贺兰知言面前扮演一个仁义礼智信的君子，你怎么知道，对你，就是真的呢？

“羲河，你不要哭。”

夏挽手忙脚乱地为我擦泪，几乎颤抖着说：“不要哭，不要哭。”

“夏挽。”

我打断他，用尽了最后一点气力，一字一顿地说：“我吃了多少苦，你是知道的，不管我是死是活，你也要打下栩城，听到了吗？”

他一把抱住了我，滚烫的眼泪一滴一滴地落在我脖颈上，我听见他说：“你会好好活着，我会打下栩城，也会治好你，我要羲河长命百岁、平安喜乐。”

他怔了。

“记住，夏挽，以后不要对一件事情钟情过甚，要心怀天下。”我轻轻按着他的胸口，“要做个好君主，要爱你的子民，知道吗？”

他想说什么，但是没有说出口，只是说：“下雪了，我们回屋里去吧。”

“你答应我。”

“好。”

我小时候任性，祖父和哥哥到最后无论如何都会如我意，我便养成这样乖僻的习惯，一直同命运任性了这些年。

可是有些东西，任凭你如何任性、如何不肯屈服，也会朝它既定的轨迹走下去。

夏挽给我吃的都是些吊着精神的名药，然而治标不治本，我能感觉到毒素在缓慢地侵蚀我的身体。每次闭上眼睛，我都害怕再也无法醒来了。

我不甘心。

我还没有看到夏挽将侵略者赶出南胥的土地，还没有看到天下平定、海晏河清，就要死在这黎明前的长夜里，我不甘心。

我早该死去，但，不该是这时。

06

那是我人生最后，也最漫长的一场战争，夏挽日日把我带在身边，我强撑着精神，听着夏军和北军瞬息万变的战局。时间拖得太久，北军的援军已经到了，夏军的人数优势正在消失，而夏军包括何素龙在内的所有候补兵力已尽数到齐，但是士气早已疲软，如果两日内无法攻入城中，怕是撑不住下一波反攻了。

而我，我也在同死亡作战。我大口大口地喝着药，握紧夏挽的手，不肯让自己有丝毫的懈怠，之前以防事端，我很少在军事将领前说话，可是现在早就顾不得了。我事无巨细地讲给他们栩城的一切：地形、建筑、可以诱降的将领，只是讲着讲着，就会昏厥过去。醒来时，夏挽紧紧地握着我的手，他的手很冰，却死死拉着我，不肯放我奔赴幽冥。

那是夏军第五次进攻的前一天，天色阴沉，如一只诡秘的眼睛。

我们住的民宅中，有一处温泉，我泡在里面，会觉得身体舒服一些。我趴在石头上，艰难地讲述着那些南胥遗失的礼制，以及我这些年在北乾未曾完成的民生政策，一个小丫鬟在旁边记着，我讲着讲着，就睡着了。

我做了梦。

梦里是小时候在宫里，我送了一个玻璃球给小小的夏挽，他很喜欢，接过来便很近地看着，琥珀色的眼睛那么透亮。

“姑姑——你看这里面！”

我接过去，发现里面有一个宫殿，那不正是南胥的宫殿吗！宫殿门口，还有知秋，她同哥哥站在一起，朝我招手：“羲河——”

他们身后是祖父，以及一对看不清面貌的男女。他们都是那么温柔，温柔地叫我：“羲河……”

啪嗒。

我手一松，那玻璃球便掉在了地上，顺着青石板路一路滚落，我急得提着裙子追过去，一直追啊追啊，却发现，青石板路被鲜血染红了，玻璃球停在一个人的脚下，被捡了起来。我抬起头，便看见了宸冬，他冷冷地注视着我，手上的刀尚滴着血。他身后，是北乾浩瀚的冰雪。

于是，我哭了出来。

“你还给我！你还给我！”我同他撕扯起来，可是他就是不肯还，他像一座冰山，就那么冷冷地矗立着。

有人从后面抱住我，是长大了的夏挽。夕阳的光把他的脸勾勒出一道温暖的金边，他含着泪，对我说：“羲河，不要了，我们不要了，我给你一个更好的。”

“不行，我就要我的那个！把我的玻璃球还给我。”

我像个孩子一样在他怀里哭闹，哭着哭着，便醒了。

暮色四合，晚霞横天，远处有炮火的声音，而夏挽在我身边，他穿着衣服，紧紧抱着我，可是面上仍是轻松的笑容，道：“羲河，做噩梦了吗？”

“你怎么来了？明日……不是要进攻吗？”

“是，定好了，便来看看你。”

“我没事。”

我神志昏聩，便靠在了他的身上，痴痴地说：“如果能亲眼看着我们打败北军，该多好啊，哪怕是一眼，我便可以去同知秋说，这些年，羲河很乖的。”

“会的，明日亲征，我会为你打下北乾，随后，我们送贺兰回去，定都燕州，你想推行的政策，我们一样一样地去实施，直到天下太平、海晏河清，好不好？”

他抱着我，轻声描述着我可望而不可即的生活：“以后啊，再也不会有战争了，百姓都能安居乐业，没人流离失所，没人怀才不遇，没人像我们一样　　那时候，春天时，我们去放风筝，去山上的寺庙中看桃花；夏天的时候，我们便去海边的别墅避暑，捉很多萤火虫，做个小灯笼，你还像小时候一样，讲鲛人和狐狸的故事给我听；秋天的时候，我们带着小柿子去打猎，要是遇到兔子，就带回来养……”

下雪了。

细碎的雪花从天空中飘落，我抬起头，它们落在我脸上，竟感觉不到冰凉。

“真好啊。”

那么好的日子，可是那时，应该已经没有我了。

我抬起手，摸着夏挽的脸，雪花落在他的眼角眉梢，那么好看，我便侧过头，轻轻吻了一下他的嘴唇。

我的衣服已经被水浸透了，只剩薄薄的一层。我慢慢解开衣扣，在夏挽怔怔的目光中，抬头一笑。

“我瞧许多病重之人的体态，都不好看了，可是我的竟未见枯凋憔悴，真好。”

“不行，羲河，我……你病得太重了。”

我揽住他的脖颈，他整个人都僵硬着，我在他的耳边轻声说：“你看，是不是比在露台那一晚，更好看？”

他猛地一颤。

“你忍不住的。”我轻笑着说，“从你头一次瞧我的眼神中，我就知道，你六根不净。”

我吻上他的嘴唇，其实我一直没有告诉他，纵然一直深陷在悖德的罪恶感中，但我也一直很喜欢他吻我，那种明明白白知道自己被珍爱的感觉，我从未体会过。

这个年纪的男孩子根本经不住撩拨，他很快抱住我，将我抵在石头上纵情吻着。我浑身没有一点力气，情不自禁地攀附上他的身体，又很快滑落。他重重一拽，我咬着嘴唇，竟然想起了多年前在北乾的军营，深夜燃烧着熊熊大火，那个少年在我耳边说：“你是我的了，小溪。”

“羲河……我爱你。”

我怔怔地看着夏挽，那样清冷纯净的面容，已经陷入了难以自制的情绪，他琥珀色的眸子里映出了我的身影，那样快乐，那样痴迷。

“羲河，羲河，羲河。”

他每叫一声，我都觉得自己被点燃一次。

羲河，我对自己说，你放纵到了这个地步，明日一定会后悔。可是又有一个声音冷冷地说：你真的有明日吗？

我清醒过来的时候，已经躺在床榻上，换上了干爽的衣服。夏挽在床边熬药，见我醒了，就喂给我喝，这时，远处的军号吹响了。

“快去吧，我等你回来。”

他应了一声，披上了铠甲，又背对着我站住了，道：“羲河，我想问你一件事。”

“什么？”

“是因为你觉得你要死了，成全我一个念想，还是因为，我终于取代了他的位置？”

我呆在那里，许久，才说：“你说的是谁？我听不懂。”

他并没有逼我，只是说：“以后，你只有我了。”

随即，门被打开，一线晨曦出现，又消失。我看着那扇门，听着军队整装待发的声音，慢慢地，声音消失了。

我以为我的身体会更加糟糕。

但是奇异的是，或许是回光返照，他走了的第二天，我便觉得身体有了些力气，甚至可以踉跄着下床，我想要问些情况。

我走出门的时候，竟然看见了郑龙。他穿着戎装，站在小院门口，一脸冷肃。

“你没有去攻城吗？”

“主公命臣留守此地保护夫人。”

我怔了一下，他似乎变了一个人。之前他是一个鲁莽又快活的大汉，现在整个人只剩下悲凉和沧桑。

“你不是想要成为名将吗？这样……不会觉得壮志难酬吗？”

他自嘲地笑了一下，道：“哈，那些不值钱的念想，我竟把它当成宝贝。如果再来一次，我一定不去当什么先锋，我……我要让他活下去。”

我一时愣怔，才反应过来，他说的是贺兰知言。

“当初他还是个官，被我绑上了山，骂起人来满口之乎者也，说我们大丈夫不保家卫国，当山匪丢人，我忍了，我觉得他和别的官不一样，他是个读书人，我喜欢读书人……后来他被抓了，我又去救他，也被抓了，再然后我们一同在林北，为复国招兵买马，他让我当名将，我才想当名将，他不在了，我……”

他说不下去了，一个九尺男儿，竟红了眼圈。

随后，他抹掉眼泪，又笑了：“所以公主，我不委屈，贺兰他想保护您，我在这儿替他保护您，我高兴。”

我一时之间不知道说什么，只得道：“我们去瞭望台看看战局吧。”

夏军近乎是全部出动，留守此地的将领中，级别最高的便是郑龙。我们在瞭望台上，隐隐可以看到两军交战，不断有新的战报传来。

郑龙道：“天黑前，这城若再不破，咱们就输了。”

“我让夏挽招降了一个北乾将士，最后时刻，不知道能不能派上用场。”

突然，那抹朱红色拥入了城中。我和郑龙左右看了一眼，进城了，那意味着……

战报传来，枬城已破！

我和郑龙兴奋不已，继续瞭望，可是战局变得奇怪起来，两军对峙，谁也并未发动攻击，最后，鹓雏的旗帜，在枬城冉冉升起。

07

“赢了吗？”

怎么可能会这么快？

正当我和郑龙焦灼不已的时候，突然，战报又传来。

“启禀将军，北乾皇后鱼宁献上北王宸冬首级！带领北乾投降！”

不可能！

我几乎失声叫出来。

凭鱼宁的胆色，如何杀得了他？

“听说皇后是趁北王熟睡之际偷袭的。”

不安在我心中翻滚，仿佛一片灰色的浓雾。

我问：“夏挽如今在哪里？”

“回禀夫人，主公已经带兵入城。”

“回去告诉他，可能有诈，万事小心。”

北乾就这么亡了，胜利的消息让整个营地都陷入了狂欢之中，而我竟没有什么真实感，只觉得不安和焦虑，仿佛有什么极恐怖的阴谋就要发生。

突然，一个念头闯入脑海，我问郑龙：“他刚说，鱼宁是怎么杀死宸冬的？”

“趁他熟睡之际偷袭。”

不对……宸冬中过毒，睡眠极浅，除非鱼宁给他下毒——可既然能下毒，又何必多此一举，砍掉首级？

我猛然站起来，对郑龙道：“不行，我放心不下，我们现在过去。”

郑龙没有问为什么，而是迅速布置了一队轻骑。

“夫人上马！”

我只和夏挽简单地学过骑马，可是如今也顾不得了。我翻身上马，迅速向前奔去，风猎猎刮过，我心中翻滚着无数毛骨悚然的念头。

两军对阵，夏挽是主帅，未必会有什么危险。可若我猜得没错，宸冬蛰伏在暗处，以他的武功，只要能距离夏挽百步之内，再厉害的侍卫也防不住他。

夏挽和别的起义领袖终究是不同的，他的谋略是整个夏军的骨架，而他本人的存在，是所有人的精神支柱。他一旦出事，整个夏军会立刻崩溃。

这时候，我握住缰绳的手突然没有了力气，是蛇毒又一次发作了。我浑身陷入了虚软的状态，呼吸急促，几乎下一刻就会晕厥。

不可以。

我不能在这个时候把夏挽丢下。

我勒紧了缰绳，侧头对郑龙说："把你的佩刀给我！"

"什么？"

"刀。"

我闭了闭眼，长刀雪亮，霎时在手臂上留下一道血痕。

"夫人！"

血顺着肩胛流下来，疼痛让神志些微清醒，我扬了一鞭，快马疾驰。

"夫人，你这样……你这样会死的！"郑龙急道。

"这毒解不了，早死晚死都一样。"

我们在日暮之前跑到了城门口，而我的手臂，已经满是血痕。血流了太多，我的精神已经恍惚了，却异样地亢奋。

士兵拦住我们，不让进城。

郑龙厉喝："快去通传，夫人来找主公，而且夫人受了伤，马上搜寻医官。"

"是！"

士兵自然是认识他的，可是许久之后，仍然没有来人。我已经是强弩之末，初升的新月在我眼中，恍惚成了一团光影。

我抓着郑龙的铠甲，道："郑龙，如果我死了，你记得把贺兰的遗骸安葬，告诉他，北乾被我们打败了。"

郑龙面沉如水，一手抱着我，一手霍然拔出长刀，对准了那些士兵。

"本将要进城！谁人敢拦！"

士兵们慌了，他们从战场生还，眼看就要被加官晋爵，此时若死在上峰手里太过冤枉，一时之间只能唯唯诺诺："将军息怒，等禀告主公，立刻就让你们进城。”

“放屁！夫人之命等同主公，我看谁人敢拦！”

郑龙就要破门之际，城门突然打开，何素龙领兵立在那里，严厉道：“荒唐！大局初定，尚有危机，此时闹事有何居心！”

我看着何素龙，这是贺兰知言死后我第一次见他，他的铠甲上血迹斑斑，白发无风自舞，仍是当年的战神。

郑龙低声道：“何将军，夫人受伤了，而且她有要事要见主公！”

“主公此时正在接管栴城守卫，无暇见人，等万事妥当，自然会来接夫人。”

我已经站不稳，虚弱地问：“他在哪里？身边可带了侍卫？”

“北乾宫殿自然有侍卫，夫人在此等候通传便可。”

随着血流，身体开始麻木，我只觉得生命在不断地流逝，眼前的城池忽近忽远，夏挽就在这里，可我见不到他。

“你让我见他，我有事要嘱咐他……”

“夫人，你别逼我。”

我一鞭子就打了过去，马鞭力重，何素龙脸上瞬间泛起血色。

周围士兵长刀霎时出鞘，何素龙捂着脸，惊愕地看着我。他大概做梦也没想到，我会在大庭广众之下对他动手。

我反手又是一鞭，直接将他抽翻在地上。

“如若南胥尚在，皇后之命，尔敢阻拦？今日我为夏挽正室，夫妻同体，尔敢拦我，可是觉得我夫君仁弱，不配为你等之主？”

何素龙眼睛迅速充血，他一把拔出长刀砍下来，却被郑龙格住。

“郑龙，你敢对我动手！”

郑龙咬牙切齿地笑道：“你对贺兰下手，就该有死在老子手里的觉悟！”

说罢，两刀相克，郑龙提高了声音，厉声道：“主公有言，对夫人不敬等同于冒犯主公，何素龙谋逆！谁敢助他，谁就是反贼！”

“放肆！”

何素龙与郑龙僵持不下，他虽是战神，但他老了，不断喘着粗气，完全招架不住。也许这就是每个战神的宿命——成为新的战神封神路上的垫脚石。

我纵马入城，士兵们低首，无人敢拦。

硝烟、尸骸、断壁残垣。

我飞快地掠过我一手缔造的枬城，就像跑过我这十年踽踽独行的道路。

华灯初上，我回到了那座宫殿。士兵们层层跪下行礼，那些被五花大绑的北乾贵族仰着头，茫然地看着曾经的北乾皇后。

夏挽不在这里。

“主公呢？不是说在宫殿布防吗？”

“启禀夫人，属下不知。”

“那秦柳元和鼠千岁呢？”

“两位大人同主公在一起。”

我已经快撑不住了，心跳越来越慢。我强撑着在宫室中穿行，叫着夏挽的名字。他没有受伤吧？他在哪里？

我要死了，可我还想见他一面。

我已经没有力气站立的时候，竟路过了我曾经的寝宫。那里早已荒芜，却立了一尊狼首佛在院中，夜色中，分外狰狞。

我跪了下来。

我从不信神，因为神从未救过我。可是这一刻我跪在那里叩首，用我最后的力气祈求，求满天神佛，保佑夏挽。

他一定要平安无事，然后，忘了我。

天快亮的时候，因为夏挽久久未归，夏军之中已经出现了骚乱，我恢复了气力，开始主持大局。

“天尊有事外出，自然有他的道理，如今我们要布置防御，严控城中北军残余势力，等待天尊归来。”

“是，夫人。”

我去检查了宸冬的首级，都不用审问鱼宁，我就知道，不是他。

他在哪儿？

夏挽又在哪儿？

宸冬埋伏于城中，一定会选择一个安全的地方。而枘城，最安全、最想不到的地方是哪儿？

我对着地图冥思苦想许久，最终，我想到了。

哪怕大炮攻城也不会倒塌的地方，是我所待过的那座狱塔。

在凛冽的寒风中，我赶了过去。

天已经亮了，然而因为阴天，整个高塔显得分外阴沉，守卫和囚犯都已经逃了，我犹豫了一下，还是带人走了上去。

一层接着一层，突然，我被绊住了。

台阶上，横七竖八的尸骸躺在那里。我拨开他们的脸看，竟然都认得，是宸冬的贴身护卫，北乾一等一的高手。

我屏住呼吸，刚想继续走上去的时候，听见了宸冬沙哑的声音。

08

他说："你拿她来羞辱朕，就太可笑了，她算什么东西，一个人尽可夫的贱货。"

因为太空旷，他的声音一层一层地传到了很远。

我站住了。

他坐在一间囚室中，这是我跳楼后第一次见他。他已经满面血污、伤痕累累，却仍脊背挺直地坐在那里，像一只没了爪牙，却佯装凶猛的狼王。

夏挽背对着我坐在他对面，声音仍是那么清澈。

"这么说你对羲河心慈手软，不是因为爱她？"

"朕什么时候对她心慈手软过？没把她和你一起剁碎了喂狗，就是心慈手软吗？”

他话还没说完，就突然倒在地上，我这才发现，他被穿了琵琶骨。拿铁链的人，是秦柳元，他旁边站着鼠千岁。

夏挽款款起身，道：“我当日说过，你一定会死在我手里。可现在看来，你不配。”

宸冬被一只脚踩在地上，脸上带着尘泥，仍在笑：“朕输了又如何？朕这辈子杀的南人，足够了。”

我看着他，想起很多很多年前，我爱过旭日一样铮铮的少年，眉眼与他有那么几分相似，却不是他。我的少年永远在日光中朝我走来，他不会狼狈得被人踩在地上，不会有这样阴毒恐怖的眼神。

“我会砍掉你的四肢，戳瞎你的眼睛，割掉你的舌头，我的王如何死去，你就该如何死去。”

秦柳元的声音称得上平静，却蕴藏着巨大的悲伤：“你不是说我就是个废物吗？废物，也会痛；废物，也会复仇。”

鼠千岁的笑声回荡在监狱内，近乎凄厉，他眼泪都笑出来了：“说得好！废物！咱们都是废物，才会让北狗猖狂，现在……”仇恨让人变成了野兽，被践踏的南人在北王身上发泄着愤怒。

任如何血肉横飞，宸冬始终一声未吭，在他被提起来，剜去眼睛前，他突然侧头，朝我这边看过来。

下一秒，我的眼睛被覆盖住了，清淡的檀香笼罩了我。

是夏挽。

“羲河，不要看。”

我怔怔地看着他，他好像在同我说什么，可我什么也听不见。我只记得我想去推开他，再看一眼那个牢房，可是他不肯放开我。我别开他的手，一字一顿地说：“我要死了，夏挽。”

他没有让开，直到我终于失去所有的力气，晕倒在那里。

我醒来的时候，已经是一个午后，冬日轻而薄的日光，透过窗棂映照在我脸上。我有那么一瞬间的恍惚，以为我还在皇宫里，想要呼唤又春，因为马上又是要同宸冬的你死我活的争斗。

下一刻，我才意识到，这是夏军的领地，而宸冬已经死了。

我起身，却没有那种全身虚软的感觉。有丫鬟告诉我，夏挽在前朝议事，待会儿便回来了。他派了许多人来保护我，可这些人我一个也不认得。

北乾亡了，我亦孑然一身。

“我要到街上走一走，你们离我远一点。”

夏挽没有入主枬城的宫殿，而是修缮了一户民宅。我走在街上，乱世终结，街上比我想象的还要井井有条，布告栏里贴着简单的法令，百姓排着长队重新登记着户籍，官府出面施钱粮救济在乱世中流离失所的人们。几个北乾小童正在战火后的街面上玩玻璃珠，那珠子滚啊滚啊，滚到了我的脚下。

我低头捡起来递给其中一个小童，他怯怯地瞧着我，突然红着脸用北语说了一句“你真好看”，便一把夺过玻璃球，在伙伴巨大的起哄声中，做贼一样跑了。

他们嬉闹的身影消失在瓦蓝的天空之中，今天，是个极好的天气。

我走过市集，匆匆忙忙的人群与我擦肩而过。我如此清晰地感觉到一种强大的秩序正在建立着，那个你死我活的时代，结束了。

我甚至看到了灯芯儿，以及当年其他做过营妓的姐妹。她们排队领着粥食，见到我时，便抹着眼泪，隔着一条街向我深深地行礼。

夏挽答应我的事，全部都做到了。

我走啊，走啊，仿佛一股暖流涌入心脏，我最终笑了起来，我最奢侈的梦里，也不会有这样的场景。

泼天的晚霞之中，枬城的灯一盏一盏亮起，空气里开始弥漫着饭菜的香气，只有一处是黑暗的，是那座囚塔。它耸立在那里，如同一座坟墓。

我走了过去。

身后的护卫迟疑着唤了一声："夫人。"

我没有理他，而是一阶一阶地走上去，上到了顶层。这里好高，能望见整个枬城，我上次来的时候，它陷入战火之中，天空是墨一样的浓黑，只能望见一弯月亮。

我闭上眼睛，想起宸冬。他双目赤红如血，对我咆哮："我宁可让你死，也不会放你走！"

当时我怎么说的？我说："你不配。"

好像每次都是这样，他激怒我，我便要十倍地伤害他，我们再也没有好好地说过话，哪怕一句。

那么此时此刻，我们终于可以好好说话了。

我轻轻地问："将军，你爱过我吗？"

他冷酷地拉满了弓。

"之前，如果你没有要杀夏挽，我原本打算同你说我叫羲河，我会用我的命来辅佐你，建立一个南北统一、海晏河清的帝国。"

他松开手，箭矢如闪电一样没入我的胸口，很疼。

我笑了，骗自己做什么呢？无论重来多少次，他都会选择杀了我。

我像这些年一样，慢慢拾起所有的软弱，走下楼去。穿过他的幻影时，我仍像一个公主那样，残忍又高傲。我说："将军你看，你不肯为我做的，总会有人为我做，是你不配。"

我慢慢走下楼，走到了当初囚禁我的那一层。我突然想起来，当日，我曾在石壁上刻画我的故事。

那应该毁了吧，我想，便走了过去。

那是石壁，我刻得那样浅，早就看不真切了。我寻找到夏挽死的那一夜的作画，却发现被人划掉了，取而代之的是两个手牵手的小人，然后，是两个小人骑着马不知要去哪儿，再然后，两个小人身边，多了许许多多更小的人。

我看着那画，看了又看，直到心脏猛烈地疼起来，疼到站不稳。护卫过来扶我，我放声大哭起来。十年来，我从未哭得这么痛快淋漓。

最后的一幅画上面，用南字歪歪扭扭地写着：

小溪。

“北王的尸首葬在哪里了？”

“夫人说笑了，那等禽兽，自当挫骨扬灰，死无葬身之地。”

“这样啊。”

我终于哭得倦了，便慢慢地走了下去。

没有国都会把监狱修建得如此巍峨，我当初之所以如此设计，是为了威慑，威慑那些崇尚逞凶斗勇的北人，而今后，怕是再也不需要了。

这段历史，也会湮灭在时光里。

我坐在塔底的台阶上，我倦极了，一步都不想再走。

“夫人，夜风起了，我们回去吧。”

我摇摇头，抱着我的膝盖坐在那里，许久，才道：“给我拿些酒来吧，要街面上卖的那种。”

“是。”

那是北乾盛产的、足以灼伤喉咙的烈酒，即使是北乾的贵族，丰衣足食之后也很少再去碰。可是在旧年月，那是驱寒的好东西，它有个很有趣的名字，叫冬日谎，因为喝了它可以骗过老天爷，此时不是严冬而是盛夏。

我一口一口喝着，整个人暖了起来，心脏跳得很快，身体轻飘飘的。

我仰躺在石阶上，不知道待了多久，天空一点一点暗了下来，街面上的车马声，也逐渐消失了。

雪花开始从天空中飘落。

一把伞遮在我头顶，我抬头便看见了夏挽。他穿着一身朱红色的长袍，束着冠，朝我微微笑着，那么温柔，那么好看。

“你是谁啊？”我费力地直起身问。

“我是你夫君。”

我想了想，似乎是有这么一件事，便又问：“你怎么来了啊？”

“我来接你回家。”

我瞧着他，笑了。我怎么忘了呢，天大地大，还有一个人在身旁，是我的家。

于是我展开手臂，对他说：“抱我。”

他便弯下腰，将我抱了起来。

第七章

没有你的世界，太寂寞了

01

那条街那么长，他一路抱着我走回去，我虚虚地为他擎着伞。雪越下越大，一不留神，雪花便落在他的发顶和眉间。我看着他，心想：这便是他老去的样子吧，可惜，我终究是看不到了。

“夏挽。”

“嗯？”

“若我死了，你不要太难过，你要好好地治理这个国家，你会是千秋万代最好的王。”

他轻轻地笑了，道：“可若你死了，这世间所有的事情都与我无关了，所以羲河，你要长命百岁。”

我摇摇头，靠在他胸口。天这样冷，可他心口是热的，温着我的身体，也温着我的魂魄，不至于冻坏了。

“夏挽，若有来生，你要做什么？”

“还没想过，你呢？”

“我啊，我想做个男子，不必有多聪明，也不必有多少财帛，只要有二分田地，或者会门手艺，能养活自己，就那么日出而作、日落而息，足矣。”

他笑了，想了想，道：“那我便做个皇上吧，做个明君，让做百姓的羲河，能家有余粮，再也不用经历战乱、离散、身不由己。”

我情不自禁地笑了，道：“真好。”

“若有来生，羲河去守着自己的小日子，我替你守着你眷恋的百姓。”

我们到了。

他把我放下来，琥珀色的眼睛看着我，低声说：“所以羲河，这一辈子，要陪伴我久一点。”

我凝视着他，目光错过他，看向他身后的守卫，道：“你们可以退下了。”

“是。”

那把伞落在地上，我踮起脚，吻上他的嘴唇。他惊讶了片刻，随即抱紧我的腰，温柔地回吻我。

雪花落在我们头上，那么冰凉，可是我的爱人，那么好。

他把我放在床榻上的时候，我抬起手，勾画他的眉眼，轻声说：“来生，你不许生得离我太近，可是，你要记得来娶我。”

别让我把心给别人。

太疼了。

“好。”

他紧紧地拥抱我，就像是在拥抱什么稀世珍宝。

堕落，是多么甜美的事情。

在冬天的最深处，我们一同过了冠春。那是真正的新婚，我只觉得自己死了，又重生。

那之后，我仍昏昏沉沉的。夏挽不再让我出门，每日处理完前朝的事务后，便回来照顾我。我只模模糊糊地知道，栴城重建得很好，最后统摄它的，是被封为吴王的秦柳元。鼠千岁没有接受封赏，重归了江湖。何素龙因为犯上作乱，被剥去了兵权，取代他的是郑龙。郑龙是新朝掌兵最多的将军，只是他不再镇守林北，而是去了西南。

南人仍然仇视着北人，但夏挽将对待北乾的法令无限地细化了，最大限度地保护了那些无辜的北人，也平息了南人的不忿。他答应我的那个南北统一、海晏河清的国家，正一步一步地建立。

鱼宁带着东林来见我。

她还是那么漂亮，那孩子长大了，眉眼间依稀有了他父亲的影子。

“夫人大恩大德，奴婢万死难报。”

夏挽按照约定，优待了投降的北人，而她严格意义上讲并不属此列，但我仍赦免了她。

“谢什么，都是身不由己的苦命人罢了。”我说，“若你想再嫁，我会为你安排，但是东林得留在我们这里。”

这孩子如同当时的夏挽，是北乾人最后的一点希望。我们当然不能杀他，但是，也绝对不能让他超出我们的掌控。

她低着头，半晌没有说话，东林在一边，不哭也不闹地瞧着我。

她终于开口道：“东林跟着娘娘，自然比跟着我强上百倍，只是……只是……”

我替她说出口：“只是，你觉得，若我死了，这孩子便无所依仗。”

她惶恐地抬起头：“不，我不是这个意思。”

“这你放心，新皇登基后，做的第一件事，就是重建贺兰世家，我会把东林送到贺兰家去养育，他会同贺兰知言的遗腹子一同长大。”

是的，又春有孕了，那是贺兰知言的后代。贺兰世家将在贺兰知言看不到的地方，开枝散叶、繁衍生息。

“又春你是见过的，她是个好女人，不会苛待了东林。”我说。

“我知道。”

她抚摸着孩子的头，笑道：“做贺兰家的孩子，他可以有许多书读，这真是太好了，太好了。”

之后她再也说不下去了，匍匐在地上痛哭起来。

她是个心狠的女人，永远能做出最冷血也最正确的决定。

否则，她也活不到今天。

最终她停住哭泣，起身告别，道：“夫人，一位南胥将领瞧上了奴婢，今后恐怕和夫人再无相见之期，奴婢会终生供奉长生牌位，为您和山河太子祈福。”

我脑中轰鸣一声，猛地站起来：“你说什么？山河太子！”

她被我的反应吓到了，连忙补充："我是说，新君，新君，我只是想着尚未登基，不知如何称呼……"

"你怎么会知道他是山河太子？"我厉声问。

东林被我的反应吓哭了，鱼宁惶恐地扑通一声跪下来，道："因为，因为前几日，有人找到当初山河太子的画像，与新君一模一样，尤其额间红痣。所以，所以都说新君就是当年未死的山河太子。"

我一下子站不稳，几乎要栽倒在地上。

夏挽的画像，几乎都是北乾的通缉令，这与他本来相貌相去甚远，而且他当时七岁，如今十七岁，早已辨认不出。这样的言论兴起，只能有一个理由，就是有人在背后操控。

鱼宁这样的北乾人不清楚，可是夏军上下，早已知悉我是当年的羲河公主。我和夏挽是血亲的事情，必然会对整个局势产生巨大的影响。

我不顾一切地跑了出去。

我已经有半个月未出门，只觉得天光晃眼，而周围的人，从丫鬟到护卫，看我的眼神都很怪异。

"夏挽在哪儿？"

"主公在月楼议事。"

"备车。"

护卫迟疑了一下，还是说："是。"

月楼是枬城最大的酒楼，夏军入主后，便把它当成了议政堂，与我所居住的民宅隔着几条街。

人潮汹涌，马车不得疾行，我突然听到旁边的私语。

"这就是那个妖女吧？"

"畜生都知道避亲，她居然同自己侄子成婚。"

"就是她不让杀北狗，我恨不得将她千刀万剐！"

我掀开轿帘，想看一眼到底是谁在说话，然后一片烂菜叶扔了过来，随后就是密密麻麻的石头。

“妖女！”

“禽兽不如！”

“呸！去死吧！”

直到护卫拔出刀来：“你们找死不成！”

一颗腥臭的鸡蛋打在了我的头上，黏腻又恶心，我几乎要呕吐出来。

月楼到了。

我走进去，没人拦我。我一眼便看到夏挽坐在主位上，托腮看着底下，下面密密麻麻地跪着一群人。

“国之妖女，乱伦悖德，祸乱朝纲，主公切勿不可色令智昏，三思啊！”

是何素龙，他被卸了兵权，却还是重臣，所有人都随着他声嘶力竭地声讨着。

夏挽没有看见我，他专心看着说话的人，然后笑了，露出一点牙齿。这是他在我面前不曾展露的乖戾。

“说过很多次，‘妖女’这个词，本座很不喜欢听。”

他起身，在那一瞬间收敛了所有笑容，面无表情地看着跪着的何素龙。

然后，他抬起了手。

我心头一惊。

而夏挽什么都没做，他只是伸出手，扶起了何素龙。

在他碰触到何素龙的那一瞬间，何素龙竟条件反射地抖了一下。夏挽察觉到了，轻轻一笑，问：“你以为我要做什么呢，师父？”

何素龙没有回答，夏挽如同一个宽厚的君主一样拍了拍他的手臂，道：“你毕竟是我师父。”

随即，他看向众人，道：“你们说的话，本座都听到了，只是本座并非你们所想之人，这件事，你们很快就会明白。”

一个老将仍在咄咄逼人：“主公不日将登基为天下之主，而羲河公主颠覆两朝，身世不明，并非良配，求主公另选淑女为后。”

夏挽沉默了片刻，天光云影掠过，在他的眉间投下阴影。

然后，他开口道：“关于羲河，登基之前本座会给你们一个交代。”

他做得很好。

此时天下初定，无论如何都不是和股肱之臣争执的时候。

没必要难过，这不正是我所希冀的吗？他正在逐渐成为一代明君，那个偏执的、把我当成世间唯一的孩子，终究会消失。

我转身离开，没有让他看到我。

02

夜晚，掌灯时分，他才回来。

当时我正在梳发，他自然地接过我手中的梳子，继续为我梳理着长发。木齿滑过头皮，有一种令人昏昏欲睡的舒适。

“对不起。”他突然开口道，“是我处理得太慢了，让你受委屈了。”

他知道我出过门了，也知道我听到了那些闲言碎语。

“没关系，我不在乎。”

梳发之音顿了一下。

“你为什么不在乎？”他慢条斯理地继续为我梳发，道，“你庇护了他们十年，可他们为了一点迂腐的伦理就可以把你踩在淤泥之中，羲河，你为什么不在乎？”

我开口，想说因为我要死了，一个将死之人，又有什么可在乎的呢？

可是我终究没能说出口，因为我从他身上感受到了一种陌生的暴虐。

我们在铜镜中对视，他很温柔地看着我，道：“那么我呢？如若有一天，我背叛了你，你也不在乎吗？”

我怔怔地看着他，道：“你在生气？”

他没有回答，而是握着我的肩膀，在我耳边说：“我和天下百姓在你眼里并无不同，那么羲河，谁在你心上？”

我们在镜中对视了片刻，他突然一把抱起我，将我放在床上。

我一惊，挣扎着起来：“不行！”

“为什么不行？”

他俯下身，琥珀色的眼睛美到近乎妖异，道：“你是我夫人，我同你欢好，天经地义。”

“你疯了吗？我们还没法洗脱乱伦悖德的名声，我……”

他开始亲吻我——

激烈地、沸腾地、缱绻地。

理智告诉我，不行，有什么不对劲。可身体只想尽情去堕落。

“羲河，我同你讲个秘密。”他一边亲吻我的耳郭，一边轻声说。

“什么？”

“每次看到你分明想抗拒，最后却沉迷的样子，我都克制不住想把你弄坏。”

我心里一颤，剧烈挣扎起来。

之前的很多次，他都和任何一个年轻的男孩子无异，莽撞而热情。可这次，他气息都是稳的，就是平静地看着我，最后昏天黑地，我已经连动手指的力气都没有，可是意识还亢奋着。

夏挽抱我洗了澡，然后轻轻吻了一下我的额头，只有这个吻，让我觉得熟悉。

他大概以为我睡着了，把我抱在他怀里，轻声道：“你可以不爱我，但不要把我当成别人，好吗？”

什么别人？我茫然地想，然后渐渐地在他怀中睡着了。

第二日清晨，我醒来的时候，夏挽已经走了，我刚想起身，就看到一个陌生的侍女走进来，捧着一碗黑色汤药。

“请夫人饮汤。”

“这是什么？”

“回夫人，是避子汤。”

我怔了，冠春的时候都未准备避子汤，此时是在干什么？

“是夏挽的意思，还是别人的意思？”

侍女避而不答，道：“请夫人饮汤。”

“我不喝。”我起身绕开她，准备去找夏挽问清楚，而她固执地一直挡在我面前，不停地重复：“请夫人饮汤。”

阻拦与推搡之间，那碗汤啪地落在了地上，浓黑的汤汁洒了一地。

“我都说了我不喝，让开。”

我终于推开门，然后发现屋外跪了一排侍女，手中都举着一碗汤，异口同声道：“请夫人饮汤。”

我震惊地看着她们，而黑暗中，又有无数双窥视的眼睛，等待着回禀他们的主人。

他们就是这样厌憎我，生怕我怀了夏挽的孩子。

而夏挽……还问什么，他若不允，怎么会有人敢进这里来。

想到这里，我冷笑了起来，伸手接过那碗汤，一仰头便喝了。

热的，苦的，让人几欲落泪。

“其实不用那么费心。”我笑道，“我啊，早就不能生育了。”

碗掉在地上，碎了。

“我要出门。”

侍女有些惊慌：“可是夫人……”

“我不喜欢说第二遍。”

我仍是昏昏沉沉、浑身虚软，但我不能再放纵自己这么下去了。

这世间本没有谁可以永远依赖，如果有，也是你自己，这是我的立身之本。可笑的是，我竟忘记了这么久。

新朝的吏治已经完全肃清，我强撑着身体，逐一确认北乾出身的大臣是否得到了妥善安置，宁蓝、中则……每一个我曾经的臣属，都在新朝官居要职，有条不紊地进行着新君登基前的准备工作。

随后，我着手制定新朝的礼制，礼仪与法律是治国重器。北侵十年，南胥旧礼早已散落不全，我从古籍中按图索骥，和一群文臣从头开始复原。

我突然插手政务，惹来了不少非议。但是夏挽没有阻挠分毫，只是不许我太过劳心伤神。我们渐渐地开始像一对寻常夫妻——平日各自忙碌，闲了，我做些针线，他烹茶焚香，一同谈些有趣的事。他待我仍那么仔细温柔，我靠在他的肩上，心是安宁的。

只除了，他再也没有碰过我。可是每一天，我都要喝一碗又苦又涩的避子汤。

典礼接近尾声的时候，城外有小股的叛乱势力。夏挽带兵出城平叛，而我在家中，缝完了最后一件毛氅，兽皮厚实，可挡风寒，以后夏挽出门，便不会着凉了。

我一边咳，一边将它放入了箱笼中，自此，明年四时的衣裳都已经备好了。

“什么时辰了？”

丫鬟回答：“回夫人，四更天了。”

是时候了。

冬日严寒，天亮得晚，烈风呼啸着，将灯笼吹得摇摇欲坠，马车停在了一户人家门口。

门大开着，空荡荡的院落里，一个老人坐在那里，望着天边的残月发呆。一只白鹿伏在他手边，听到动静，竖起了耳朵，看到我后，便兴奋地跑过来。

我一面伸手抚摩着小柿子蓬软的毛，一面轻声唤道：“何将军。”

何素龙连忙过来行礼，道：“不知夫人驾临，臣有失远迎。”

到底是年迈了，他这几步已经有了蹒跚的意味。

我道：“将军起这么早？”

“臣是武将，原该早起练一个时辰武的，现在老了。”他咳了几声，侧身让过，“夫人进屋说话吧。”

“不了，就在这里说吧。”

我拢了领口，道：“这些日子，我一直在喝避子汤。”

“这……并非老臣的意思。”

“你以为我是来兴师问罪的吗？”我打断了他。

他一怔，凛冽的寒风吹过，我们终于卸掉了所有的伪装。

“臣与夫人，还有什么别的话可说吗？”

“当然有，比如你派人暗杀我的时候，我中了蓂荚蛇毒，本就无药可医。”

他警惕道：“夫人到底想说什么？”

我看了他良久，才道：“我宽恕你。”

“什么？”

“你的党羽一直在朝堂上逼迫夏挽废了我，为了什么，你心里很清楚。你不是贺兰知言，没有那么多迂腐的道理，更何况我和夏挽有没有违背人伦，你比谁都要清楚。如今费尽心思对付我，也无非是觉得我同你已是仇敌，我在夏挽身边一日，便会对你不利。所以我来告诉你，何将军，我宽恕你了。”

他怔在那里。

“我可以坦诚地告诉你，我羲河有仇必报，如若我尚有时日，必会以你满门之血，祭贺兰大人在天之灵。可是我要死了，满朝文武，真心为他的没有几个，所以我要为他留下你。”

寒风吹起我的斗篷，这是我熟悉的、吹了我整整十一年的栩城的风，我也将埋葬在这风里。

所幸的是，四时的衣裳已经为他备好，仓促安排的典礼虽算不上完备，却也能让他有个风风光光的登基大典。

足够了。

我直视着何素龙，严肃道：“不要再逼迫他，不要再徒增君臣冲突。何将军，现在是什么时候你恐怕并不知道，一个前所未有的王朝正在建立着。我们的每一个举动，都是后世的传奇与历史，哪怕只剩下一点力量，也不应该浪费在争斗上，你明白吗？”

何素龙颤抖起来，失魂落魄地跪在地上，喃喃道：“臣……臣……”

我咳了几声，这恐怕是今天，最后一点力气了。

我转身走出门的时候，天光大亮，何素龙跪在我身后，突然道：“臣这一生，最懊悔的事情，便是买椟还珠。”

什么？

我回头看向他，他凄然地笑着，道：“臣是天下的罪人，为了一己私利，竟将一个怪物扶上天下之主的位置，可笑，可笑。”

随即他大声笑起来，白发在风中凌乱地飞舞。然后，他重重地磕了个头，太过用力，几乎要将额头磕出血来。

“公主，保重！”

我愣在那里，可是这时候，何家的大门已经合拢了。

夏挽站在台阶下，正微笑着看着我，日光将他的面容映得分外洁净。

03

“你不是去平叛了吗？”

“嗯，结束了，就快马加鞭地回来了。”

他朝我伸出手，我便将手放在他掌心，他牢牢地握住，与我相视一笑。

我们没有坐马车，而是就这样，在大街上走着。周围是川流不息的人群，有小商贩走街串巷地吆喝着生意；有工匠蹲在墙根一边嬉闹一边等活；有父母带着孩子在街边挑着玩具，那孩子胡闹，非要两个。每个人都有自己要忙的事情，所以他们不惧严寒，看起来充实又快乐。

我情不自禁地微笑起来，夏挽看了看我，突然道：“羲河，我们走吧。”

“去哪儿？”

“我带你回家。”

回家？

朱红色的旗帜，飞扬在寒风之中，那是一只振翅欲飞的凤凰，象征皇权；低了半旗的，是白色的鹓雏旗，象征着元初教，它将作为国教，统摄新的王朝。

栩城的百姓跪拜了一地，声音撼天动地："恭送天尊，恭送天后。"

我看着众生，里面有许多熟悉的人，他们将在这里繁衍生息，平和地过完自己的一生，如鼠千岁、花枝、宁蓝……我独独没有看见何素龙，他请旨终老栩城，并不随我们回都城……

是的，都城。

北乾当年定都栩城，是为了统摄北方部落，而南胥人的都城，永远是燕州。有三秋桂子，十里荷花的燕州。

这样很好，我能将贺兰知言的骨骸亲手葬回燕州。我自己阔别了十来年，终于可以回家了。

大概是那些名贵药材起了作用，我的身体不复之前虚弱，但仍然会浑身乏力、吃不下东西，在长途跋涉之中，我经常呕吐。夏挽仍是不许任何人插手，亲自照料我，只是每日一碗避子汤，却是无论如何也省不掉的。有一日我实在因为颠簸，吐得喝不下去任何东西，他用温水帮我漱了口，然后用小勺一口一口地把避子汤喂给我。

黑暗中，他的眼睛那样亮，仿佛两团幽暗的火焰。

"羲河，不怕，很快就好了。"他为我擦干净嘴边的残渣，然后轻轻亲吻我的嘴唇。

是很苦、很苦的一个吻。

到了燕州后，便是登基大典，无论他心中怎么想，此刻都必须让那些恨我入骨的大臣知道——他无意立我为后。

我抚摸着他的脸，他已经有了青青的胡楂，越发像个男人了。我想，很久很久之后，他会有个很美丽、很贤惠的妻子，然后有个像他小时候一样可爱的孩子，那时候，他会不会记得我，他的第一位妻子，他曾经说过的，比天下还要重要的羲河？

眼泪没入鬓边，我笑着说："药太苦了，下次要糖。"

“好。”

夏挽沉默地抱紧了我。

两个月后，我们终于到达了燕州。秦柳元在城门口迎接，如今他主管礼部。隔了一层轿帘，我听到他的声音：“臣恭迎公主归家。”

我怔怔地坐在马车里，许久，才伸出手，掀开了轿帘。

燕州啊，阔别了多年的燕州。在我的记忆里，它到处燃烧着地狱的火焰，狞笑的北乾士兵随时会挥下染血的长刀。

现在是初春了，一只乌鹊停在泛青的树梢上啁啾。阳光下，是宽广的道路、整洁的屋舍，百姓站在道路两侧，争先恐后地打量着车队。

“这就是新皇帝吗？生得真俊。”

“那是谁？听说是他夫人。”

我握紧了夏挽的手。

突然，人群里有一个老人惶然地喊出声音：“公主！是公主！”他急切地对周围的人说：“是羲河公主！错不了！是公主回来了！”

我看过去，是当时在宫中陪我戏耍的太监禄寿。他也老了，满脸沧桑，却穿着一件最干净体面的衣裳。

我看了他许久，才颤抖地说：“小禄子，你……日子过得如何？”

他涕泪交横，跪在了地上。这时候我才发现，他的一条腿是瘸的。可他抬起头，仍哽咽地朝我笑：“奴才过得很好，若……若公主闲了，奴才还能陪公主放风筝……”

我闭上眼睛，泪水终于决堤。

人群中爆发出一阵又一阵凄厉的哭喊：“公主！是公主回来了！”“是我们南胥的公主！她回家了！”

那都是些很老、很沧桑的人，他们同我一样经历过一个美丽的王朝，也曾经在那样的地狱里煎熬了整整十年。

而年轻人懵懂着，他们不明白这些老人在哭喊些什么，也不明白我在哭些什么。

愿他们永远都不明白。

马车一路前行，最终，停了下来。

夏挽先下车，然后朝我伸出手，笑道："羲河，来，我们回家了。"

我扶着他的手走下车，整个人愣在那里。

这是哪里?

一座恢宏的宫殿矗立在阳光之下，那是……我长大的长明宫、毁于一场大火的长明宫。它那样美，比我最奢侈的梦中的，还要美。

秦柳元在一旁含泪道："长明宫为先祖圣德皇帝所造，臣奉天尊之命逐一还原，若有不符之处，请公主指出。"

宫门在我眼前徐徐被推开，可我什么都听不到了，夏挽、秦柳元、前后乌压压的侍卫、哭喊的百姓，在那一瞬间，都消失了。

我好像又变成了那个养尊处优的小公主，单腿在石板上跳着格子，唱着"燕儿燕儿吃野草，不吃野草远我道……"

哥哥在一群小美人的拥簇下弹琴，瞧见了我，便一笑："有哥哥在，绝不会让羲河受半点委屈！"

随后，他往嘴里丢了颗葡萄，鼓着腮帮朝我笑，我也跟着笑了，可我走过去，他便消失了，变成龙椅上沉郁的影子，眉目隐藏在夕阳的阴影中，安静地批阅奏折。我走过去，脚步惊动了他，他抬起头，就变作了祖父，抖着八字眉，朝我招手："羲河，快过来，爷爷藏了糕给你，别让你哥哥瞧见了。"

我含泪仰头看着他，笑道："爷爷，你要我活下去，羲河做到了，你来夸夸我啊。"

祖父看着我，心满意足地笑了，说："爷爷最喜欢羲河了。"

我想走过去，他便消失了，只剩下他坐惯了的那个龙椅，高高在上地在那里。

我颤抖着伸出手，想要碰触它，可突然有一个声音在背后响起。

"羲河，你回来了？"

我回过头，便看见了她。

这十来年，我在梦里，都不曾这样清晰地瞧见她。

她戴着皇后的冠冕，那样端庄，那样温柔，佯装严肃地问我：“羲河，字练了吗？书读了吗？你乖不乖？”

“我很乖的，知秋，我很乖的。”

我好像又变成了在她身边哭鼻子的小女孩，我拼命地擦着眼泪，可是怎么办，越擦越多，越擦越多。

她有些惊讶，问道：“羲河，你怎么哭了啊？”

“知秋——”

隔了漫长的岁月，我终于朝她跑了过去。

我知道她是假的，所有这一切，都是假的。可是我想要抱抱她，哪怕她是假的，我也想抱抱她。

“我很乖的，你别丢下我，我好怕，我一直都好怕。”

所有虚影都在这一刻烟消云散，剩下的是崭新的、散发着桐油味道的宫室，是陌生的宫人，是一个全新的时代。

而这个怀抱却是真实的、温暖的。

夏挽抱紧了我，任我声嘶力竭地在他怀里哭泣。

“羲河，我不走，我永远陪着你。”

04

那天晚上，下了第一场春雨。

燕州的雨一向轻而缠绵，能淅淅沥沥地下上一夜。

我坐在自己的寝殿里，整个长明宫，这里还原得最真。坐在窗口看去，连我小时候喜欢趴着玩的大青石都有个一模一样的卧在原地。

“唯有草木尚未长成，不像我小时候，院子里有一棵枇杷树，我最喜欢听雨水落在叶子上的声音了。”

“等你身子好些了，我同你一起种。”

夏挽在焚香，这是原来南胥贵族的讲究，将沉香制成的“香骨”，与四时的鲜花香果密封在一起，缓缓熏蒸出香片和花露。宫中的香炉，一向是片刻都不曾断的。

我在北乾时，早就没了这些讲究，只不过燃些沉香煮水罢了，而夏挽对制香却一向很有耐心。他不怎么用那些名贵的香料，但所制的香出奇地雅致清冽。

我轻轻嗅了一下，问道：“今日是什么香？”

“是檀香片，用苦楝花、柏树籽和荔枝壳熏蒸而成的，喜欢吗？”他走过来，为我盖上一层薄被。

我点点头，道：“很适合这雨夜。”

他接过侍女手中的铜盆，蹲下来为我濯足，同时轻声道：“等明年，宫中四时都有花香，我便采来为你制香，以后这屋里年年岁岁都是你喜欢的味道，好不好？”

我岔开话题，道：“其实你制香的手艺很像哥哥，你还记得吗，他最喜欢制香、品香了，年少的时候，还总与堂兄们斗香。”

“记得啊，我当初学制香，就是想送给陛下一份寿礼，可是当时连着香炉一同被砸碎了。那天母亲生了很大的气，罚我跪了整整一夜，要我记住，永远、永远不要去碍陛下的眼。”

我怔住了。我没想到，对我来说这世间最温柔的两个人，是他的噩梦。

他却笑了，像是想起了什么有趣的事情：“可是第二天你就来了，见我制香的鹅梨和荔枝被扔出来，以为我是嘴馋才被母亲罚的，就带了许多瓜果来与我一同吃，我就很高兴。现在想起来，仍觉得很高兴。”

“你恨他们吗？”

“当然不。”他有些惊讶地抬头看我，“恨他们什么？恨他们给我这样不堪的身世，还是恨他们厌憎我？不，我永远都不后悔我的出生，因为只有这样，我才能遇到羲河。”

雨下得大了，香气从熏炉中升腾而起。

我看了他许久，轻声道："我也是。"

他怔了。

"我大概没有同你说过，这些年我最讨厌的人就是我自己。我每日照镜子，想着在北乾经历的那些，就像看到一堆烂肉，恨不得拿着快刀剜了去。可你让我觉得，我很干净，也很好。"

长夜中，我的声音混杂着雨声，很清冽。

"夏挽，谢谢你。"

你把命运赠予我的噩梦，都变成了美梦。是你让我觉得，"活下去"不是一场宿命的诅咒，而是一个很美好很美好的祝福。因为选择了活下去，我才能与你重逢，才能再一次听到长明宫的雨。

他愣愣地看着我，竟有几分傻气。我笑了，朝他展开双臂，道："你不抱我吗？"

淅淅沥沥的雨声中、层层帐幔之中，是清幽的花香。他抱我走向床榻，我们一路亲吻着，这是真正的春宵。

他把我放在床榻上，那双琥珀色的、美丽得不可思议的眼睛凝视着我，炽热却克制。

"你太久没碰过我了，不想我吗？"我抬起手，抚摸他的脸。

"羲河……"

他白玉一样的面容染上了红晕，呼吸乱得没有章法，却始终没有动作。

我翻身将他压在身下，支起头，凝视着他的眼睛，道："我也告诉你个秘密，你听不听？"

"我不能听……羲河……我现在不能……"

"不听也得听。"我俯在他耳边，轻声道，"我曾困于人伦，可我始终都知道，与我欢好的人，是我夫君。"

"你夫君……"

他像是被蛊惑一样看着我。

我一字一顿地说："没有别人，从来就没有别人。"

他近乎凶猛地吻着我，少年人的躯体，连拥抱都是生机勃勃的，连同这个吻，也带着草木繁盛的香气。

雨越下越大。

可屋里连呼吸都是烫的，他莽撞又温柔，一边说"对不起"，一边又无法克制地吻我。昏昏沉沉中，我在想：到底在对不起什么？

这时候，突然外面传来一个声音。

"天尊——陈大人有紧急军情禀告！"

"让他滚！"

他一边急切地吻我，一边厉声道。我侧头躲开，小声道："你疯了？不说了吗，紧急军情。"

"不管他，羲河……"

他执拗地还要过来抱我，我一把推开他，提高声音对外面说："让陈将军稍候，天尊马上就来。"

夏挽恼怒地坐起来，道："以后要有宫规，天大的事情都不许半夜来汇报！"

我第一次见他这个样子，扑哧一乐，催促道："快走吧，就算你想做昏君，我也不要做妖妃！"

陈大人原在郑龙手下，是留下来镇守栩城的武官之一，如今深夜前来，必有要事。

我随夏挽一同到了外殿，陈大人跪在那里，声音都是抖的："天尊，何素龙将军反了……"

"什么？"

我一惊，这怎么可能？

而夏挽就如同早就料到一般，厌恶地皱起眉："然后呢？"

"他，他打着清君侧的旗号，带领旧部骑兵，要诛杀妖妃羲河。"

"完了吗？"

“啊？”

夏挽随口吩咐道：“为陈将军安排住处，其他人等，回去睡觉。”

我难以置信地睁大了眼睛，道：“夏挽！”

他坐在那里，又像是个冷漠的君王，道：“逆天悖德之人，神必谴之，何须挂怀？”

说完，他拉住我，拂袖而去。

何素龙那场轰轰烈烈的起义就如同一个笑话，他连枬城都没有走出去——那些北乾守将，本就对他恨之入骨，又得到了个可以在新朝立功的机会，自当竭尽全力绞杀他。

但是，他并未死于战争。

他死于天罚。

05

当时我并不知道，只觉得何素龙野心太过，迷失了心智，便把心思放在了复原宫室上——我总觉得自己命不久矣，能多做些事，便多做些。

我在宫中建了一座庙宇供奉先祖，并以知秋的面容塑了神像。这工程并不简单，但我做得很愉快，当我仰头看着逐步成形的庙宇时，就会觉得冥冥之中，我失去的一切以另一种方式同我永远地在一起。

那一日，我正在忙碌，有宫人通报：“禀告夫人，贺兰夫人求见。”

是又春。我安葬了贺兰知言后，重建了贺兰山庄，贺兰家的血脉如今只剩下又春腹中的孩子，家族典籍也早已散尽。但所幸的是，贺兰先祖多年著述的典籍尚能在民间寻到拓本，我一点一点地搜罗，只要贺兰家传承尚未断绝，便有希望。

又春即将临盆，丰腴了许多，仍穿着素白的孝服，扶着腰朝我行礼：“奴婢见过公主。”

我坐在蒲团上，道：“你如今不是谁的奴婢，人前自称‘臣妾’便好。”

又春便有些紧张，绞着手指，问道：“公主，你是不是还怪我？”

我仰头端详着即将成形的神像，只觉得心里静极了，道：“有什么可怪的呢？我相信了我想相信的人，你选择了你想选择的路，我们都没有错，只是没了继续同行的缘分罢了。”

她似懂非懂，但听明白了我们不可能像以前一样，便红了眼睛，垂着头不再说话。

我叹了口气，道：“跪着做什么，快坐下说话。”

她旁边的孩子闻言，便小心地搀扶她坐下，奶声奶气道：“母亲，你小心。”

我看了他一眼，他是贺兰行林，如今贺兰家的长子，也是宸冬的儿子东林。

大概年岁尚小，加上生母鱼宁轮廓柔和，他的北乾血脉瞧着并不是那么明显。我称他是贺兰知言的义子，倒有许多人怀疑他是贺兰知言与某北乾女子所生。

“行林近来在读什么书？可有什么不懂的？”

贺兰家惯来四岁开蒙，他也不能例外。

“回禀夫人，”他一板一眼地答道，“在读先祖所著的《开蒙诗教》，先生教得很好。”

又春已经完全地进入了母亲这个角色，在一旁又是欣喜又是惭愧：“阿林学得可快了，还教我读诗呢。”

我点点头。我一向觉得，所谓南北，不在血脉，把一个北人放在南人的位置，他便成了南人。

宫女上了一盘细果，有时鲜的青梅，也有各式的蜜饯。我近日很喜欢吃这些甜酸的小东西，又春还保留着在我身边的习惯，拿了喜欢的就吃起来，行林在一旁，安安静静地看着我们俩吃。

我拿了一块糖霜韵果递给他，道：“尝尝看，这是燕州的点心，桐城没有的。”

他接了过去，小心地咬了一口，便有些惊讶地瞪大了眼睛，我心中一酸。在我为数不多的有关他的记忆里，他很爱吃甜的，鱼宁曾把他抱在怀里用小勺喂他吃甜羹，他吃了一小口，便高兴地蹦起来，随后张大嘴，还要吃。

我叹了口气，轻声问："你……还记得你的父母亲吗？"

"自然记得。"他垂下头，轻声说，"父亲为驱除敌寇，以身殉道，是行林的表率；而母亲身怀六甲，还要为行林操劳。行林长大了，一定孝顺母亲，光耀贺兰家的门楣。"

随后，他拿起一块果子，递给旁边的又春，道："母亲，你吃。"

我怔住了。

他像每一个贺兰家的小公子一样，穿着浅草纹饰的长衫，连头发丝都规整得无懈可击。可我看出了他的恐惧，他像一只用尽所有气力将自己隐藏在草垛之中的幼狼。

"行林啊。"

我叹了口气，想去摸他的头，却被他条件反射地避开。他反应过来后，便有些惶恐地看着我："夫人……"

"别怕，你回答得很好，若是当年的我，也不会回答得更好。"我还是摸了摸他的头，轻声道，"以后若有什么不懂的，便进宫来问我。"

他用力点点头。

"院子里养了只小白鹿，叫小柿子，可好玩了。你去瞧瞧，我与你母亲说说话。"

他听话地离开了，我目送他的背影，想起很多年前，有人曾对我说过，我们的孩子以后也要读许多书。

那已经远得像是上辈子的事了。

"你来找我有何事？"

又春忧虑道："重建贺兰山庄之后，有许多书生上门拜会，说是公子的门生，这，我也不知谁是真，谁是假……"

“权且都认下吧。”我道，“夏挽以武将得天下，下一步，必要培养文官势力来平衡。扶持贺兰家，也是借贺兰家之名，向天下学子昭彰我朝尊儒重道。这群书生闻风而来，是因为他们需要出路，而我正好可以在其中挑选得用之人。”

“我，我没听明白。”又春懵懂地说，“公主的意思是，怕武官像何将军一样反了吗？”

我一笑，道：“算是这个意思吧。”

“可是何将军被雷劈了，大家都说，他和公主作对，才会被上天惩罚，没人敢再造反。”

我也听说了。在何素龙起义造反的第三天夜里，骤雨将至，雷电先至，那一道天光将半个栩城照亮，竟不偏不倚地正中何家的府邸。火，就这样燃起来。

黑茫茫的夜色中，火光若凤凰振翅，熊熊而起。虽然下了雨，火势却也不减弱分毫，何素龙一代战神，竟这样活活地烧死在这场火中。

天罚。

所有人都这么说，羲河公主乃神佛庇护之人，岂容凡子诋毁，神明降罚于逆天之人，以示天道。

神鬼之说我是不信的，只是觉得有些蹊跷。何素龙造反的时机蹊跷，这场大火来得也蹊跷。只是我这几日一直忙于修缮宫室，并未细想。

又春傻乎乎地继续说：“我还觉得，是公子在天之灵惩罚了那个恶人。当日，公子从北乾军营里逃出来，不也是放了把火吗？”

“哦，你说那场火？那场火是夏挽放的。”

我突然愣住了，青梅酸涩的果肉哽在喉咙里，沉重而尖锐。

而庭院里，行林正在逗引着小柿子随他跑，我突然想起，攻占栩城之后，小柿子一直养在何素龙身边，夏挽并不干涉。可是这次，夏挽不顾舟车劳顿，一定要带它回来……

就像是，他知道何素龙会造反一样。

又春瞧我一直愣神，便道：“公主是不是不舒服，要不我们先回去？”

她站起来，到院子里呼喊：“行林？行林？你跑哪里去了？”

我愣了很久，她的声音渐稀，我才浑浑噩噩地起身，准备同她一起去找。可是推开门，我一眼便看见了行林躲在一棵树边，瑟瑟发抖的样子，而他对面，站着长身玉立的夏挽。

夏挽朝他伸出了手……

“行林！”

我自己都不知道，我的叫声居然是那样凄厉。我跑过去，一把把行林挡在身后。

一时之间，所有人都愣了。

我和夏挽对视着，我的眼神一定太过恐惧，以至于夏挽的目光从惊讶变成了悲凉。

小柿子从夏挽身后跳出来，亲昵地拱着我。夏挽绕过我，轻轻把行林头上的落叶拿下来，然后半蹲下来对他说：“不用怕，什么时候想同小鹿玩了，就进宫来。”

“是。”

行林挣开我，过去躲在又春的后面，怯怯地点头。

06

他们离开了。

夏挽静静和我对视着，他今日穿了件颜色清浅的长衫，越发如玉一样洁净清润。他先垂下眼睛，再抬起来，又是那样温柔：“今日身子怎么样，还会吐吗？我差人给你送来的蜜饯……”

“何素龙是怎么回事？”

我打断了他。

“什么怎么回事？”他笑着问我，“前几日军情汇报你听到了，他造反，结果死于天火。”

“我要听实话，夏挽。他不是一个蠢货，他知道我快要死了，他没有造反的理由。”

我指着庙宇，那里有未完成的神像。

“在你母亲面前，你告诉我，是不是你？”

在逐渐暗下来的天色下，他凝视着我，目光竟有些许冰冷。小柿子似乎察觉到了什么，怯怯地用头拱他的手。他低头深吸了口气，转身背对着我：“夜风起了，我们回去吧。”

我一把拉住他，道：“夏挽，是不是你？”

风吹过叶子，沙沙地响了起来。他将我的手慢慢拿下来，然后回头，朝我笑了。

那个笑容，美到妖异。

“在我母亲面前又能怎么样呢，你觉得我在乎吗？还是你以为，时至今日，她还能庇护你？”

他看着我，冰冷地笑着：“别傻了，羲河，如今爱你、在乎你、保护你的人只有一个，那就是我。”

“你在说什么？我不想听这些——”

“何家人早就死了个干净，可何家军还在。我告诉他，如果他不肯造反，我就会让何家军所有人死无葬身之地。”

圆月初升，初春的夜风带来花朵的气息，面前的少年，笑得那么温柔，温柔得让人毛骨悚然。

“何素龙该死。”我几乎语无伦次，“但不该是这样的死法，他这十多年，用命来效忠你……他，他们，对你的感情是真的，你感觉不到吗？”

“我知道啊，但我不在乎。”他微笑着说，“他伤了你，就该做好下地狱的准备。让他以一个反贼的名义死在火海之中，已经是我心慈手软。我本来想，让他看着何家军在他面前一个一个被凌虐至死……”

我几乎站不稳，脑海中贺兰知言和何素龙绝望的面孔交替出现——

“他不是南胥人”“……竟将一个怪物扶上天下之主的位置”。我听见巨大的嗡鸣，一直努力去忽略的真相，以近乎狰狞的方式，出现在眼前。

他是一个没有感情的……

“怪物。”

夏挽刚伸手要扶我，闻言，手停在半空中。

我喃喃道：“乱伦悖德，欺师灭祖，罔顾人命……你怎么可以是这样一个怪物……”

一个没有感情的帝王，怎么去庇护百姓？怎么去开创盛世？我该怎么办？

“我是个怪物，可是为了你高兴，我已经用尽全力了。”

他慢慢收回手，眼中最后一丝光芒也熄灭了：“可是你看，你永远都是这样。伦理比我重要，天下比我重要。最可笑的是，连宸冬的孩子都能让你对我立刻冷眼相对。羲河，无论我怎么做，我对你来说都是随时准备抛弃的秽物，对吗？”

我什么都不想说了，绕开他准备离开，可是被他死死地抓住了手臂。

“你去哪儿？”他声音很平静。

那种熟悉的暴虐如同飓风一样席卷了我的身体，北乾皇宫里那个恶毒疯子又回来了。我抬起头看着他：“去个没人的地方等死。怎么，皇上不允许吗？”

他拉着我，没有说话。

“哦，是啊，普天之下，莫非王土，没你的允许我哪里都去不了。但还好，我要死了，死了，就再也不用看到你了。”

而他始终保持着拉着我的姿势，眼中泛起一点泪光。若是之前，我会心痛，可现在急火攻心，我满脑子都在寻找最伤人的话来反击。

他终于开口了，却问了一个奇怪的问题：“羲河，你通医理，你有多久没为自己把脉了？”

“这是什么意思？”

他微微一笑，道：“我的意思是，月份足了，胎象稳固，你大概也能摸出来了。”

人在太过震惊时，是说不出话的。我几次张合嘴唇，都无法发出声音，只能颤抖地去摸自己的脉，因为太过慌乱，什么都摸不到。

夏挽一把抱住我，亲昵地在我耳边说：“你想离开我，可是我们的孩子就要降生了，你要去哪儿？你能去哪儿？”

“这不可能，我中了毒，我是要死的……”

“别傻了，枬城破城之日，你为了去找他，大量失血，又经历了……”他讥讽地一笑，像是在斟酌用词，“死别之痛，随后你昏睡了三天，脉象凶险到了几乎没有。可是后来，你开始好转，再后来，你醒了过来，像个奇迹。”

“你为什么不告诉我？”我呆呆地说。

他扑哧一声笑了，声音轻柔：“我告诉你了，你会同我过冠春吗？会承受乱伦悖德的骂名吗？会怀我的孩子吗？”

“乱伦悖德”这四个字让我心头巨震，我猛地挣扎起来：“你骗人，我根本就不能有孕，我，我连月事都断了。”

“对啊，你的身体不易有孕，所以才要每天一碗保胎药养着。”他近乎残忍地笑着，说，“你真的很乖，我看你喝药的时候就忍不住想，如果你知道这药是为了我们的孩子喝的，还会不会这么乖。”

我的手不受控制地颤抖，我摸向我的腹部，什么都感觉不到。

他一把抓住我，向不远处的内殿走去。有宫人向他行礼，他厉声道：“滚！”

他把我拽到神像前，昏暗的灯光下，有着知秋面容的神像悲悯地看着我。

“我想把一切都处理好了，再告诉你。我希望你同我一样，因为这个孩子的到来觉得欣喜，现在看来，是永远都不会有那一天了，对吧？”他依然在笑，可是眼泪一点一滴地落在我们交握的手上。

“你放开我！”我一直在挣扎。

“那么谁都不必伪装下去了，在我母亲面前，我告诉你，我就是这样的怪物，我也绝对不会放开你。承受乱伦悖德的骂名，同这样的怪物永生永世在一起，就是你的命！”

“不是！我没有！”

我们那天吵了多久，我已经记不清了，总之都失去理智地、拼了命地说伤害对方的话。我只记得最后我咬在他虎口上，鲜血直流，而他始终没有松手。直到两个人都已经精疲力竭，他才站起来，把我抱回他的寝宫。

07

大部分宫室都是按照长明宫的模样复原的，只有他的寝殿是全新的，是一种极为罕见的玉石砌成的白色，金色的鹓雏纹饰栩栩如生。

明日，就是登基的仪典了，国号为“夏”。几个时辰之前，这是我最期待的日子。

我曾觉得，亲眼看到他成为真正的天下之主，便死而无憾。可是现在，我不知道我还能期待什么，我也不知道，我还能相信些什么。

夏挽把我放在了软榻上，旁边的宫人呈上了一碗汤，那是我熟悉的、浓郁而苦涩的味道。

他舀了一勺，吹凉了，喂到我唇边。

我便张口喝了下去。

抗拒有什么用呢？他有一万种方法让我喝下去。他是天下的主人，这就意味着，他也是我的主人。

喝完了药，他又喂给我一勺桂花糖。这糖很甜，借着这点甜味，我终于从那种狂躁的情绪中平复了下来。

我们都没有再说话，许久，他终于开口道：“如果我道歉的话，你会原谅我吗？”

柔和的灯光下，他仍是那样美，我竟想起在北乾花园中我们的重逢。那时候，我还不知道他是夏挽，只被那样的美貌震慑。当时我说，长成这个模样，不是神明，就是妖孽。

一语成谶。

我摇摇头，道：“你是守戒之人，自然知道修行的时候必会遇到魔障，若未度过去，当然要怪自己道心不坚，哪有怪心魔太过惑人的道理？”

所谓魔障，贪者见财，淫者见色，那我呢？我便是见他。

我一生颠沛流离，常在险境，所以要克制，哪怕多看一眼喜欢的东西，都是罪过。而我又渴望温暖、安定和爱，他恰好就带着这些出现在我面前，还锦上添花，带给我复国的希望。

所以，我明知会万劫不复，还是一次又一次地放纵自己接近他，后来顺从心魔拥抱他的时候，只有我自己知道，我一边厌恶自己，一边觉得快乐。

堕落的快乐。

如果我当日没有放纵自己走到最后一步，我可以在建国之后退回姑姑的位置，那么他就能以南胥后裔的名义建国。是我，我背叛了亲族、背叛了伦理，我甚至背叛了爱，拥抱他不是因为我爱他，而是因为我渴望他的爱。

“我们走到今天，都要怪我。我可以对你不假辞色，可是我一次一次地放纵自己。你有什么错呢？你什么错都没有。”我喃喃道。

他轻声道：“不管你怎么做，你都会是我的，以色诱之，以国诱之，以命诱之，你拒绝我一次，还会有一千次，我不会给你逃走的机会。”

我凝视着他，半晌，才道：“夏挽，凭你的聪慧美貌，要什么样的女子都会有的……”

“可我只要你。”

我别开脸，道：“我不想说话了。”

“好，你听我说。”

他深深吸了口气，然后说："羲河，你同我在一起，会永远遭受着乱伦悖德的骂名，而且我是个自私冷酷的怪物，除了你，我什么都不在乎。我小心翼翼地隐藏，殚精竭虑地扮演着你会喜欢的样子，可是对不起，还是吓到了你……"

他的声音带了些许哽咽，他却仍努力微笑着："我真的很想让你喜欢我，但我好像永远都做不到了。可是，可是我也有好的地方，你说过喜欢我的脸，我还算聪明，你想要的，我都会为你做到，只要我活着，不会让人伤害你一点。所以羲河，不要离开我，好不好？"

他的眼睛那样亮，却也那么绝望，他就像是个穷途末路的小动物，用尽自己所有去乞求猎手。

我闭上眼睛，不再去看他，道："我累了，明天再说。"

"好，你睡。"

他拿出一个盒子，大概是手在颤，那盒子一直发出金属碰撞的声音。

"明天，明天就是登基大典，羲河戴着这个同我一道登基，好吗？"

那是一顶凤冠。

"然后，我保证什么都忘记，羲河喜欢别人也可以，把我当成别人也可以，我们就好好地在一起，好不好？"

那天，我们仍睡在一起。宫中设有水推的风扇，氤氲的水汽和着花香被风送进来，原本是不热的，可是我出了一身的汗。半梦半醒之间，他问我："热吗？"我含糊地点点头，他便支起身为我扇风，我才又慢慢地睡熟。

登基大典需晨起祭神，夏挽天不亮便离开了。等我醒来的时候，床边只有两个宫女，一个捧着皇后的吉服，一个捧着那顶凤冠。

夏挽一向仔细，凤冠大概是早就备下了，其精美奢华，是我平生所未见的。

我看了许久，然后慢慢地将那个盒子合上。

"把那件茶白色的衣服拿过来。"

“可是夫人……娘娘，今天大喜，穿这样素淡……”

“给我。”

沐浴过后，前面已经隐隐传来了热闹喧嚣之声。我安静地坐在镜前，梳理着长发。没了脂粉，我真的老了，眼角眉梢已经有了细纹，可比起当年在北乾浓妆华服，又透着一种素净和新鲜。大概人的生命也像是蝉，衰老的同时，也蜕去一层外壳，变成新的自己。

这时候，屋外传来喧嚣声，秦柳元穿着礼服，满头大汗地跪到门口，见了我便道：“娘娘，您怎么还在这里！这，这登基大典马上就要开始了。”

“我今日身体不适，便不去了。”

“这怎么能行呢？”他抖着八字眉，越发语无伦次，“陛下说了，他要同您一同登基，否则，否则他就不去。”

“什么？”

我立即就往外走，却在最后一刻停住了。

我在门口站了一会儿，又转身回去，坐到了镜子前，道：“他的天下，他都当儿戏，我们操心什么呢？”

秦柳元急得顾不上僭越了，膝行至我身前，道：“娘娘，羲河，你不要糊涂。你这一辈子，我们南胥人这一辈子，不就是等着今天吗？一个海晏河清的盛世马上就要开始了，我们不能功亏一篑。”

“你错了。”我说，“我今日去了，才是悲剧的开始。”

秦柳元急道：“我听不懂你在说什么，羲河，你哥哥这一生最遗憾的事情就是力不从心，他想治理好国家，他想挽救颓势，可是他做不到。现在神明降世，重建南胥，纵然，纵然不是以山河太子的名义又如何呢？你忍心让你哥哥、让我们的祖先含恨吗？”

我叹了口气，道：“堂兄，我同他的关系，你不是不清楚……”

“那又如何呢！他是神明啊，神明自然需要祭品！”他猛然停住，道，“我急糊涂了，我，我不是说你是祭品。”

我只觉得荒唐，闭了闭眼睛，道：“堂兄，你回去吧，我要用膳了。”

“羲河，你究竟在任性些什么！触怒神明是会遭天谴的。”

我想说这世间哪有鬼神，却又想到，如他一般的元初教信徒，早已与常人不同，便又懒得说了。

宫女上了餐食，我尽管有些反胃，还是吃了起来。秦柳元还不走，依旧跪在地上哀切地看着我。

“堂兄，你要说神明，我给你讲个天狗降世的故事吧。当日天狗坠入渔村，要活人献祭，村里为保太平，每月便选出一人献祭，从此村里风调雨顺，天狗也被尊为瑞兽。可是后来，它的胃口越来越大，献祭的人从一个，变成两个、三个……村人惶恐，便有人逃了。天狗将逃走的人吃了，随后扭身将整个村子的人都吃了，吃饱了，便去了下个村子。你说，这是谁错了？”

他犹豫了一下，回答：“……是村人供奉不勤？”

我端详着筷子上的肉，摇摇头，道：“是村人从一开始，就不应该将一村人的生死，交到一个怪物手里。”

08

秦柳元终于离开了。我吃完了，便去了落叶寺，那是我为知秋和南胥先祖建造的寺庙。

那里偏僻，前面再热闹，那里也安静得只能听见春日鸟鸣。阳光下，浮尘飞舞，工匠们在有条不紊地添砖加瓦。我看了一会儿，突然很想放风筝。

那是个大燕子风筝，拖着长长的尾巴，很神气。可是我不想剧烈地奔跑，于是无论如何，风筝都飞不起来。

正在沮丧的时候，一只手接过我手中的风筝。

是夏挽。他也穿了件素白的长衣，对我笑笑，清朗温柔。

他跑动起来，衣袂飘飘，风筝很快高高地飞在空中，我心满意足地微笑起来。

风筝被系在旁边，我们坐在草坪上。宫人放了案板，他挽起衣袖，为我泡茶。

“登基大典应该快开始了。”我说。

“嗯，你不去，我便不去。”

我凝视着他，想呵斥，却最终没有说出口。

我喝了口茶，道：“其实我一直在犹豫。我想，当作什么事情都没发生过就好了，你缺乏仁君的品性，可是我会在你身边管束你，又有什么关系呢？至于伦理，你如今是天下之主，谁又敢说闲言碎语？”

他为我倒了一杯茶，轻声说：“但是？”

“但是我做不到。其实我一直害怕你，我自己都不知道为什么。直到昨天，我开始明白，是因为只要在你身边，我永远身不由己。我要嫁给谁，待在哪儿，过什么样的生活，都在你的掌控之中。”我抚着腹部，苦笑了一下，“我连要不要孩子，都要你来替我决定。”

他开始急切：“不是这样的，除此之外，我什么都听你的。”

“除此之外……也就是只要我乖，你就对我百依百顺，就像宠物之于主人，对吗？”

夏挽怔住了，慢慢摇头：“不是的……”

“今日你爱我，便听我的话，如果哪天你厌弃了我，我该怎么办呢？这天下又该怎么办呢？你今日可以拿它与我置气，明日若厌倦了我，拿它做玩物取乐，我又能怎么办呢？除了你所谓的爱，我一无所有。”

“不会的，你比我的性命还要重要，你知道的……”

“是吗？”我挑起眉，笑道，“那我要把这孩子打了，然后另择夫婿，可以吗？”

时静默，过了很久，他才轻声说：“不行。”

我们一同望着那飘摇的风筝，都没再说话。

“但是我不会打的。”我慢慢地开口道，“你真是多虑了。哪怕被扣上乱伦悖德的罪名，哪怕万劫不复搭上我的命，我也要这个孩子。因为他是我与我所爱之人的第一个孩子。”

他手一颤，杯子坠落到了地上。

“昨日吵架，我们都晕了头。你说错的，我也没来得及纠正你。”我笑了一下，“当日我划破手臂，是为了去找你，傻不傻？”

他猛然看向我：“可是你醒了之后……”

“我不想承认我喜欢过他，因为那是对你、对南胥的背叛，可是事实上就是这样。”我叹了口气，“他是我这辈子第一个爱上的人，结果却如此惨烈，在北乾的这些年，我拼了命地报复他、折辱他，到最后已经分不清是爱，还是恨。”

这是我第一次袒露自己，却没有想象中的那么难堪。

“后来，我觉得自己已经没有了爱人的能力，更何况是你。同你成婚，是审时度势；同你过冠春，是想要放纵。真正我觉察出爱你，是那时候在枬城，我觉得我要死了，最想做的事情，是为你备下四时的衣裳，我希望你记得我，像一个丈夫记得他的妻子。”

夏挽猛然抱住我，他的身体在颤抖。

我抚摸着他的头，轻声道：“但你要原谅我，我不能过俯仰由人的生活，永远不能。”

今日去了登基大典，就再无退路，没人会支持一个乱伦悖德的皇后。可若我一日还是羲河公主，便一定有南胥旧臣和北乾旧部愿意向我投诚，我可以培植自己的势力，此后即便有一日他有残虐之举，臣民也不致引颈就戮。

原谅我，夏挽，我相信你是全心全意地爱我。

但我不能爱任何人，超过众生。

因为我是南胥公主羲河。

这个身份是我的枷锁和牢笼，也是我活到今天唯一的倚仗。

那天的最后，我们终于没有再争吵，而是携手回了寝宫。

夏挽帮我擦干净头发上的水，滴了花露，为我束发。镜中他的面容安宁而温柔，没有一点戾气，和往常一样，却又不一样。

他轻声对我说：“其实我一点都不喜欢长明宫。”

我怔了一下。

“记忆里，它就像一个永远灰暗的屋子。宫人们欺负我；母亲不是冷淡，便是歇斯底里；父亲则永远把我当成个神憎鬼厌的恶物。但是我在寺庙那些年，还是很怀念它，因为羲河会来找我，会把光也带进来。”

我叹了口气，对他笑了一下。

“后来，我把她弄丢了。再后来，重逢的时候，我们都面目全非。我发过誓，要把这世间亏欠她的，全部还给她。可是怎么办，我竟也变成了逼迫她的命运之一。”他把一支钗缓缓插入我发间，对着镜子里的我道，“羲河，对不起。”

我心中一酸，摇摇头。

“我该去登基大典了。”他说。

“好，我等你回来用晚膳。”

我起身为他整理衣袍，他没有回答，只是轻轻摸了摸我的头。

我看着他离开，走到门口，他突然站住了，回头看着我，随后，那扇门缓缓合拢了。

那天晚上，我像所有妻子一样，准备了饭菜等他，可是月到中天，他再也没有回来。

那一天，是个万里挑一的吉日。

群臣皆至，四牲俱全，天地鬼神已经拜过，可是一统天下的君主，却迟迟未出现。

眼看日头就要偏西，他才走出来，未着龙袍，也未戴冠冕，只穿了一件轻薄的白衣。风吹起他的衣角，他如同九天之上的神明。

所有人都跪了下来，宫人呈上了酒杯。

“诸君追随本座，征伐伪朝，共历生死，今日我等统摄南北，问鼎中原，此酒不敬天地，唯敬诸君，遭逆虏摧残十载，不堕旧志，不灭血气，才终有重铸家园之期。”

“臣等谢天尊！”

此举不合礼制，可是无人反对，所有人都在向他们的王叩首。他仰头喝了第一杯酒，随后，又倒了第二杯。

“当日敌虏入侵，数十万人罹难于战乱，北侵十年，饥馑所夭，以万万计，此第二杯酒，祭我等兄弟姊妹、父母妻儿。他们奔亡流散，却未见太平。”

他眼中含泪，仰头喝下了第二杯酒，而堂下的群臣早已涕泪交横，零星的声音响起：“天降神尊，以济苍生！”而后声浪越来越大，已如洪钟。

北侵十载岁月，太苦了，他们当然会怀疑，所谓盛世、所谓和平，是不是只是一梦华胥，眼前的苦难才是真相。妻儿离散，父母的骨骸无人收拾，就连自己，也是天生命贱、任人凌辱的“南奴”。可是这时候，夏挽出现了，告诉他们：上天站在你们这一边，你们所希冀的盛世，就在不远的地方。

他们不是愚蠢，只是已经毫无办法，他们只能相信，相信他说的都是对的，相信他是上天所派来的神明，相信他是拯救他们的神。

“第三杯酒，敬我等后人，他们将生于盛世，长于太平，白首不知饥馑，以慰我忠臣烈士之魂。”

“天降神尊，以济苍生！”

在震耳欲聋的呼喊中，他饮尽了最后一杯酒，然后对众人展露了一个笑容，道：“苍生劫数已满，本座拜别红尘，恭迎人间帝王。”

09

一阵白雾在众人情绪激动的时候已经悄无声息地弥漫，直到将他与龙椅笼罩。一只巨大的鸟儿从白雾中振翅而飞，羽翼光华流转，绕梁三周而去。待众人回过神来，龙椅上已空无一人。

群臣目瞪口呆，秦柳元最先扑通一声跪在了地上，道：“天尊这是……重回天庭！”

所有人惊于这种史书上才会有的神迹，都跪在地上，涕泪交横地叩首。

这一切都是别人讲给我听的。

他用参宿术在众人面前将自己变成了真正的神明，而那个天命所归的人间帝王，是我。

我呆了很久都没能说出话来。我想骂他自作主张，也想质问他：“你说你要把世间亏欠我的都还给我，那么你呢？夏挽，那么你呢？”

可是，我再也找不到他了。自朝堂隐于白雾中，他就像是真的回到了九重天上，再无半点音信。

女子为帝，自然引起了轩然大波。但是朝臣并无别的选择，更何况何素龙一役，与我为敌的重臣都已被肃清。那年七月，我登基为帝，国号为“周”，是开天辟地以来，第一个开国女帝。

同年九月，我生下了一个女儿。这个本来被当作乱伦悖德产物的孩子，被朝臣奉为神子，以东宫之礼迎接她，三牲祭神，向天地四方射箭以告天下，大周朝有了继承者。

我从未想过要做帝王，虽然我前半生一直行帝王之实务，但我一直觉得这个名号有没有并无什么所谓。可是真到了这个位置我才知道，只有成为王，我才能缔造我想要的帝国。

我将天下设为十四州，禁称“北人”“南人”，只按地域称“幽州人”“燕州人”，此后再无南北，只有大周子民。

我设立官学，规定有教无类，此后无论出身，都可入学读书，参加考试。

……

这期间当然遇到了无数阻碍，但是和在北乾的那些日子比较起来，这并不值得一提。我想要的那个海晏河清、人物繁复的帝国，正艰难而缓慢地，从混沌中现出巨大的身躯。

一切都很好，只除了，没有他。

我时常会恍惚，关于夏挽的一切，会不会只是我因为太过绝望而产生的幻觉？这时候，招招就会大声地哭起来。招招是我的女儿，大周的公主。礼部给她取了许多名字，我都没有用，我还在等，等她的父亲回来给她取名。

我叫她招招。

她不是那种惹人喜爱的孩子，皮肤黝黑，五官平淡，和好看搭不上边，却身体康健，一顿能吃上许多，哭起来总是中气十足。

“你爹生得那样貌美，我也不差，为什么你生成这个样子？”我抱着她，十分嫌弃，她蹬着腿，越发不满地哭闹起来，我赶紧晃着她道，“不怕不怕不怕，我的女儿不需要美貌，等爹爹回来了，还可以教你调香、煮茶、弹琴……你比谁都要厉害。”

哄啊哄啊，她终于不哭了，一滴水滴落在她小小的脸颊上。她好奇地伸手去抓，抓不到，便又哭了起来。

我才发现，是我的泪水掉了下来。

我们新婚的那一日，夏挽曾对我说，他对自己下过诅咒，离开我百日便会万毒钻心而死。如今，他已离开一整年，我仍然在找他。从恼恨，到绝望，最终变成了偏执。

其实想想，虽是夫妻，我们竟从未彼此相信过。

他说他征伐天下是为了我，我一直觉得那只是孩子气，包括他的爱，我也疑心不过是偏执和占有欲，可他用近乎惨烈的方式证明了，他从未妄言。

而他大概觉得，我说爱他的那些话，是为了安抚他，因此他离开了我，留给我长长久久的安宁。是啊，我说爱他，的确有一分假意，我希望安抚他，让他听我的话。可是剩下九分，都是真心，他为什么会不知道？

“你爹很笨，不过别担心，他不会不要我们的。”我轻声说，她仍在中气十足地哭闹，也不知道那样小的身体，哪儿来那么多眼泪。

时至次年中秋，已有些许繁荣气象，我决定趁着庆贺中秋清一清天下的颓唐，由官府出资举办了灯会。长街上花灯缭乱，官妓打扮成妖怪和神仙的样子巡游，一连九天不设宵禁，通宵达旦，歌舞升平，美酒与瓜果的香气，能随风一直传到宫中。

我站在宫中的露台上，向下瞧着熙熙攘攘的人群。虽看不清，但我知道，有小姑娘骑在父亲的肩头，天真地朝花灯拍着巴掌，也有少年儿女隔着人声鼎沸，悄悄互相看那么一眼，还有一对老夫妇在街边殷切地吆喝着“蜜饯、炸鱼头、沉香熟水……”。

一轮明月高高悬在这烟火人间上，那么美。

这时候，有宫人来通报：“陛下，宫宴要开始了。”

宫中也举办了宴席，为第一榜登科的学子，叫作赏秋宴。

原来取士都从贵族子弟中遴选，大多都是年轻人，而这一榜进士年龄偏大，且不乏贫寒之士。头榜第一是个年逾不惑的大汉，瞧着忠厚憨直，大概是没经历过这样的场景，一直在擦汗。

“这位是沈穆，沈公子，对吗？”我侧头问。

“是俺……”

他慌乱地跪下，周围人哄堂大笑。我一笑，道：“沈公子不必拘谨，本朝以武建国，正乏文官辅佐，诸位都是饱学之士，日后，都是朕的股肱之臣。”

“谢陛下恩典。”

众学子一同行礼，而沈穆也笑起来，偷偷擦去额角的汗水。其实我倒有些奇怪，虽说有教无类，但是能在乱世中尚苦读不辍的，应还是有些家底的书生才对，但是这一榜有不少的落魄子弟。比如这沈穆，三代都是贫民，北侵的时候，他落魄到给人唱丧歌为生，居然还能一举夺魁，实在是个奇人。

“沈公了的策论，平实稳重，言之有物，朕很喜欢，其中有一句‘有山君守度朔之门’，这是什么典故？”

他颤巍巍道：“回圣上，此典出自《子舆策》，讲的是仙山门前，有虎镇守，虎能辨阴阳吉凶。”

“嗯，没错。”我又道，“看来你家学渊源，连这样生僻的典故都知道。”

他咧嘴一笑，又很快醒悟过来，惶恐地叩首道：“臣家中贫寒，有十年无书可读了，是蒙圣上皇恩，进入官学后才有书可读。”

旁边的官吏解释道：“官学学子都常去典籍司。”

北乾丝毫不注重文化，南胥旧日的典籍孤本都被随意抛掷损毁。我登基后，便建立典籍司，派人搜集散落在民间的经史子集，且对官学的学子开放借阅。

“很好，朕都不知道典籍司有这样冷僻的书籍，不过一年工夫，已经修建得这样完备了吗？”

“是的。”说起书，沈穆像是个馋嘴的孩子说起美食，兴奋起来，“典籍司的书籍浩如烟海，但是已经分门别类地整理归档，那位典籍官……”

旁边第二名突然用手肘碰了他一下，沈穆并未察觉，继续说：“那位典籍官，还时常指导我们读书，他挑出来的，都是经世致用的典籍。”

“这么短的时间就把书籍整理好了，真是个人才，得赏。”我随口说道，旁边的官员应道：“是。”

“好了，今宵上下同乐，请诸位尽情欢饮就是了。”

我笑吟吟地与他们同饮了一杯酒，便站起身来：“公主年幼，离不得母亲，诸位欢饮，朕先行一步了。”

所有人都行礼拜别，我缓步向殿外走去，走出宫门后，越走越快，最后奔跑了起来。歌舞声、行礼声、宫人的呼喊声被我远远地甩在身后。

“不许跟过来！”

我推开典籍司的门，对身后的人厉喝道。

门内整整齐齐地放着各式的书籍，一轮月光从窗口映照进来，一个男子长身玉立，在读一本书：“迢迢牵牛星，皎皎河汉女……”

听到声音，他回过头，是堪称人间绝色的一张面孔，朝我微微一笑，道：“陛下。”

番外一

满垄桂雨——夏挽

他是死过一回的。

北地的长刀贯胸而过，冷得像是冰，比那更冷的，是眼前女子悲恸的眼睛。他朝她伸出手，想说：对不起，我没法长大了。以后别人欺负你，我保护不了你了。

他也想对她说：过刚易折，姑姑你要保全自己，你要平安顺遂，你要……

那么多的嘱托想说，可什么都说不出来啦。冷风倒灌入伤口，浓稠的鲜血顺着身体流下来。

这个孩子死了，死在春天到来之前。

他的身体被北乾士兵像拖死狗一样拖在地上，他的魂魄被冷风托起，与这战场的孤魂野鬼一起飘向了蒙昧的未知。

白衣广袖的无常手持招魂幡，问他：“你身为王子，死于少年，心中可曾有怨？”

他摇摇头。

他们走过被战争蹂躏过的土地，已经死去的人们变成了游弋而过的亡灵；尚未死去的流民佝偻着身躯，讪笑着兜售自己的儿女，来换取一夕饱饭。无常便问：“你天生王命，当负苍生，此生可有遗憾之事？”

他再次摇摇头。

他不爱黎民，也未有黎民爱过他，他不想拯救谁，因为没有谁来拯救他。

无常叹息。

满目疮痍的战场上，凭空生了一座桥。桥边生出朱红色花朵，它们在流淌的黄泉水中热烈地盛放。

“走过这座桥，你心中所有挂牵之事，便与你再无关联。”

他踏上了奈何桥，风吹起额上沾着血污的发。他听见了他出生时那场大雨的淅沥声，母亲的哭喊，父亲的叹息，从小长到大的寺庙里诵经的声音，远处早朝的脚步声，宫人背对着他的窃窃私语。

“那个孽种——”

一步，两步，三步……

“夏挽，姑姑来找你玩啦！”

他的脚步停住了。

奈何桥头忽地生长出了柔软的绿枝，缠绕成了一棵树，树上开满了摇摇晃晃的桂花，风一吹，便往下掉叶子。树下有一个小姑娘，她拿着风筝，笑得比午后的阳光还要温柔澄净。

他长长久久地看着她，就像他之前做的那样。这世间这样无趣，只有注视她的时候，他才能觉察出万物的可爱之处。

“夏挽——”

在那一瞬间，他突然想起了他忘记的事情，一件很重要很重要的事情。

他终于回了头，看见了他身后站着的女子。她在奈何桥的那头，她已经不是那个富贵乡里的小公主了。她骨瘦如柴、遍体鳞伤，惨笑道：“夏挽，你要把姑姑一个人留在这世上吗？”

他摇摇头，随后越摇越快，然后大梦初醒一般地，往回跑去。

他怎么能离开她，怎么能把她一个人留在这样荒唐的世上！她那样胆小，她连走夜路都会害怕——

“姑姑——”

夏挽猛地睁开眼，这本该早离开人间的少年，猛然呼入了一口人间的寒气。

葛老儿松了口气，道：“我还以为你的魂儿走了呢。”

“师父？”

此刻，他在北乾的停尸房内，周围都是覆盖着冰霜的死尸。

葛老儿扔给他一件衣服，道："师徒一场，我救你一次。"

他捧着那件麻布衣服，怔怔地看着老人。

初入北军之时，他被派到葛老儿身边打杂。葛老儿是北乾的巫师，在军营里专门处理尸骸。旁人觉得葛老儿晦气，不肯亲近葛老儿，但夏挽没什么感觉，在他眼里，世上的人只有可利用的和不能利用的罢了。

大概因为这个，葛老儿收他为徒，并在处理他的尸体时，用参宿术救了他。

"你走吧。"葛老儿背过身，收拾着东西，"你与大皇子命格相克，只得存一。想活命的话，日后能离他多远就多远。"

夏挽勉强起身，依照南胥的礼仪，给葛老儿行了大礼，道："今生受师父大恩，徒弟虽死难报，日后必将参宿术世代传承，以成全师父爱护之心。"

葛老儿没说话，只是背对着他挥了挥手。

夏挽艰难地继续说："只是师父，不知我……我姐姐如今，人在何处？"

葛老儿道："她死了，你昏迷已三日，她在你出事那天就死了。"

被铁链拴着，扔进了冰河里，浮不上去，沉不了底，只能拼了命地挣扎着，口鼻都是鲜血，在水中僵硬着，变成了一具狰狞的尸骸，最后被砸碎了骨头，扔进火中。

夏挽"死后"第三天的暮晚，何素龙终于冒着风雪赶了过来，为小太子收尸。但上天是如此眷顾他，冰冷的停尸房里，他的小太子活生生地端坐在那里，穿着一身麻布，洁白如雪，清净如莲，额心一点红痣，灿然生辉。

纵使他是久经沙场的武将，也不由自主地跪坐在地上，放声大哭起来。

何素龙千恩万谢后，带着夏挽连夜逃走了。他太过喜悦，以至于错过了宽大衣服下，孩子洁白的手臂上有一道狰狞的血口。

这世上没人知道，这孩子曾哭得怎样肝肠寸断。他不能发出声音引起眼盲的葛老儿怀疑，只好死死地咬着自己的手臂，任鲜血顺着下巴，蜿蜒而下。

他想死，但他不能，他要把羲河所受的苦，十倍地加于北乾人身上。那样柔和秀美的孩子，在那一刻，仿若从地狱爬上来的修罗。

在夏挽的指点下，何素龙带着他与贺兰知言、郑龙会合。贺兰知言跪在他面前，失魂落魄，夏挽只说了一句："今后大人同我共谋大事，前尘往事，当忘则忘。"

贺兰知言长跪不起。

夏挽有一种超乎寻常的聪慧，在他的指点下，郑龙建立了林北据点，刚好卡在让北乾不以为意，又能招兵买马的程度。

第二年，他让何素龙带着何氏残部，以及林北第一批兵士来到了西泮城。那里是一伙民间起义军，推着秦柳元建了小朝廷，夏挽命何素龙假意投诚，离间了那伙人后，几乎兵不血刃地拿下了西泮城。

第四年，小朝廷和林北呈对角之势，都在夏挽掌握之中。

随后，夏挽便一直住在西泮城的桂花寺中，戴着三戒镯整日读书习武罢了。

读书倒没什么，他有一个满腹经纶的母亲，在她的教导下，他早早熟背了百家经典，应付先生足矣。习武却是一招一式的积累，半点都偷不得懒。

何素龙忙着蓄兵，并未有大把时间专门教授他，便命了自己的心腹武将教他练武。那人叫陈缺，是个刻板冷漠的中年人，并未因为他是主公而宽厚半分，反而严苛到了变态的地步。

每日寅时，夏挽便要起床向名义上的师父何素龙问安，随即要绑着沙袋练习步法，腿若抖一点，陈缺的竹竿便抽过来，夏挽腿上会横生一道血痕。一个简单的招式，他每日要练上千百遍，错了或者慢了一点，便有古怪的刑罚等着。

贺兰知言来探望的时候，曾因此和何素龙吵到了翻脸的地步。而夏挽从不说一个字，无论陈缺的要求有多么古怪和难以捉摸，他都照做，脸上的表情平静柔和，甚至称得上慈悲。

西泮城的山中有雪豹，在一个大雪天里，因为一个错漏，陈缺让他去山中猎豹，连何素龙都道无甚必要，夏挽还是去了，纵然他身体虚弱，一到冬日，便有咳喘。

打猎最重要的不是武力，而是耐心。大雪漫天，他坐在山中打坐，如一尊石佛。那些天下诸事、战局变迁，在他脑中交会成金色的棋局，一步一步，清晰而明了。寒风凛冽，而猎物藏于深林之中，他再次闭目，便看见了羲河。

她到院门口来找他，带着各种各样她搜罗来的小玩意儿。说来也奇怪，他印象里的宫室里总是阴沉沉的，可她一来，阳光就打在青苔遍布的门扉上，那样阴暗的角落，都变得明亮起来。

“夏挽——”

她叫他的名字，语气有江南女子特有的甜软。她的话总是那样多——“你母亲怎么样？”“你最近夜里还发不发热？”“我最近读了本闲书，你听我给你讲”。她看着他的时候，他也看着她，她不看他的时候，他仍然看着她，心想，这世上怎么会有人生得这么好看，笑得这样美。

而这人竟是他的姑姑，而她竟这样爱他，这让他一想到，就觉得心头发甜。

狂风大作，月隐星稀，他的眉毛已经白了，身体几乎要被雪埋起来。可他不冷，他的心口装着羲河，她暖得就像是太阳。

树影微动，少年蓦地睁开眼，一只雪豹从林中跳跃而出，奔向诱饵。少年拇指扣弦，一手开弓，箭如流星——

雪豹腹部中箭，尚未死透，嘶吼一声，朝少年袭来。少年长刀雪亮，与猛兽肉搏，最后一刀插入雪豹咽喉，血飞溅在这少年脸上，触目惊心。

“很好。”

陈缺从树后走出，须发皆白，夏挽在这山中待了多久，他就在暗处陪了多久。他道：“动心忍性，可堪大任。”

夏挽把刀从兽的咽喉拔出，从容行礼，道：“全赖老师指教。”

陈缺凝视着他，也跪了下来，低声道：“臣数次以下犯上，主公长大成人之日，便是臣以死谢罪之时。”

夏挽摇摇头，风雪中，少年琥珀色的眼睛纯净诚恳，他道：“老师为我之意，夏挽铭记于心，怎能辜负？”

夏挽十五岁那年，从桂花寺里走了出来。

那年，林北韬光养晦，郑龙林北匪王的英名已经天下皆知，而西泮城日渐富庶，何素龙在暗中训兵。一支能与北乾骑兵抗衡的队伍，正在逐渐形成。

而夏挽，只是个缁衣清俊的少年郎，仿佛是这场王图霸业的吉祥物。谁也不知道这孩子曾经做了什么，以后即将做什么。

何素龙慈眉善目道：“挽儿也该成个家了，可有心上人？”

纵然王室早婚，也没有十五岁便成婚的道理。夏挽微微一笑，道：“我自幼守三戒五律，清心寡欲，怕是会误了姑娘前程。”

“挽儿这是什么话？谁家女子能嫁与你，便是母仪天下，这可是天大的福气！”

夏挽便没有再争，过了不久，何素龙命人呈上了名帖，上面都是西泮城的各个名门贵女。夏挽选了一遍，突然抬头道：“听闻陈缺老师有一女，怎会不在册中？”

何素龙脸色骤变。陈缺素来没什么表情，这一刻却有些克制不住的激动，叩谢道：“主公留意小女，是臣阖家上下的荣耀。”

诸臣下拜，恭喜主公觅得良配。

那一夜，院中的桂花开得纷纷扬扬，一弯残月皎洁生辉。

何素龙在家中踱步，叹息许久，心腹何年劝道：“主公还这样年幼，义父何必忧心？”

“我总觉得不对劲，他不像面上那样乖顺。贺兰知言和郑龙那一边，又是愚忠耿直的。怕是成大事后，难以掌控。”

“主公对您向来尊重。”

何素龙虎目一凛：“那他就该在我为他择的女子中选妻，而不是要选什么陈缺的女儿……呵，偏偏是陈缺的女儿！”

陈缺在军中威望极高，若成了主公的姻亲，以后成了小太子的外祖，便有了跟何素龙分庭抗礼的实力。

何年不再敢说话，许久，才道：“陈缺对您一向忠心。”

何素龙终于冷静下来，冷哼一声，道：“纵使忠心，也是个外姓人。”

他真正的心腹，都被赐了何姓。

那是很漫长很漫长的一夜。

何年从何素龙房中离开后，便回了房间，从暗门进入密道，来到了桂花树下。夏挽在树下抚琴，旁边卧着一只白鹿，恍然如仙。

何年跪了下去，道：“天尊，何素龙妄以人力亵渎神明，奴愿为天尊诛杀。”

他是真的愤怒了，因为太过激动，他甚至眼眶通红。

何素龙忽略了，所有人都忽略了，夏挽幼时玩闹一样建立的元初教，在他出关那一日开始，便比瘟疫更快地传遍了天下：北戎、西洋、林北，军中、乡村，商贾、士人……到处都是狂热异常的信徒。

夏挽信手拨弦，道：“本座此生既与他有师徒的情分在，自然该敬重些，只怕他野心太过，害人害己。”

何年叩首：“奴待天尊差遣。”

何年离开后，桂花树上跃下了一个人，是鼠千岁。他阴冷地笑道：“天尊，看来那老儿今晚便要动手了。”

夏挽微微一笑，道：“去吧。”

鼠千岁的身影隐匿于黑暗中，夏挽的目光看向了自己身旁，那里有个女子，十六岁，白衣温婉，桂花穿过她发光的身体，轻柔地飘落。

“姑姑，你说人心若鬼蜮，可我觉得玩弄起来，却是很有趣。”

她没有说话，仍是坐在他身边，静静地守着他，一如这十年来的每一天。

“姑姑，我弹琴给你听。”

他弹奏起来，是曾经她最喜欢的曲子。闭关这些年，他除了练习武艺和重建元初教的核心教义，便是学琴了。

善猎者必善待，他等了十年，终于把天下变成了自己的猎场。

那一天，陈缺失踪了，连同他的女儿及家眷。

何素龙从他的府邸中搜出了他私通北乾的证据，一时之间，掀起了轩然大波。

“挽儿对陈缺一向敬重，他竟敢做出如此大逆不道之事，如不严查，恐怕会失了忠臣义士的心！”

“那师父以为如何？”

“派兵擒拿，格杀勿论。”

夏挽笑了一下，道：“我听闻，陈家满门忠烈，大多人在北侵之战中罹难，师父让他的先祖牌位进了忠义堂，如今追捕忠臣之后，怕是会触怒鬼神呢！”

何素龙以为夏挽在找借口保下陈缺，冷笑道：“乱臣贼子怎配祭祀！挽儿若有顾虑，直接烧了他家的牌位便是。”

“那就全凭师父做主吧。”

夏挽叹息一声，继续低头抚琴。

何素龙派出无数精兵，可是陈缺便如凭空蒸发了一般，不见踪迹。

夜里，夏挽于密室之中，凝视着陈缺伤痕累累的脸，轻声道：“老师，今日休息得可好？”

陈缺如同一只受伤的野兽，不停地发出没有意义的吼声。夏挽没有锁他，可是他几次三番地想要逃走，都轻而易举地败倒在地上——他再也敌不过这个曾经的弟子。

“为什么？”他嘶哑着吼道，“我全都——全都是——为了你好！”

他还没说完，便被夏挽打断："是啊，老师待我之心，日月可鉴。"

"你与何素龙定下那些残酷的责罚是为了我好吗？是为了让我从小便畏惧你们，害怕忤逆你们的命令，然后一生被你们掌握在手里。"

陈缺闭上眼睛，道："我说了，你成人之后，我便以死谢罪。"

"你来把我塑造成一个懦弱的王，然后交到何素龙手里。"夏挽轻轻笑道，"最后大不了一死。折磨我的时候，你便是这么想的吧？"

他琥珀色的眼睛映出陈缺惊恐的脸，以及一点忽明忽暗的火光。

"可天下偏偏有比死更恐怖的刑罚。"

陈缺愣了片刻，便疯狂地哀号起来，以头撞击着墙面，就像是想把脑子里那个怪诞恶心的画面撞出去。

"很痛苦吧，发现你的女儿，我的芷柔姐姐，从十六岁开始，就做了何素龙的女人。"

夏挽的声音那样低柔，就像是温柔的絮语。

陈缺再也忍不住了，一拳打向夏挽，被他避开了。陈缺倒在地上，蜷缩着、抽搐着："你这个畜生，畜生！"

"我做了什么呢？"

我只不过让鼠千岁，引着你到他们平日幽会的地方看了看。只不过几年前，我与芷柔姐姐闲谈时，扮出懦弱的样子，暗示了何素龙的无上权柄。

只不过，这么多年乖顺平和，一点一点喂养了何素龙心中的妄念与贪婪，让他一日比一日所求更多。

陈缺匍匐在地上，往外爬去，这次夏挽没有阻拦。他侧过身，看着陈缺踉跄离开的背影，轻笑道："人心可怖，比鬼当诛。"

陈缺踉跄着跑到了外面，他要质问他的恩师，他要为女儿复仇，他要揭露这个伪君子……

他看到了一场火，陈家一门忠烈之士的牌位被扔在地上，燃烧在熊熊烈火之中。

这半生，走马灯一样从眼前掠过。从家破人亡，到被何素龙从战场上救下来，生当衔环，死当结草，再到撞见女儿和自己尊敬的将军抱在一起，然后倒在地上，死不瞑目，最后凝结成眼前的虚影——何素龙，战神何素龙。

“乱臣贼子，格杀勿论！”

陈缺红着眼睛嘶吼着朝何素龙砍下去，却觉得胸口一凉。他回过头，看到了他的战友，他的生死同袍的兄弟，满怀憎恨地看着他，长枪贯穿了他的胸口。

陈缺倒在地上，血污被积水化开，那样污秽。

“呸！北乾狗！”

每个人都朝他的身体吐着唾沫，在他的魂魄即将散去的一刻，他看到了桂花树下立着的那个少年。

馥郁的花朵飞舞着，他穿着一身琉璃白的袍子，撑着伞，清净洁白，额心一点红痣，莹然生辉。

“怪物——”

陈缺终于意识到，夏挽并不是在复仇——

夏挽只是觉得有趣。

让他痛苦，让这个未来的天子、黎民百姓的希望，觉得有趣。

“下一个是谁呢？”夏挽撑伞走过街头，在心中淡淡地想，“让贺兰和郑龙相互残杀，还是让何素龙看到重建的何家军在他眼前毁掉……哪一个更有趣呢？”

罢了，还是先取了那北乾王的人头再说吧。还有宸冬，他已经迫不及待地想看宸冬死前会露出什么样的表情——

他是真正的怪物。

不是因为冷血，而是因为他毫无敬畏之心。他不怕生老病死，因为他厌倦了活着。他更不怕命运，所谓怨憎会、爱别离、求不得，他无在意之人，无所求之事，所谓宿命，又有什么可怕的呢？

甚至，他在桂花寺中，谋划残虐之事时，都在与佛对坐。他轻蔑宿命与报应，他不知道命运的吊诡。

北侵十年，百姓对旧日的神明已经绝望，夏挽用三年时间，重建了元初教的教义，亲自建立了元初教的七十二门，对于不同的种族、身份、学识，有不同的传教方式。元初教以惊人的速度摧毁了旧日的神庙，成了南北百姓心中唯一的信仰。

只除了栩城。

栩城附近是最核心，也最顽固的北国贵族，他们笃信狼首佛，对任何具有南人色彩的信仰都不屑一顾，夏挽准备亲自去传教的时候，贺兰知言的书信到了。

贺兰知言说，自己与旧日家婢通上了信，这名家婢说，北乾宫中的羲皇后，便是羲河公主。

夏挽在沙漠之中借着篝火看着这封信，这已经是他看的第一百七十四次了。他当然不相信，这样荒谬的事情谁会信。

但是他还是抱紧了怀中的盒子，那是姑姑最喜欢的瓷器。那上面印着一只小兔子，姑姑最喜欢小兔子了，若是能再见到她，他想自己做许多小兔子给她，他还想陪她放风筝……

他长大了，能保护她，可以为她做许多事让她高兴，可是他永远永远都不可能见到她了。

现下去那宫中，伺机杀掉那个冒牌货，让她知道羲河公主的名号何其尊贵，然后将元初教传入栩城，再然后静待时机，为她复仇——这就是他穷极一生，唯一能为她做的。

就在他即将入宫的时候出了岔子，一向幽居于宫外的葛老儿进了宫。葛老儿是他的师父，更是北乾的参宿，他的身份一旦被揭穿，就会死无葬身之地。贺兰知言坚决反对他身入险境，而夏挽第一次显露出了倔强，他一定要入宫。

他要杀掉此刻心中丛生的妄念。

夏挽化名奈何，以西洋城使臣的名义进了宫，可在宫外整整跪了三天，也没能亲眼见见皇后。

第四天，一个寻常的午后，澄澈的日光透过树叶，照在了他的衣服上。一只小猫沿着墙根走过来，仰起头，轻声叫起来："喵呜——"

夏挽抬起头，就见到了她。

他第一刻没有去判断她到底是不是羲河，而是被那种扑面而来的美丽震慑了。北国的羲皇后，华冠长裙，若初升之日一样美艳，肌肤洁净白皙，仿若南国水乡盛开的莲花。

她真的美，那种美把北国拙劣寒酸的宫室映照得金碧辉煌。

"你是谁？"她问，声音带了上位者特有的不耐烦。

那个声音，那是他在襁褓里就熟悉了的声音。

"夏挽，看着姑姑，笑一个，来！"

"夏挽我来找你啦！你乖不乖？"

"夏挽，别扔下姑姑一个人——"

夏挽只觉得脑中一片混沌，他不知道自己说了什么，只听见旁边的侍卫道："他是这次的南胥使臣，求见皇后娘娘，跪在这里不肯走。"

羲皇后长久地打量着他，夏挽攥紧了衣角，他从出生到现在，最紧张的便是此刻。

他希望她认出他，叫出他的名字。

又希望她不认得他。

"怎么没人对我说，南胥使臣竟是个少年……"她歪着头看着他道，"长成这个模样，不是神明，就是妖孽。"

随后，她抱起小猫便准备离开，道："不是想见我吗？见也见到了，就回去吧。"

在最后一刻，夏挽呈上了怀中的礼物。他的手在抖，声音却平稳得像是什么都没发生过一样："启禀皇后娘娘，家师嘱咐，这次贺礼极为贵重，务必请皇后娘娘当面拆开。"

她仍是很随意地打开了。

那一刻，日光很薄地打在她脸上，那些胭脂水粉在一瞬间失去了颜色，她的五官褪去了艳色，是那样清晰。

“你师父是谁！叫什么名字！”她厉声喝道。

什么都不必说了。

那是羲河，喜欢小兔子、笑起来像日光一样明媚的羲河。

夏挽不知道自己是怎么离开宫殿的。

羲河还活着。

她在这样的地方，活了十年。

没有重逢的喜悦，只有痛，心脏几乎要碎裂的痛。他倒在地上，身体蜷缩在一起，痛不可言地捂住胸口。

他在桂花树下抚琴、烹茶、读书的时候，她从冰河中爬出来，她在这炼狱中苟且偷生，她以为他死了，所以她一个人孤零零地活在这世上。

她那么怕黑，那么怕痛，连养的小动物死了，都要哭上几天。

你是怎么活下去的，羲河？你告诉我，你是怎么活下去的？

一切都要从长计议，他要先同她相认，然后妥善地把她带出宫去。

可是他不知道命运是那样奇异的东西，当他心无挂碍，它便臣服于他；当他突然有了牵挂，那么好了，它便开始捉弄他。

宫廷夜宴那天，夏挽本约了葛老儿会面，可是要离开的时候，他看见了羲河离席，这是再好不过的机会，他便匆匆跟上了她。

露台上，她背对着他，腰肢纤细，脊背挺直，她听见脚步声，便说了一句没头没脑的话：“你瞧见大皇子妃了吗？天青绣锦做的衣裳可真好看，可是我不能那么穿。”

他走过去，轻声说：“皇后娘娘，我有话想对你说。”

微微暗下来的天色中，她回眸看他。她是个美人，醒时端严秀美；醉了，便妩媚妖娆。

她看着他，轻轻地、温柔地说：“你夜里还会不会头痛啊？”

“嗯？”

“你知道吗？我恨你，我恨不得杀了你。但我好想穿一件好看的裙子给你看啊。”

夏挽难得有些不知所措，他不知道她把自己认成了谁，她便笑了，侧身如玉山倾倒，吻住了他的嘴唇。

心跳得很快，从未有过的感觉让他浑身发麻。她攀附着他，唇间有南国的水汽，发上有温柔而馥郁的花香。

夏挽呆呆地被她推倒在地上，灵魂仿佛出窍，在半空中诘问自己：你知道你在做什么吗？你知道这个女人是谁吗？

最后一刻，夏挽猛地推开了她。

她醉了，茫然地看了他片刻，便合上眼睛，衣裳凌乱，如雨后的花朵。

他几乎是冲着离开露台的，他守戒只为了掩人耳目，他读佛经却不信神佛，可是那一刻他真的希望这世上有神，能赦免他的罪恶。

那是羲河。

是他的姑姑，与他没有血缘的肉中肉、心头血。

贺兰知言不知道他的计划，更不知道这一切。贺兰知言怕他暴露，命又春杀了葛老儿，引起了北国后宫的轩然大波。

大皇子咄咄逼人，夏挽来不及把心中事情想通，便踏入了纷争。

他终于得以知晓，她过的是什么样的生活。

在虎狼环伺的北廷，每个人都想要她的命。一口水、一餐饭，她都要再三检验才能入口。就在这样的环境下，她竟在朝堂中保下了一批南臣，通过了一个又一个优抚南人的政策。

她是南人穹苍俯视万物的太阳。

而她本人，被北乾王折辱，瘦可见骨，身中诅咒，夜夜噩梦。

如果是他，或者换作天下任何人，怕早就垮了，再就彻头彻尾地变成被仇恨吞噬的怪物。可她仍保持着做公主时的良善和温柔。她怜悯着弱者，坚守着君子之道，甚至，在北乾这样粗陋的环境，她仍保持着品香和分茶的习惯，每日在案头放上新摘的花。

他瞧着她，开始是心痛，后来是心乱，待他还未想清楚的时候，为了替她解开诅咒，他将那恶咒渡到了自己的身上。他一生算无遗策，最狼狈的便是这次，被宸冬严刑拷打，最后，他成了丹蚩威胁她的条件。

“这三个哪一个是真相，皇后说了算。奈何、禹青，还是又春？”丹蚩让她选凶手，笑得那样癫狂，那样得意，而她站在那里，面沉如水。

夏挽抬起头，看着她。她赤着脚，披着雍容的白狐裘，青丝在风中飞舞，美得惊心动魄，他要看着她，把这一刻变成永恒。

她会选他，只有选他，她才有可能活下去。活下去，才有希望。

他当然不会怨恨她，他很庆幸因为那些不可告人的心思未能与她相认，她不用失去他两次……

她朝丹蚩走过去，那样亲昵，那样温柔，直到鲜血飞溅在她脸上，所有人才意识到发生了什么。

丹蚩倒在地上，心口插着一支长钗，那钗尾部尖锐得见血封喉，也显然淬过毒，才能这样一击毙命。

她在能将她撕碎的北国诸将眼前，杀了他们的王。

夏挽怔怔地看着她，她整个人苍白如雪，唯有脸颊处有几滴血，那样美艳。众目睽睽之下，她朝宸冬走过去，抚摸了一下宸冬的脸，鲜血顺着她洁白的手腕蜿蜒而下。除了宸冬，没人听到她说了什么，只能看见她笑了，那个笑容如同三春花朵在冬日骤然绽放，是一种艳到极致、即将衰败的美。

宸冬横刀劈断了一块横梁，然后愤怒地咆哮着让人将她带下去，却放了她的人，包括夏挽和又春。

她用了最后的筹码，和宸冬做了交换，换他们的命。

离开之前，夏挽踉跄着走过去，撕下自己的衣服，为她包裹着赤脚。弯腰的那一刻，只有他自己知道，这意味着臣服。

他没有办法不爱这样残忍、疯狂又美丽的女人，他臣服于她，也臣服于自己的心魔。

那天，他捧着琴从她的寝宫回来，将她身上的诅咒引渡到自己的身上。然后闭目打坐，如同在桂花寺中与佛对坐的那些岁月。

他会参宿术，便努力调息，想让自己抵御那浩浩荡荡而来的噩梦。可是没有噩梦，只有羲河。他不能失去意识，他还要保护她，陪她走长长久久的日子……

暮色沉沉，几只寒鸦哀鸣着向远方飞去，他终于睁开眼睛，却听见细微的啪嗒一声。

陪了他多年的戒镯，就这样断了。他怔了一下，弯腰去捡，可是突然间，便落了泪。

其实只不过是少年遇到美人，一场情窦初开，挣扎不过，便一脚踏入了红尘。

他合该下地狱。

可是羲河，何其无辜。

她要面对的是乱伦悖德的罪孽，她最爱的那个夏挽，将永永远远地消失。她这辈子，没过几天安稳平顺的日子，日后也不会有。

我的羲河，我的羲河……他被拖下去的时候，在心中念诵。他那样爱她，可是他终究输给了心魔。他要得到她，像一个男人得到一个女人那样得到她。

心中的佛像终究旋转了过去，变成嘶吼的狼首。

后来，他出去之后，提前了所有的计划。在时机不成熟的时候，向栒城发动了攻击，终于将她救了回来。

他利用了所有他能利用的，娶了她回来，答应给她一个天下。

十年了，他终于又觉察出日子的有趣之处来。

阳光本是寻常的东西，可打在她脸上那样好看，他从此喜欢晴天。食物本来就是用来果腹的，可是想到要为她做些补身的东西，蔬果肉食也有可憎和可爱的区别。

他喜欢弹琴，喜欢烹茶，喜欢所有能讨她喜欢的东西。她笑一笑，仿佛阳光打在墨色的琉璃瓦上，整个世界变得五光十色。

他从这时候开始有了惧怕。他害怕死，死了就看不到她、陪不了她了。他害怕失去她，害怕这样好的世界重归黑暗。因此他十倍缜密地布局，他妄图以人智与宿命相抵，可是他不知，人一惧怕，神明便知。

乱世争雄，毫厘之差便是死无葬身之地，而军中之人各怀鬼胎。这本是他精心安排的有趣游戏，他曾很想瞧他们自相残杀，可是现在不行，他必须夜以继日地殚精竭虑，才能让自己不犯一个错。

那些日子里，他内心焦灼，回去见羲河的时候，他都会在冷风中站一会儿，将自己身上的血腥气吹散，也把所有的烦躁和困顿吹散。他要干干净净、体体面面地见她，他害怕她不喜欢。

骑兵在关键时刻到了，一切都像是他十三岁在桂花寺遇到的棋局，他马上就要亲自带兵打到枬城，北乾政权一旦瓦解，便再无凶险的战局，羲河与他便可以过上太平安稳的日子。

他太想赢了，生平第一次生出那样强烈的渴望，以至于，他犯了一个致命的错。

他领兵即将到达枬城的时候，有哨兵来报，说后方军队被北人偷袭。他记得那片可以藏人的密林，以他军中守卫，就算北乾偷袭，也决计讨不到便宜。他问:“夫人可安好？”

“夫人无恙。”

他颔首，催马向前。他想此战后若为太平盛世也不错，他会同羲河有个孩子，最好是个女孩，他会教她骑马、弹琴、烹茶……让她好好地长大，不沾染半分他与羲河所受的苦难。

暮色四合，他即将步入都城。可是，他停住了。

心突然很慌，就像是远方有战鼓响起。能让他觉得慌乱的，就是与血咒相连的羲河。

“主公！战场瞬息万变，耽搁不得啊！”

“主公！夫人的确无恙，您可入城之后亲自确认！”

他们说得都有道理，他也合该以大局为重。他点点头，催马向前，可是最后一刻，他站住了。

他想告诉他们，羲河曾经被扔进了冰窟里，一个人在冰冷的河水之中挣扎着，哭泣着。

这一生，无论如何，他都不能再让她被抛弃一次。

少年纵马往回跑去，他身后是热烈燃烧的火烧云，就如同波谲云诡的命运。

深林中，羲河倒在水边，浑身是血，旁边是一具早已冷透了的尸骸。他一步一步，惶然如踏在悬崖边，旁边有人说：“啊！夫人这是中了萁荚蛇毒！这毒……是无解的。”

他面无表情地一剑横过去，那人连哀号都不敢，就仓皇退了下去。

所有的药材都为她用了，可是她终究在他怀里声息渐无，他手上的血咒慢慢褪色——她死了，这咒就解了。

他放下了她，转身向外走去。

越走越快，越走越快，最终，他跪在了旷野之中。穹顶之上，漫天星辰，他闭上眼睛便看到了桂花寺的佛陀，它不过是木雕石塑，却承载了太多痴念。

“佛祖垂怜，我愿用所有，换羲河一命。”

他重重地叩首，他终于懂了那些被他玩弄的人心，那些愚蠢的、渴望的、惧怕的眼神。在永失所爱面前，没有人能体面。

他曾是在红尘之上嗤笑凡人的神明，他无悲无喜，无惧无痛。

夏挽再次叩首，向虚无、冥冥之中的所在哀求。他没有办法，除了哀求，除了这样五体投地，他没有办法了。

夜幕低垂，星光如无数只眼睛，冷冷看着这多智近妖的少年、这命中注定的人间帝王。

“若羲河能活下来，我余生不起兵戈，攒十方功德，以济苍生。”

风从远处吹来，带来战场的血腥的味道，秋天的树叶打着旋儿飘落，他终于泣不成声。

“求求你，求求你……用我的命换她的命，我所有的东西都给你，让她活着，让她活着……”

少年起身，他看上去就像从未哭过一样。还有一堂豺狼虎豹等着他去主持大局，北乾狗还没有死，他还有许多事情要做。

他只是冷冷地想，若羲河死了，便死了吧，他随后便追随她去好了。

但在那之前，他要让这天下所有人为她陪葬。

让忠勇变得卑劣，让坚贞变得放荡，摧毁所有闪烁的坚持和不肯弯折的傲骨，他要这样做，他一直也是这么做的。

羲河一直昏迷，可是那口气始终不肯散去。见过诸多生死的郑龙都说，铮铮汉子也不会有那样强的求生欲，她想活着，她拼了命地想要看到海晏河清，她不肯死。

昏迷的第三天，她醒了过来。

毒仍然在她体内，让她浑身没有气力，脸色苍白，嘴唇泛着紫，却美丽到了不可思议的地步。她平日也是美的，可是那种美或多或少地带些矜贵和端庄，可自从醒了过来之后，好像那些困住她的枷锁也同时碎了，她美得冶艳妖异，像极了传说中那些祸乱天下的美人。

在他出征前一夜，她成了他真正的妻子。她那样羸弱，全程眼神都是涣散的，他一直抗拒，他不想在此时碰她，可是他在她面前根本难以自制。她是真正的妖孽，只要她想，管你是神明还是修罗，都要拜服在她裙下。

“其实就是这么一回事。”她在他耳边轻声说，“得到了，便不必执着了，我死了之后——”

他迅速吻住她的唇，不让她将那些话说出来。

后来，他终于攻下都城，生擒了北王。

北王宸冬身中重伤，仍有威严，一张口问他的话却是：“羲河那个贱人是不是在你们手里？”

他皱了一下眉，道：“请您对我的夫人尊重一些。”

宸冬先是愣怔，随后放声大笑：“你拿她来羞辱朕，就太可笑了，她算什么东西，一个人尽可夫的贱货。”

夏挽冷冷地看着宸冬。他想亲手碾碎此人的骨头，可是这时候他听见身后有人走上来，他回头便看见了羲河，他的妻子。她手臂流血，已经虚弱得不成样子，却仍然固执地要过去看宸冬最后一眼。

他当然不会让她看到那血腥的画面，那会化作她经年累月的噩梦。

可她在他怀里挣扎，声嘶力竭地哭喊，以至于最后昏倒在他怀里。

他看着她，许多刻意忽略的画面变得清晰起来。比如十年前，在北乾军营，她看着那个年轻英武的将军，眼神像所有热恋中的少女一样明亮。

她没有用那样的眼神看过他。温泉一夜那样温柔缱绻，她眼神却是悲伤的，像是透过他，看向很遥远的地方。

他想起了当初在北国宫廷，她用鲜血淋漓的手抚摸宸冬的面颊，以及那时候有人说，他和宸冬长得很像。

最终，他想起在旷野上，他对神明许下的承诺，他愿意用一切交换，让她活下来。

现在宿命鬼祟般地在他耳边低语：“她永远不会爱上你。”

他那时候还不信命，他想，他们会有长长久久的以后，他会千百倍对她好，他也的确做到了。

他顶着巨大的压力，不杀北乾人，用所有的智慧斡旋，建立她想要的南北统一局面。他让战争的损耗降到最低，善待每一个她的故人，最后，他为了她修建了宫室，还原了长明宫的一草一木。她想要的，他都为她做到了。

直到最后，她将宸冬的孩子留了下来，让那孩子成了贺兰家的骨血。

战败的王族后裔留下来会有多大的隐患，没有人比他与羲河更清楚，更何况贺兰家是他的母族，却有了情敌的血脉，这对他是一种彻头彻尾的侮辱。

羲河当然不是故意要侮辱他的，她只是想要在自己死之前，把能安排好的事情，都安排妥当——她不知道，她身上的蛇毒，早在她割肉放血那天就已经解了，她的嗜睡、呕吐、倦怠，都是因为她有孕。

他凝视着宸冬的儿子，那孩子那样乖顺的模样，却有一双狼一样的眼睛。他在想，宸冬的孩子会比他更加聪颖、更加强大吗？如果是，待他老去，该如何保护自己的孩子？

这样想着，他朝那个孩子伸出了手。

他没想到的是，羲河迅速冲了出来，挡在了那个孩子身前。

一瞬间时空倒转，仿若那个晚上，她被他挡着，一定要去看一眼宸冬。三人的站位，不因一个人死去，而有所改变。

他拿掉了孩子头上的落叶。

他一直知道她喜欢什么样的人，光风霁月，君子磊落。可是他永远都不可能是，他已经极力去扮演一个讨她喜欢、让她不会害怕的人，可是，她终究还是发现了。

他们爆发了有史以来最激烈的一场争吵，所有血淋淋的真相，都那样清晰地摆在眼前。

他穷极一生，就是为了给她命运所亏欠她的一切。可是，他宁可死，也无法接受她离开他。可是只要在他身边，她就永远要背负着乱伦悖德的罪名，她永远不会快乐。

争吵也好，粉饰太平也罢，他们兜兜转转，已成了死结。

那天晚上，他们仍睡在一起，她因为怀孕而睡得不好，他便支起头，为她打扇。

她醒时，常在忧患之中，可睡着了，仍像当年的那个小公主。

他幼时多病，她就一整夜一整夜守在他床头，就那么目不转睛地看着他，生怕他烧坏了。后来，她因为要替母亲处理后宫的诸事，便来得少了。他太想她了，便装病，她听说了，急得直哭。

她一哭，他就觉得后悔了，他一生最怕的事，就是见她哭。

可是现在，带给她这些痛苦与悲痛的，都是他，都是他的执念。

第二天清晨，他便下了决定。

后来的后来，他的女儿说，他为她放弃皇位，是何等壮烈的爱。

但其实皇位对他来说，只是可有可无的东西。那一日，他离开了宫殿，是真的准备从此不再见她。他看着天上的流云飘忽而过，他用他的方式，向满天诸神证明，他是真的爱她。

他这一生，所有的快乐与牵挂，都与她有关。离开她就像是关上了世界上所有的灯盏，一无所有。

他只是舍不得让她不快乐。

后来，他做了一个小吏，收敛了所有的野心与暴虐，一点一点积攒功德，向命运为她祈福，乞求她长命百岁，年年日日，平安喜乐。

可是，她却仍然不快乐，一日比一日不快乐。

置之死地而后生的赌局，终究是赢了。她在他离开后，生下了他们的孩子，然后像所有妻子那样，思念着自己的丈夫。

重逢时，正有一轮明月。她看着他，仿若认输一样叹息："我爱你。"

这爱是真是假，有多少无可奈何，有多少习惯使然，都不重要了。重要的是他终究用人智换得天命，此后他再无法恣意妄为，也终生无法在政堂有所建树，他的暴虐、残酷将永远被封存。

这是他得到羲河的代价，他永远不会后悔。

满垄桂花盛放，月光透过枝头，照在了一对夫妻身上。他们从幼时起，便深陷于命运的捉弄，一路跌跌撞撞地走过来，如今，那些旧日的苦痛与悲凉已被封存。

他们只是一对寻常夫妻，抱着懵懂的稚儿，指着花灯让她瞧是否可爱，偶尔做娘子的抬眼，与做相公的相视一笑。

在这太平盛世，他们将白头偕老，一如婚礼上的誓言。

番外二

北极星——宸冬

那是一个冬天的深夜，风刮得极为猛烈。副官走进宸冬的营帐时，他正穿着一件单衣席地而坐。军营里物资匮乏，即使是主帅，也只有一件兽皮大衣，此时这件兽皮被仔细地裹在了周小溪身上，她睡得很熟，只露出一点玫瑰红的脸颊。

“将军，她到底是不是……”

俘虏与山匪里应外合，在他们眼皮底下烧了北乾的军营，明摆着，军营里有内鬼。而能够接触到军营的布防图，又能来去自由的人，只有周小溪。

宸冬没有回答。他手边有一卷画，是南国宫廷画师的笔触，画上的女孩尚有稚气，却也能看出是人间难得的秀美之人。那是一位宫廷画师为羲河公主的十五岁生辰所绘的。

丹蚩听闻俘虏叛逃的事情后，大怒，命宸冬必须彻查。丹蚩一直怀疑南胥皇族未绝，因而命人送来了所有南胥皇室画像的拓本。

——只除了山河太子，他年龄尚小，还未入画。

其他的画卷被分发下去追查，只有这一卷，宸冬留了下来。

副官心中一沉，不安道：“将军，羲河公主不同于普通王女，她自幼被封了镇国长公主，仪服同太子，十岁开始随南王处理政务，在朝堂和民间都颇有声望……现在局势未稳，这样的人一定会惹来祸患……”

宸冬放下画，突然答非所问道：“他们为什么不带她走？”

副官有些愕然地看着他。而他只是抬起手，把画卷扔进了炭盆里，火舌顿时攀上了纸张，那上面女子明艳秀美的面容，渐渐被吞噬。

“北乾要她死，南胥抛弃了她，她……小溪只有我了。”

副官焦急道：“将军……将军难道要为了她与大王为敌吗？”

跳动的火焰将宸冬的脸映得忽明忽暗，他没有回答，而这时候周小溪突然啜泣了一声，不知做了什么噩梦，在兽皮里发起抖来。

宸冬把她抱到自己的膝上，摩挲着她的后背。他未做过这样的事情，拿刀的手微微有些僵硬。

天生万物云生雨，
夜里的生灵闭上眼睛，
神赐给勇士的长刀，
野马群跑在草场上。

大概没有人能置信，那样暴虐的、杀人如麻的将军，轻而又轻地哼着北地的童谣，哄着怀中的女孩入眠。待她睡熟了，他才慢慢放下她，起身拿起了放在一旁的长刀，轻声道：“北乾男儿当然要保护自己的妻子。”

随后，他一把掀开营帐的帘子走了出去，黑暗和风雪顿时穷凶极恶地扑上来。

夜色中，无数北乾的勇士围着营帐，他们的目光和刀光一样冰冷。

“大王命你即刻将南奴公主送过去！”

“她怀孕了，哪儿都不能去。”宸冬道，“况且，她不是公主。”

“宸冬！俘虏逃走，军营被烧，你犯下此等重罪，还想违抗大王的命令吗！”

此时站在这里的一半的人是奉丹蚩的命令赶来的，另一半是他手下本就蠢蠢欲动的将领，森冷的长刀泛着血光，仿若猛兽的獠牙，副官在他身后低声道：“大皇子，咱们的亲兵不在这里，护不住她的。”

“我知道。”

少年的声音很平静，他举起刀，仿佛准备划开一整个长夜。他说：“我会死在这里，但我保证，我死之前，没有人能活着离开。”

那是他十三岁斩杀白狼王的刀，那是少年将军踏着尸山血海一路走来的威仪。

没有人敢第一个上前，黑暗中，只能听见此起彼伏的呼吸声。

他们对峙着，直到东方既白。第一个人凝视着他，后退了半步，随后慢慢转身离开，然后是第二个、第三个……最终，一轮红日喷薄而出。

营帐的帘子被掀开，周小溪打着哈欠走出来，见他站在那里，很惊讶地问："将军，你怎么醒得这么早？"

"嗯。"

宸冬收起刀，转身喝令众人："拔营整顿！三日后抵达枬城！"

没人知道在那个夜晚，一个衣衫单薄的少年立于旷野之上，以一把刀与几百人对峙，为了身后那顶在风雪中飘摇的帐篷，那里面睡着一个女孩，她是足以颠覆北乾的南胥皇室，也是他认定的妻子。

后来，他下令将她沉入了冰河。

这是北国最残酷的刑罚，他漠然地看着她在冰河中挣扎，然后彻底沉下去，有火光在他瞳孔里摇曳了一下，然后彻底熄灭了。

昨日种种，譬如昨日死。

所谓情爱，不过是年少时的一场大梦。

宸冬打马走在黑夜中，他这一生，好像都在这样的黑夜里。

他很小的时候，曾被族中的阿哥带到离家很远的地方去捡干牛粪。

北乾孩子都要做这样的活计，冬日苦寒，需要燃干牛粪取暖，大人有许多事情要忙，小孩子便拿着箩筐捡。不过孩子们大多都是捡着玩儿罢了，天刚擦黑，便有阿妈站在门口拖着长音喊："回家吃饭了！"

宸冬家里可没有大人做这件事，他捡到多少，家里就有多少牛粪烧。因此他起劲儿地捡着，还有那么多，那么多。再一抬头，暮色四合，周围一个人都没有，而天已经暗了下来。

"阿哥——"

他叫了一声，被自己的声音吓了一跳。夜里的草原会刮起带雪的狂风，把人冻成不会动的石头。

宸冬努力辨认着道路，蹒跚着往家的方向跑去。他太小了，不停地跌倒在黑暗里，又不停地站起来。他一面跑，一面小声喊着“阿哥”，他希望这只是他们同自己开的一个玩笑，他们还没走远。

天已经彻底黑下来，四下黑漆漆的，他什么都看不见了。不远处传来让人毛骨悚然的狼嚎——冬天是它们最饿的时候。

宸冬终于忍不住哭起来，眼泪流在皲裂的小脸上，针刺般地疼。泪眼婆娑间，他仰头看见了冬日浩瀚的星空，那上面有一颗极明亮的星星。

那是北极星，北语发音作“宸冬”。

“北极星，阿妈的北极星。”母亲离开前，曾经这样抚摸着他的脸，“你要做第一的勇士，要带领北乾，去更远的地方……”

母亲叫玫瑰奴，是丹蚩王的结发妻子，是个能杀狼搏虎的悍勇妇人。丹蚩带兵在外征战的时候，营地被南胥人偷袭，为了掩护年幼的孩子们逃亡，她带领一群老弱战到了最后一刻，后来被俘时，生生把一把钢刀插入自己的脖颈。

宸冬，北极星永远指向北方。

北乾人永远不会屈服。

宸冬擦干了眼泪，向着北极星的方向一路奔跑起来，终于，他看到了营地的火光。

营帐里，火烧得热腾腾的，男人喝着酒，吃着肉，女人在火堆边缝着毡帽，那个带他去捡牛粪的阿哥，正同几个同龄的男孩玩着摔跤。

宸冬呆呆地站在那里，一会儿，睫毛上的冰晶融化了，落在脸颊上，那样滚烫。

他抹了一把脸，低头看看手里的装满干牛粪的篮子，准备离开。这时，他迎面撞上了一个醉醺醺的少年。

少年叫禹青，已经十二三岁。对于六岁的宸冬来说，禹青简直像个高耸入云的巨人。

“哟，捡了这么多牛粪，”禹青看了一眼，“正好我那里还不够，分我点？”

禹青伸手去拿，宸冬往后退了一步，他说：“不给。”

“拿来！”

禹青不耐烦地挠挠耳朵，伸手去抢。

宸冬一口咬在了禹青的手上。

丹蚩正在王帐里搂着美人喝酒作乐，就看见自己的婶娘拎着一个小崽子，骂骂咧咧地走进来。

“这小子是个狼崽子，差点抓瞎了我们禹青的眼睛，参宿说得不错，就是个灾星！”婶婶在一旁愤愤道。

大王的营帐里暖得让人昏昏欲睡，宸冬趴在地上，满身伤痕，他很害怕，但他不能抖。

三年前狼首佛预言：北乾亡于王嗣之手。

鬼神之说缥缈不可信，更何况那时北乾正是兵强马壮的时候，可是在那之后，丹蚩的子嗣一个接一个地夭折，对外都称是病死。

大概是与玫瑰奴结发夫妻的情分，丹蚩没有去动宸冬，但也不去管他，宸冬跟着伺候过母亲的老嬷嬷长大。这些年，嬷嬷耳提面命，时时提醒，让他一定要躲大王远些，再远些，千不能、万不能让大王想起他。

此时，丹蚩醉眼蒙眬，想了一会儿才想起这又黑又瘦的小男孩是谁，婶娘又为什么来寻他的晦气，于是问：“为什么打架？”

宸冬没有回答。

“人家十几岁，一群人，你才多大，你就打？”

当然打，宸冬在心里说。

丹蚩推开怀里的女人，对宸冬道：“你过来。”

宸冬走过去，扑面而来的是成年男子身上的热气，混杂着酒和铁器的味道。

丹蚩面无表情地盯了他一会儿，突然扑哧一声笑了：“好像昨天还吃奶呢，一不留神都成了小伙子了。”他用粗糙的手揉揉小男孩的头，笑道，“好儿子，你知道吗，你长得像你妈妈，也像我。”

宸冬懵懂地看着他，在宸冬的记忆里，对大王最后的印象还是母亲丧礼上，他接连杀了许多人，他一向是疯狂、冷酷、高高在上的。而此刻他如此温和，就像是一个父亲。

“狼首佛赐给我的北极星。”他拍拍儿子的头，道，“快点长啊，长大了，跟你爹去把南胥打下来！”

宸冬被侍卫送回营帐之后很久，发顶还留存着父亲手掌的温暖。他摸摸自己的头，有点恍惚，心想：若是我做了大王的勇士，他还会摸我的头，叫我“好儿子”吗?

可嬷嬷确定他全须全尾之后，一把抄起旁边的烧火棍，劈头盖脸地打了过去。

“谁让你打架的！谁让你打架的！

“说过多少次了，不要让你爹看见你！为什么不听！为什么不听！”

宸冬没有躲，他一声不吭，任烧火棍打得他满头满脸都是血痕。

嬷嬷终于力竭，背对着宸冬喘着粗气。宸冬被打得倒在地上，站都站不稳，他盯着嬷嬷的背影，慢慢地爬起来，然后，把那篮子干牛粪推到她身边。

“不哭。”他说，“今天就不冷了。”

嬷嬷老了，晚上一冷就冻得睡不着，所以他才捡了一天，差点没命也不肯让给别人。

嬷嬷将他搂在怀里，眼泪就这么流下来，她念叨着：“你心这么软，怎么办！你心这么软！你离你爹远点！好孩子！你离你爹远点。”

宸冬在嬷嬷怀里，懵懂地点头。

后来，那个在黑夜中找不着家的孩子长大了。他十三岁第一次领兵，一统北部；十五岁，获封铁甲大将军，兵权仅次于丹蚩；十八岁，挥师南下。

那一年，他身着铠甲站在丹蚩面前，少年将军的笑容明亮得就像灼灼烈日。

“如此武勇，不愧是我的儿子。”丹蚩笑了笑。这一次，丹蚩没有摸他的头，而是赐了他一杯酒。

那时候他什么都不懂，他只是很高兴。他想，他终于成了让父亲骄傲的儿子，可以待在父亲身边了。随后，他仰头喝下那杯酒。

丹蚩笑了，酒杯落在地上，发出清脆的响声。

随后，他们便出征了。丹蚩下令将他手下的精锐部队打散，分散到各个队伍，最后留给他的，是整个北乾最积弱的部队。

战争中一念即生死，他看着高高在上的王，想说些什么，可是此刻，他的头却剧烈疼起来。

疼得像头骨寸寸碎裂，疼得浑身痉挛，疼得无法站稳，他倒在地上，最后的意识，是丹蚩冷漠的眸光。

“是巫毒，此毒会让人夜不能寐，头痛欲裂，最歹毒之处，是会摧残心志，任是再心志坚定的人，也会逐步变得暴虐失控。中此毒者，没人能活过三十岁。”

葛老儿说完，整个营帐里一片死寂。他一手带出来的将领们握紧了拳头，双目通红。

“是因为狼首佛的预言吗？”有人问，“可是大皇子是我们的战神将军……而且大王也只有大皇子一个继承人啊。”

所有人都心知肚明，这次不是因为预言，而是因为……大王他老了。

每一任老狼王都会害怕狼族的新生力量撕裂他的喉管，掠夺他的王位。这些年被酒色掏空的丹蚩已经远远无法同宸冬抗衡，因而，他先下了手。

他要他的儿子英年早逝，不得好死。

有一个将领开口了，道：“将军……若您下令，我等拼死也要为您讨回个公道。”

附和声四起，宸冬却没有说话。几日前他还是个意气风发的少年，如今已经被疼痛摧折得面容灰败。等众人安静下来，他才开口道：“你们为什么来这里？”

“什么？”

宸冬半躺在床上，窗外是南胥所建造的园林，那是他平生从未见过的秀美绝伦之物。

他轻声道：“养我长大的嬷嬷……今年七十九岁了，路都走不大稳当。但她还是要整夜守着羊圈，随时准备和野狼搏斗。北部苦寒，那几只羊是我们一年的口粮。”

诸将都是一愣，不知道他为什么要提及这些。

“你我祖祖辈辈都是如此，守着贫瘠的土地，与天争命，可你们看到南胥的城市和粮仓了吗？他们都活得那样好。”他声音沙哑，眼睛却出奇的明亮，“你我离家万里来此，是为了争夺权势吗？是为了我们北乾人，能像南人一样活着。”

有万亩良田，有精巧的器具，平民百姓也有闲情在房前屋后种上错落有致的花朵，那些年迈的人可以抱着孙辈安享晚年，而不是因为寒冷而佝偻着身躯，整夜无法安眠。

将领们涕泪交横，一个接一个跪倒在地上。他们知道他们跟对了主子，这孩子是狼首佛赐给北乾的北极星，是千秋万代的名将贤臣求而不得的盛世明君，可现在他就要死了，被他的父亲亲手下了毒。

宸冬最终耗尽了最后一丝气力，疲倦道：“日后无论发生什么样的事情，记得，你们披上铠甲不是为了争斗，是为了你我的家国。”

众人含泪叩首。

跟着宸冬的人，都是北乾最有血性的男儿，他们为了他们的将军，忍下了原本无法忍受的屈辱。而宸冬拖着那积弱的队伍，一边训兵，一边打仗，每一仗都九死一生。

巫毒让他整夜无法安眠，这毒的歹毒之处在于，只有沉浸于杀戮时，它才会有些微的缓解，而下次发作，则需要更多的鲜血才能平息。宸冬越是战无不胜，就越是暴虐失控，如同一把见血封喉，却行将折断的利剑。

战争接近尾声的时候，宸冬向丹蚩请旨归乡。

可丹蚩未允，他不信宸冬。哪怕宸冬军功赫赫却不要封赏，哪怕宸冬本可以谋反，却从未违逆他，他也不曾相信他自己的儿子。

那一天，宸冬收到了嬷嬷的信。

她嘱咐他要照顾好自己的身体，不要挨饿受冻。早日找个好姑娘成婚，她身体尚硬朗，能帮他带一带孩子。

信是一个月前写的，他同时收到的，还有来自北乾的消息——

“秦嬷嬷三日前出去放羊的时候遇到暴风雪，人找到的时候，已经不行了。”

头痛开始发作，字迹晃得那样厉害，他面上平静，却怎么也看不清了。他想起临出征那天，垂垂老矣的婆婆站在营帐外，一遍一遍地摸着他的脸。她已经老得糊涂了，只会巴巴地反复问：“你还回来吗？什么时候回来呢？”

“打完仗我就回来，很快。”他说。

我把南胥的好东西都抢回来给你，那时候，你再也不用挨饿受冻了。

南征开始后，他拼了命地打仗，哪怕身中剧毒，哪怕手下的部队被分散。

可还是来不及，还是来不及。

在剧烈的头痛中，宸冬拔出了刀，他想起那一日副官问他的话：“那你呢，将军？若有一日北乾子民坐享太平盛世，你的父亲为天下之主，你又在哪里呢？你又有什么呢？”

他失控地一刀劈过去，视野变得血红，周围人都在喊叫着往后退。他双目赤红，又一刀砍下来。

他没有家了，也许，本来就没有。

鲜血模糊了视线，他独自躺在黑暗中，所有的星星下坠着，下坠着。

而她就是这个时候出现的。

瓷商的女儿，她说她叫周小溪，柔弱得就像是春天的雏鸟，漂亮的眼睛总带着一点惊惶。她在他身边，小心翼翼讨着生活，生怕他一个不如意就捏死她。可是就是这样弱小的她，却是唯一一个在他发狂的时候，不曾离开的人。

某次因为头痛失控后，他醒过来，却发现自己没有像往常一样躺在黏腻的血泊中，旁边也没有横七竖八的尸体，只有干燥温暖的床铺，而臂弯里有一个温暖的身体，她蜷在他怀里，睡得很熟。

他怔怔地看着她。阳光下，她的皮肤洁白得像是会发光，衣服破了，露出圆润的肩膀，那上面有一个带血的牙印，昨日的回忆便呼啸而来：他又一次在剧烈的头痛中失控了，拿起刀想要大开杀戒，而她扑过来，抱住了他。

他状若修罗的模样，连自己都会厌憎。他甚至杀了许多跟随他多年的老兵，而她紧紧地抱着他，在他下手杀她之前，把他从黑暗的深处拉了回来。

“我恋慕将军——”

他伸出手想要碰触那道伤口，却在最后一刻停住了。他不懂南胥文化，却也知道她这样的姑娘，是几代钟鸣鼎食之家才能教养出来的闺秀。她为什么会喜欢我？他想：若她并非阶下囚，还会喜欢我吗？

这些问题永远也无解，他小心翼翼地把她抱在怀里，心想：我要把最好的东西都给她。

在北乾少年郎忙着追逐姑娘的年龄，他忙着领兵打仗，忙着让大王看见自己，对草原上彼此追逐的小儿女不屑一顾。可是现在，他不知道怎么才能讨她高兴。

军营里物资匮乏，可是他总想把最好的给她。她吃得极少，他便在闲暇时去山林打些猎物，把最好的肉都堆在她碗里，御寒的衣物、厚实的棉被、女人好像会喜欢的首饰和珠宝，他总是很随意地丢给她，然后偷偷地看她，她笑一笑，他就能高兴好久。

可她很少笑，她常在生死的忧患中，收再好的礼物也高兴不起来，更何况……他给她的“最好”，于她只不过是再平常不过的东西。

那时候他还不知道她是怎样长大的。他只是心里突然多了许多的梦，他想把巫毒治好，想要建一座像南胥人的居所一样风雨不透的房子，里面也要种上四时的花朵，还要有许多的书，让他和她的孩子能够从小读书习字长大，再也不用挨饿受冻，不用在漆黑的深夜里奔走。

他第一次想到以后，想到家国命运下，他的人生，与她一起的人生。

可是，她骗了他。

她给了他平生最美的一场梦，然后撕碎了，扔在他脸上，嘲笑他的痴心妄想。

“我名羲河，古书有云，尧命羲和掌天地四时之官，我祖父孝章成仁皇帝以古神之号为我命名，以示长公主之位尊同太子。我父亲宁烈太子，当年定三洲，清五岭！殉于战场之上，杀北狗百万。我哥哥敦仁静宇皇帝誓死不降，以身殉国。听明白了吗？这是我的家族！我的血脉来处！”

那个夜晚，周小溪的眼睛里闪烁着两团火焰。尽管早知她的身份，可是她从未如此像一个公主：“你不是问过我，如果南胥未亡，我会不会嫁给你？我现在告诉你，不会。”她一字一顿地说，“畜生之辈，怎配天族？”

她从未爱过他，甚至从未瞧得起他。在她眼里，他是牲畜，是未开蒙的野兽，她怎么会爱上他？她所做的所有，都是谎言。

恨意就这样冲上来，他从未恨过谁，包括给他下毒的父亲。

可是他恨她，他恨不能立刻杀了她。

杀了她，那个脆弱的、耻辱的、因为深深恋慕而狼狈不堪的自己，才会死去。

后来的后来，她沉入冰河里，他远征、杀人，在一片狼藉中，又捡到了一个女孩。她有和周小溪一样的眼睛，他杀了她的丈夫、族人，毁掉了她赖以生存的所有。

“你恨我吗？”他淡漠地问。

她卑怯地摇摇头。

北乾的草原一向如此，战胜者杀死战败部落的男人，掠回他们的女人，待来年，她们生下孩子，便和北乾女人无二。这不是理所应当的事情吗？为什么？她为什么要恨我？

“那么，跟我走吧。”

他打横抱起她，她身子很轻，让他想起他的小溪……他不能再想那个女人了，他要把自己从她手心里夺回来。

因为她已经成了丹蚩的皇后。

那年冰刑，她竟未死，等他再回来，她已经掌控了整个朝堂。

那一年洪灾，朝廷粮食有限，他主张只救助北乾人——北乾士兵如今正在前线舍生忘死，他当然要为他们护好妻儿老小，而她一定要救助所有人，他觉得愚蠢的仁慈会带来更大的祸患。两人寸步不让，在血溅三尺的政治争斗后，她赢了。

她的旨意得到执行之后，赈灾效率提升了数倍——因为不用甄别北人和南奴，也因为哄抢粮食的内乱得到平息，而且她所任命的官员有治灾的经验，那些官员到任后立刻组织灾民自救，用一些闻所未闻的法子泄洪。一场浩劫，竟然逐渐平息。

“闻有国有家者，不患贫而患不安，如果给予每人的粮食不均等，不仅会使南胥和北乾的矛盾尖锐，北乾人互相也会猜忌旁人是否有多余的粮食。生死面前，人都是野兽。”

她任命的官员向她汇报时，宸冬正好也在一旁。她身着华服，华冠雍容，若横天的云霞，再也没有那个温柔、羞涩的少女一丁点影子。

宸冬听着，终于知道为什么她这么牢固地掌握着北乾的朝廷。那些知识、经验、用人的理念……整个北乾通通闻所未闻。他们从小受到的教育，只有抢夺，什么好，就把什么抢过来。

他们不懂大道之行也，天下为公。

不懂贤者与民并耕而食。

不懂治洪、税收，不懂创造财富。

丹蚩如此，所以他甚至要杀掉自己天赋卓绝的儿子。

宸冬如此，所以他能想到的最远大的梦想，也不过是把南胥的技艺都抢过来。

北乾大臣皆如此，因此对所有政务都束手无策，只能依赖南臣。

那时，正是北乾所缔造的王朝大秦如日中天之际。可是不知道为什么，宸冬已经看到了茫茫落日。

他登基后，也死于此事。

其实他原本不会输得那么快，是因为禹青谋反，北乾贵族内乱，内外不顾，而南胥几股势力联合在一起对付他，他才会输。

最后他受了重伤，被手下藏到了狱塔之内。他靠在墙壁上，想起了她。

“人能看见高山群岚，狗只能看见眼前骨头。”她这样说过。

他后来才明白，他们是如此不同。他一生所信奉的是你死我活的争夺，而她所做的，是兵戈止息，天下大同。

他不是输给了那个夏王……而是输在他没有读过他们读过的那些书，那些能够让人看到高山群岚的文化与教养，他闻所未闻。

头痛愈加剧烈，他抬起头，看向墙上那些画和文字。他这些年懂了南胥的文字，他认得这是她的字迹。

那是一国公主最耻辱的记忆，是一个少女未曾说出口的恋慕。

如果他能早些懂南胥的文化……

一生倥偬，输与时运，只是小溪……我竟错过了你。

宸冬抬起手，用最后的力气，一笔一画地写下她的名字——他最初的心动，他一生的噩梦。

那个妖异俊美的夏王最终找到了他。胜者王侯败者寇，他以为夏王是来羞辱他的，可没想到，夏王靠近他，低声说：“你想见我姑姑吗？”

夏王的眼睛是红的，说："现下她中了毒……她可能会想见你一面。"

宸冬一贯有野兽的机警和敏捷，他听见了他们不曾听见的脚步声，随之闻到了温柔的气息——血腥味都压不住的，属于她的气息。

忘了我吧，他想。于是开口道："你拿她来羞辱朕，就太可笑了，她算什么东西，一个人尽可夫的贱货。"

他总是要把最好的给她，一如这些年，她每一年的生辰。

（全文完）